是心动啊

FLIPPED

草灯大人◎著

中国致公出版社 知音动漫

知音动漫图书・漫客小说绘出品

目录

CONTENTS

第一章

我不可能喜欢你

我们只是普通的高中同学关系，不要因为我一次异样的举动，你就对我心存好感。

1

黄山区的冬季漫长，屋外下着小雪，火锅店里烧着暖炉。

林冬星如坐针毡，她拿起筷子，秀气地夹起金针菇，蘸了点儿醋，小口小口地往嘴里塞。

她对面还坐着一个男人，穿杏色羊绒风衣，里面穿了一件纯黑色圆领毛衣，露出脖子，喝水时，喉结滚动，平添几分性感。男人眉目清隽俊朗，他的五指白皙修长，轻轻搭在筷子上。他并未吃过一口饭菜，显得疏远冷淡。

再怎样漂亮的皮囊，有这样的冷硬态度在，都让人不敢亲近。

气氛太冷了，两人对坐了十分钟，愣是话都说不上一句。介绍人急得焦头烂额，自顾自地活跃气氛："这位同志名叫江燃，职业是兽医！青年才俊啊，之前忙于学业都没谈恋爱，居然单身到了现在，他妈妈和我说我都不信！冬星啊，我听说你大学读的专业是动物养殖？一个养猪，一个治猪，绝配！正所谓，男女搭配，干活不累！现在猪肉那么贵，你俩强强联手，绝对有市场！”

林冬星一头冷汗：“兽医不光治猪，应该还治疗家宠一类的吧……”

江燃哑巴了快半小时，终于肯开金口了。他似笑非笑，道：“动物不分高低贵贱，只要我能治，我都会帮忙。”

林冬星被怼了一嘴，好似她是那歧视生命的小人。还没等她回嘴，只听江燃冷飕飕地又补了一刀：“我不像某些人，一直以来都戴着有色眼镜看人。自己的老毛病都未根治，还敢管其他动物的命了。从事养殖工作吗？这些动物也不怕所托非人。”

林冬星呼吸一窒，他还是老样子，恨她入骨。

这两人火药味真浓啊，介绍人讪讪一笑，继续吃菜。

饭局散前，介绍人例行公事：“如果感兴趣的话，可以互相联系哈！我把彼此的号码都发你俩手机里了！”

林冬星沮丧地离席，还没走两步，农场同事唐糖就给她疯狂打电话：“冬星！相亲对象咋样啊？你可是我们农场里最有望脱单的高材生！记得刚开始不要暴露自己在郊区工作，先把对方拐到手，再徐徐图之！”

林冬星敷衍了事：“啊，就那样吧。”

“我听说是叫江燃的兽医？我同学和他是校友，据说人坏不坏不知道，帅是真的帅，且洁身自好。你要好好把握！”

“不是……我和他绝对不可能！”

“为什么？这样好的白菜你不拱……难道你真的迷恋牛批农场的养猪大户孟飞？”

“什么玩意儿？”

“杨越说的啊，说你上次被孟飞的养猪技术倾倒，佩服他这种凭一己之力，养了三十头膘肥体壮的猪的魄力。自此，对他一见倾心，再见倾情，非君不嫁。”

林冬星头都大了：“她究竟造了我多少谣啊……”

“还有呢，说你看上了隔壁农场主，三番两次给他热羊奶献殷勤。”

“那是他太太想要新鲜羊奶，让我帮忙带点儿过去！”林冬星头疼地揉额，“打住吧女人，是我输了。其实今天的相亲对象是我学生时期交往过的前男友。”

唐糖乐不可支：“那岂不是更好？霸道兽医爱上我，按照小说里的发展，你俩是会破镜重圆的。”

“不可能的。”

“为什么？”

“当年为了和他分手，我说了一句，他家境不好配不上我。”

唐糖愣了一秒：“你是真心的？”

“没有，为了分手气他的。”

“那他怎么说的？”

“莫欺少年穷，来日方长走着瞧。”

“完了，按照小说剧情，你是会遭报应的。”

“行行好，你可闭嘴吧。”

林冬星毅然挂断唐糖的电话，与此同时，她收到了一条信息，发信人居然是江燃。

她想到了介绍人最后说的那句话：如果彼此有好感，就发信息吧，我看好你们哈！

难道江燃对她又起了凡心，想和她再续前缘？

林冬星还没想好该如何委婉拒绝前男友，忐忑地点开了信息。

林冬星的耳畔仿佛有了声音，她听到江燃用极度冰冷的语气说：“我劝你把注意力放在工作上，别对我痴心妄想！”

2

林冬星回家后，躺在床上，把巨大的玩偶熊盖到脸上。世界一下子变暗了，仿佛这样一来，她就能从过去逃脱出来。

林冬星像是被雪覆盖的人。

那年发生了这么多事情，她独自逃到了心里的雪海。疲乏无力的双腿在雪中踩着，一点点蹒跚爬行。这里寂静无声，没有第二个人。她渐行渐远，越走越深，慢慢溺亡在雪里。

雪絮覆盖她的口鼻唇舌，冰封五感，不痛不痒。原本以为自己会郁郁不见天光，哪知江燃阴魂不散，强硬地将她从雪里挖出，逼她正视他。

欠下的债要还，错过的人要相遇，哪样都避不开。

是她罪孽深重，还是宿命呢？林冬星也分不清了。

江燃变了很多，浑身傲气凛然，比往年更强盛。他像一只刺猬，原本被林冬星抽丝剥茧般扯开的柔软腹腔，如今又重重关上，蜷曲成一团，不再示人。

他不再轻易相信人了，因为受过伤，而林冬星是那个罪魁祸首。

她当年和江燃分手也是有原因的，林冬星的妈妈掌控欲很强，大学之前不允许林冬星谈恋爱，她勒令林冬星和江燃分手，否则就去找江燃家人的麻烦。林冬星记得江燃的家境不好，而她家是暴发户。要是她妈妈发起火来，估计真的会找关系让江家难堪。

那时候，江燃还是纯情执着的小少年，要是说是林冬星妈妈阻挠，按照他的脾气没准还会越战越勇。

于是，林冬星想了个法子，故意激怒江燃，挫伤他的自尊心。反正她要被带去意大利读动物养殖本科了，今后也不可能见面。她不想耽误江燃，也不想让她母亲伤害江家。

就这样，两人分道扬镳，直到林冬星父母离婚，她跟父亲回国定居，被父亲逼去相亲，这才偶遇了江燃。

他怎么也没有恋爱对象？

林冬星还以为他这么优秀，早就结婚了，说不定还儿女双全。

最惨的是，她还让前男友知道了自己单身到现在。

林冬星还在自顾自悲伤时，唐糖就给她打来了电话："冬星！特大好消息！"

林冬星瞎猜一通："我们养的羊下崽了？"

"不是！是我们溜溜农场招来了新的畜牧兽医，你猜是谁？"

"陈坤？"

"不是，是江燃！明天就来上班了。"

难怪江燃说他也治猪，原来他是畜牧兽医，不是宠物兽医！

林冬星憋了一口气："明天我能请假吗？"

"不行，你这个月已经请过假了，再请会扣工资的，我劝你三思。还有啊，明晚农场有聚餐，说是欢迎新同事，你别缺席，否则被强迫交了一百块聚餐费又不来吃，太亏了。"

"老王又拿聚餐当借口扣我们工资？"林冬星无奈揉额，这已经是农场主第三十六次耍小手段贪钱了。上一次也是让他们交了一百块聚餐费，结果林冬星一算每个人餐费只要九十九块，也就是说，一共二十来个同事聚餐，农场主老王为了从中坑二十多块，处心积虑这么久……

林冬星丧气地挂断了电话，她做了一整晚的梦，一直梦到江燃穿着白大褂，挥舞着小皮鞭将她堵死在羊圈里。那夜，滂沱大雨，农场大门紧闭。江燃把她两只手都扣在墙上，压低声音对她说："你别对我抱有幻想，我是不会同意和你交往的。"

林冬星惊醒了，她一看时间，才早上六点。窗外又开始下雪，昨夜刚积的雪，她的车没绑防滑链，估计不能上路。随便吃了个羊角面包，林冬星收拾好东西，站在巴士站等车。也许是因为积雪太厚，路段还没铲完雪，巴士晚点了半小时还没来。

农场在郊区，林冬星半天等不到巴士，眼见着要迟到。半道上突然看到江燃和他的车，江燃似乎也看到了她，停车，摇下车窗说："真巧。"

"是……巧得很。"林冬星很尴尬，当然了，有什么比随处遇见前男友还要尴尬的事情?

"你在等车上班？"

"嗯。"

"地址是？"

林冬星抿了抿唇："溜溜农场。"

江燃闻言，脸一下黑了："真巧。"

"是……挺巧的。"

"上车吧，顺路。"如果这时候不带林冬星，似乎有些不近人情了。

林冬星想了想，日后都是同事，早晚要见的，与其尴尬，还不如上车别迟到，这样好歹能保住点儿工资。

本来林冬星打算坐副驾驶座的，可她想起以前微博看过的一个匿名投稿，说是三名女生都喜欢一个学长，可只有心机女抢坐学长的副驾驶座，想先占领女朋友的领地。

虽然林冬星不懂为什么副驾驶座就代表准女友，可她很识相地坐到了后座，把那个位置空出来给江燃未来的女朋友。

江燃继续开车，他瞥了一眼后视镜，对林冬星说："虽然我送你上班，可你不要因此对我有什么幻想，我已经不再是从前那个任你搓圆捏扁的男人了。"

林冬星不解："什么？"

"你坐后面的位置，不就是想透过后视镜看到我的脸吗？我知道你对我余情未了，可我希望以后在工作的地方，我们能保持正常的同事距离。"

林冬星急忙摆手："不，你想太多了！我对你并没有非分之想！"

江燃不听她狡辩，冷笑一声："你不用再解释了，我都知道了。虽然我不清楚你是怎么打听到我的个人信息，还安排人设计一次相亲饭局的。可是我跟你说，这么多年过去了，我对你已经没有感情了，你也死心吧。"

"江燃，你听我解释，这就是一个巧合。"

"呵，巧合？我听说是你的同事唐糖大力举荐我来这间农场工作的，农场主才会死皮赖脸地蹲在我家门口堵了我三天，本来我是打算去隔壁牛批农场的。如果这背后没有你的推波助澜，我说出来可能你自己都不信吧。"

"这完全就是一个误会，可能你不了解我们农场主的性格。只要隔壁牛批农场有的，他一定得有。不让死对头过得好是他的人生准则。可能我们农场主听说牛批农场想高薪聘请你，所以他才起了半路截胡的心思。"

江燃沉默一瞬，听林冬星这么说，似乎还挺有道理的。

大概过了五分钟，他低低地笑，说："没想到这么多年了，你还是一如既往地狡猾。"

林冬星整个人都不好了："等等？你啥意思？"

"为了和我重修旧好，连农场主都说动了。"

"什么？"林冬星头都大了，她内心崩溃：江燃这个人是不是对我有什么深刻的误解？

3

溜溜农场规模大，兽医部门和养殖部门不在同一个地方，到了农场门口，两人就分道扬镳了。

林冬星和唐糖管理的是羊舍，每天早上都要给羊舍进行基础清扫以及补料槽和水槽。如果清理不到位，累积的羊粪过多，可能会导致羊一氧化碳中毒。

最近下雪，农场外覆盖了厚厚积雪，并不适合绵羊们出去散步觅食，只能圈养。今年的羊种选得好，挑的是小尾寒羊，繁殖力和适应性强，这是国内肉裘兼用型绵羊里的名畜良种了，管理羊舍的养殖员都把它们当作宝贝，还挨个儿取了名字。

快要下崽的绵羊叫小可，唐糖天天摸它肚子，就指望它在年前能生出小羊羔来。

快到中午的时候，兽医部门的兽医们全体出动，挨个儿检查动物的健康情况，核实疫苗信息、给粪便消毒。

江燃检查的是羊舍，刚到门口，就碰到了正在清洗铲子的林冬星。

唐糖吃饭去了，羊舍里就林冬星一个人在。

江燃问不到别人，只能和林冬星打招呼："你好，初次见面，我是江燃。"

林冬星觉得他真做作，还在农场里跟她装陌生人。于是，她斜他一眼，说："你好，新同事，我是羊舍养殖员，我叫林冬星。"

"林冬星？名字不好听。"

"江燃？很土。"

好的，两个幼稚鬼打了个平手。

于是，互看对方不顺眼的两人进羊舍进行了一番日常检查工作。不得不说，江燃在工作上是认真的，并不会被个人情绪影响。林冬星看着江燃蹲下身子，给绵羊挨个插肛测体温，他的眼神专注，唇瓣紧抿，埋头干自己的事情，并未被外界影响。这个男人举手投足间这样赏心悦目，林冬星顿时有种莫名的错觉，她能从现在的江燃身上看到他少年时期的影子，他似乎还是她熟悉的模样。

"你在看什么？"江燃察觉到林冬星的目光，不满地问。

"没什么。"林冬星一颗心狂跳，她生怕被前男友看出自己在追忆过往。

她慌忙指着单独饲养的小可说："小可怀孕了，你帮忙看看它的健康状况。"

"小可？"江燃讥讽地笑，"你还真是有闲情雅致，居然给母羊起名字。"

"毕竟是自己养的动物嘛。"

"等育成、榨干利益之后，还不是会被送入屠宰场？你这温情算不算假惺惺？"江燃一顿夹枪带棒的抢白，后面又补上一句，"你不也总是这样，利用完别人以后转手就抛弃吗？"

林冬星一时语塞，她沮丧地垂下眼睫。也对，她做的是养殖工作，不是培育宠物。羊儿养得再肥美，皮毛也会被拿去制衣，骨肉最终还是会成为人们的盘中餐。

她咬了咬唇，说："至少在养育它们的时候，我是带着爱去喂养的，我希望它们越长越大，居住得舒适。即使是送入屠宰场，我也会感激它们用身体带来的美味，不会辜负任何一块肉。毕竟食肉补充蛋白质，这是我作为人的生存之道。"

江燃看了她一眼，似乎也知道自己说话过火了。他熄了咄咄逼人的气焰，淡淡道："不过是开个玩笑，不用在意。"

江燃的工作做完了，离开羊舍前，他莫名其妙说了一句："不懂得珍惜人，对动物却有善心，还真是讽刺。"

珍惜？珍惜什么人？林冬星被他这句话整得丈二和尚摸不着头脑。

4

下班后，没有开车的同事纷纷蹭有车人士的车。兽医赵勤有部七座车，女同事们拉帮结派凑成一团，纷纷坐到他车里。

有女人在的地方就是硝烟战场、八卦胜地。兔圈养殖员金灿灿显摆了一下自己刚做的美甲，说："这是紫红色，我花了三百块做的，好看吗？

不过直男不懂，都叫瘀血甲，气死我了。”

唐糖无奈地说：“你还敢做指甲呀？喂饲料的时候戴工地手套，不怕刮花了吗？”

“总不能做个养殖工作，扮美爱俏的心思都没有了吧！”金灿灿像是想起了什么，说，“今天新来的兽医你们见过了吗？”

“见了见了，长得好帅啊，听说还是单身哟！”猪圈养殖员祁颜神秘兮兮地说。

唐糖贱兮兮地笑：“你们都别想了，那可是我拉过来给林冬星准备的。”

林冬星无奈地说：“我就知道，背后肯定是你干的好事！”

金灿灿似是开玩笑又似不爽，说：“都是同事，见者有份，哪有独占的道理？当然是谁本事大，谁追得到就是谁的咯！”

“就是就是！”祁颜是金灿灿小跟班，急忙接话。

唐糖摊手：“那你就不知道了，这江燃是林冬星的前男友！你说，是不是缘分？”

“前男友？”这句话好似惊雷，一下子就炸得众人不敢开口讲话。

开车的赵勤插嘴：“前男友嘛，毕竟现在也没关系了。”

金灿灿又燃起了希望，说：“对啊，而且我最讨厌那种和前男友分手还纠缠不清的人了，冬星，你应该不是这种人吧？”

这句话问得巧妙，几乎是逼林冬星表态了。

林冬星装傻，笑笑不说话。

金灿灿见林冬星没表明立场，立即不爽了。她嘀咕一句：“反正我是那种和男朋友分手了就绝对不会再复合的人。既然分手了，肯定是彼此之间有问题，勉强在一起也不好的。”

祁颜关心的倒是其他问题，她问了一句：“冬星，你们分手，该不会是江燃不好吧？”

林冬星说：“这倒不是，他是个好人。以前分手是因为还小，不太成熟。”

“那就好。”金灿灿拍了拍胸脯，“冬星，要是我追江燃，你应该不反对吧？”

全车哗然，她说她先追，那就是表明所有权了，别人再下手就会显得不够义气。

林冬星打马虎眼，干笑道：“我和他很久没接触了，都不太熟，当然不会反对。而且他喜欢谁、和谁谈恋爱，和我关系也不大吧……”

一群人插科打诨，很快就到了聚餐的饭店。

老王这个人抠门是抠门了点儿，但他挑饭店的眼光确实不错。饭店是牧区那种布扎帐篷的，顶上覆层了薄薄的雪，显然是老板铲过了。平时饭店里的羊肉也是老王供应的，知道他来，还打了折，当然聚餐费是不会省的，按照老王的话说就是：“没我，你们还没折打呢！年轻人不要计较那么多，几块钱的事情，就当为我给你们搞联谊的心意付费了。”

林冬星很想说“我不要搞联谊，我要你还我血汗钱”。

进了帐篷，一群人围着厚厚的毯子坐下，江燃是这里的主角。

大家都是年轻人，随便介绍了几句就混熟了。开车的人不喝酒，女生大多都坐巴士上班，是被接送的对象，所以可以肆无忌惮地小啜一杯。

赵勤扭动着小拳拳撞上江燃胸口，给他一个“你懂的”的眼神，问：“江燃啊，你喜欢哪种类型的女生？我们溜溜农场别的没有，就是女性养殖员多，这是隔壁牛批农场一大群单身汉羡慕不来的，你可算选对了地方，我们这儿就是男人的天堂。”

话音刚落，赵勤同志就遭到了女同事们的殴打。当然，绝大多数还是维持着羞涩形象，等待江燃的下文。

被问到私事，江燃下意识地看了林冬星一眼，然后迅速别开眼去。

他喝了一口茶，说：“遇到合适的就可以考虑。”

金灿灿问：“那什么样的才算合适的？”

江燃这次终于正视林冬星的脸，说：“温柔大方，善解人意，给予我事业上的支持、日常生活上的关怀，这些品质林冬星都没有。总而言之，和林冬星这种品性相反的女孩子，应该就是我的理想型。”

众人若有所思地看了林冬星一眼。林冬星憋不住了，起来一个高踢腿，叫嚣道：“江燃，你实话实说，你是不是想打架？”

5

众人劝架，终于把林冬星劝住了。

赵勤对江燃说：“冬星很少发火，一发火可恐怖了，别惹她。就她这脾气，也不知道牛批农场主受不受得了她。”

江燃闻言，微微蹙眉，流露出一种有点儿感兴趣但是不说也拉倒的神情，问：“隔壁农场主和她有什么关系？”

“我听杨越说，冬星看上了那农场主的异域风情血统，可能是想以后生个混血小孩呢。”

江燃默不作声，手里的纸杯被捏得稍稍变形。

赵勤又嘀咕一句：“可她也不能看上已婚男啊。”

江燃一口茶喷出，咳嗽了好半天才缓出一口气。怎么离了他以后，林冬星不仅瞎，口味也变得这么重？

林冬星一口气憋在心口，郁郁不能平。她绕开闲聊的众人，走到一侧割烤全羊的肋骨肉。

除了她，远离喧嚣地的还有另外一人叶无风，他算是比较资深的兽医了，今年三十岁，自从前年和长跑十年的女朋友分手后，再无绯闻传出。明明是青年才俊，农场里却没有人敢打他的主意，按照金灿灿的话说，主要是他和前女友感情太深了，哪怕再来个十年都忘不了。她们才不傻，拿自己和记忆里美化过的女人比，每天晚上同床异梦的。

叶无风看林冬星过来，颇有绅士风度地为她切羊肉，说：“看你玩得挺开心的，怎么一个人过来吃肉？”

“哪里开心了。”林冬星翻了个白眼，她都快要和江燃打起来了，这叫开心？太搞笑了。

“你和新同事江燃的关系似乎不错。”

“没有没有，就是高中同学。”林冬星避而不答。

“是吗？”叶无风似笑非笑，说，“眼神是骗不了人的，可能不只是同学那么简单？”

林冬星也不想遮掩，搞得好似她还在意江燃一样。

于是，她丧气地回答：“前男友。”

“这样哦。”叶无风不再问了。

他给林冬星倒了一杯热腾腾的奶茶，说：“冬夜下雪很好看，我有一种奶茶的新喝法，你要不要试试看？”

“什么？”许是好奇心驱使，林冬星跟了上去。

外面飘起了雪絮，冬天的夜空有点儿昏暗，雾气重，看不到星星。要不是外面亮着暖黄色的琉璃灯，估计连手都看不清。

叶无风端着杯子去接雪，林冬星也有样学样。她看到绵软的雪絮落入热腾腾的奶茶里，转瞬即逝。

兑过雪花的奶茶口味如何？她喝了一口，觉得味道没变，又觉得有些不一样。

她看到叶无风微笑，觉得他这个人文质彬彬，实在风雅，和她这种完全不会享受生活的宅女完全不同。

这时，江燃突然撩开门帘喊：“上菜了，进来吃饭。”

叶无风点点头，率先进去了，林冬星还待在原地。

江燃走过来，瞥了她一眼：“人都走远了，该回魂了。”

林冬星无语，她又不是看叶无风看失神了。

她踩着雪，咯吱咯吱一路往帐篷走，江燃就在她身侧。

似乎想到了什么，江燃轻笑一声，刺她一句：“你饥不择食到这种程度吗？见一个爱一个。”

“什么？”明知道不是好话，林冬星也忍不住问。

“你喜欢隔壁农场主的异域风情，又看上了成熟大叔叶兽医。”

“哈？”林冬星扶额，“说了多少次了，那个农场主的羊崽子刚刚买来还没奶，他是和我讨点儿羊奶给太太喝的！”

江燃扬长而去，留下林冬星在风中凌乱。等等，重点难道不是前男友为何总关注她的日常恋爱社交问题吗？这和他有什么关系？就算林冬星日常风评不好，那也只是她的作风问题，哪里轮得到前男友来乱嚼舌根？当然她没有说自己是坏女孩的意思。

林冬星迎着风，悲壮地将手里的奶茶一饮而尽。

进屋时，叶无风给她递了一个碗，说：“冬天还是得吃羊肉火锅，老板把羊肉片切得很薄，你可以夹一些放锅里涮。这是羊舌，口感很好，你尝尝。”叶无风给她夹了一片烫好的羊舌，说完这些便自顾自吃了。他一直都是这种照顾后辈的性格，无论是谁晚到一步，叶无风都会帮忙招待，大家习以为常。所以农场的女人不会对他打什么主意，他这种好人，如师如父，撞不出爱情的火花，只能观瞻。

然而夹肉这一举动不知触动了江燃的哪根神经，他突然筷子一转，抢走了林冬星碗里的羊舌，徒留林冬星目瞪口呆。

对此，江燃风轻云淡，轻声解释：“我只是想吃羊舌而已，我夹的还没烫好。还有，我们只是普通的高中同学关系，不要因为我一次异样的举动，你就对我心存好感。”

这句话中心主旨就差没说：“我是你永远得不到的男人了。”

唐糖哈哈一笑：“冬星，你和你前男友感情真好。”

此话一出，气氛如凛冽冬日，更冷了。

一顿饭吃完，已经是晚上九点。没多少巴士，一个人等车也不太安全。农场里的男同事发扬绅士精神，送顺路的女同事回家。

大部分同事都在农场附近租了房子，所以回家也很容易。只有林冬星家住在市区，最远，老王问她该怎么回去。

“啊，对了，我记得小燃是市区的！我喊他送你。”老王发话，江燃不敢不从。

林冬星坐上了江燃的车，靠在车窗上昏昏欲睡。其实也不是酒喝太多，而是她好多年没和江燃说过话了，现在一开口，气氛不太对劲。最不能叙旧的就是前男友，不是惹得对方捅你，就是旧情复燃，反正就……不太好吧。林冬星这次学乖了，她没坐后座，直接坐上副驾驶座的位置。等系好安全带，江燃发车了，他突然语气古怪地说：“果然，林小姐，你对我就是有非分之想。”

“什么？”林冬星一脸惊悚的表情。

“副驾驶座的位置我是想留给我未来女朋友的。呵，没想到被你捷足先登，想用这种小伎俩暗示我。”

凭什么你说什么都有理？后座、副驾驶座都不行，让我蹲后备厢行吗？林冬星忍不住在心里说道。

6

林冬星实在是累了，她闭眼靠着，没一会儿就有了睡意。

不知是不是她睡着了所以听觉不灵敏的缘故，她透过薄薄的眼皮，好似感知到车内的光线稍微调暗了一点儿，轻音乐的音量也调低了一点儿，不怎么闹耳朵，反而有点儿催睡。

当然，她不会自恋到以为是江燃为了她特地改变的。江燃啊，明明很讨厌她，这种讨厌，随着他单身越久越深，最后渗入骨髓，忘都忘不了。

半睡半醒间，她透过眼皮缝隙窥视江燃。江燃不说话的时候看上去很高冷，仿佛和她永远隔着一层什么似的。

林冬星又闭上眼，调整了一下坐姿。她对江燃好像已经没什么情或者爱的想法了。提起江燃，她只记得他是她青春年少时不可或缺的一部分，再细说什么，就想不清楚了。

是不愿想，还是不记得呢？连林冬星自己都不明白。

到了家门口，江燃推了推林冬星："到了，下车。"

林冬星睡眼惺忪地醒来，她拧了拧眉心，迫使自己清醒一点儿。江燃看到她那双被困意催出的水汪汪的大眼睛，觉得有点儿灵秀可爱，怕被她看出自己的心思，连忙错开了视线，催促道："快下车，我也得把车开进停车位，回家睡了。"

"哦。"林冬星麻利地跑出车外，然后拎着包缓慢地往楼道里走。

可能是车坐久了，林冬星觉得两腿发麻。好不容易走到家门口，她突然听到身后传来脚步声。这时候声控灯又突然坏了，怎么都不亮，而那脚步声越来越近。林冬星想到小区附近似乎不太平，前些日子还有大妈说自己晾在阳台的内裤被变态偷了，难道她这回遇到了变态？

林冬星紧张地直跺脚，她在包里摸了半天，也没摸出什么东西。

有人朝她的方向走来了，林冬星尖叫一声，缩到角落里。她刚要喊救命，就被人用手捂住了嘴。

声控灯亮了，原来是江燃伸手触碰了感应器。他松开捂着林冬星的手，气喘吁吁地说："你疯了吗？"

林冬星受到了极大的惊吓："你变态吗？跟踪我干什么？"

江燃不言语，似笑非笑地看着她。

这样的笑容让林冬星毛骨悚然，她突然想到了相亲，还有工作的事情，怎么可能这么巧，命中注定和江燃碰见？恐怕是他打听到自己的消息，一步步接近她吧！

林冬星以为他默认了，手足无措地说："江燃，我知道我这个人挺好的，你对我一直有心思，想用欲拒还迎这一招接近我，我能理解。可是，这么多年过去了，我对你没感情了，你别再纠缠我了。江燃，我们真的已经结束了。"

江燃倚靠在墙边，挑眉，问："你就这么确定我是跟踪你？"

"不然你为什么来这里？"

“哦？是吗？”江燃靠近，步步紧逼，林冬星抵着墙挪动，生怕激怒江燃。

这时，江燃突然一手抵在房门上，将林冬星困在怀中，另一手往下触探，似乎在林冬星腰间摩挲。林冬星紧张得要死，急忙闭上了眼睛。她的周身都是江燃的气息，这样近的距离，她似乎嗅到了江燃身上特殊的雪松香水味。这种香水尾调看似禁欲迷人，实则非常风骚。

一时间，林冬星头晕目眩。睁开眼，迷糊的自己又完全落入江燃漆黑的眼眸里，仿佛要被吞没。

“啪嗒”一声，林冬星身后的门开了。她一下子坐倒在地，脱离了江燃的挟制。

江燃松开她，做了一个请离开的姿势，慢条斯理地说：“林小姐，请不要不请自来，立马离开你前男友家。”

“你家？”

“不然呢？”

林冬星难以置信地站起来，看看对面，那是她家的家门。

难道真的是她误会了，江燃不过是她最近新搬来的邻居？不过为什么这么巧啊！江燃居然就住在她家对面？这是演绎什么《命中注定爱上你》的电视剧吗？

林冬星畏畏缩缩地溜回家，在她开门的瞬间，江燃清冷的声音在身后响起：“你刚才说，你对我全无感情了？”

林冬星像一只烫熟的虾米一样弓着身子，她做了这么尴尬的事情，此时底气不足，只敢小心翼翼点头。

江燃嗤笑一声：“这才是我要对你说的……别对我耍花招，我不会再次爱上你。”

第二章

喝酒壮不了胆子

余生请别乱指教，我打算一个人瞎过。

1

溜溜农场稀松平常的一天，金灿灿向老王介绍了她的学弟来农场实习。学弟才大二，专业是动物科学，今后想从事养殖方面的工作，正巧要写相关论文，便来农场取经。

学弟名叫谢谦，性格极为乖巧，是个阳光大男孩。他一见林冬星便林姐姐长林姐姐短跟着叫唤，老王索性把照顾实习生的工作交给林冬星，暗地里挤眉弄眼一番，潜台词是：“免费劳动力别错过了，好好压榨。”

于是，林冬星耐心地给谢谦介绍每日工作流程：“我们养小尾寒羊，用的是舍饲育肥法，口粮中大概含有10%的秸秆以及67%的粗饲料，其余用精饲料，三者混合才能保证营养。”

林冬星是个好老师，课本操作哪有实际操作的冲击感来得强，至少她以前在意大利读书的时候，教授们每年都会安排几个月的实习，让学生亲身体验这份养殖工作。当然，实习后的学生因为不适应封闭式的农场工作而转专业的比比皆是。

“还有啊，关于口粮，你看怀孕的小可，它就要分群饲养，要给喂很好的饲料，譬如骨粉之类的，还要添加精料。怀孕的母羊不分开饲养就很容易流产，营养也跟不上。”然而林冬星还没解释完，谢谦就岔开话题，问一些杂七杂八的事情。

譬如——

“林姐姐有没有男朋友？”

“没有。”

“林姐姐介意姐弟恋吗？”

“没什么感觉。”

“那要考虑考虑我吗？”

“嗯？”

“我这一款，咳，就是比较专一听话会照顾人的。”

林冬星深吸一口气：“谢谦呀。”

“诶，怎么了？”谢谦勾唇。

“你是来相亲的，还是学习的？相亲，姐姐可能帮不上忙，学习倒能指点一二。”

谢谦笑得一脸温柔：“就是林姐姐长得太好看，情难自禁。再说了，我一整天都在这里呢，有的是时间问林姐姐问题。”

林冬星发现自己招来个祸水，头都大了，她拧了拧眉心，说：“我去喝口水，你先待着。对了，放牧草和秸秆的区域禁烟。”

谢谦耸肩，说：“林姐姐，我可是不抽烟不喝酒的好学生！”

“是吗？”林冬星笑笑，眯起眼睛，说，“可你刚才捡起秸秆的动作，很像手指夹烟。”

谢谦笑而不语，等到林冬星出门后，他的脸色才沉下来。

四周没人，谢谦特地走到秸秆饲料区站定，从工作服里面的口袋里摸出一支烟，摁着打火机点燃。然后，他猛地抽了一口，吞云吐雾。

就在这时，江燃来小尾寒羊的羊圈检查怀孕母羊的健康状况，因为怀孕期的母羊身体脆弱，假如患病会很容易流产，必须每日检查，还要叮嘱养殖员做好防寒工作。

他刚走近羊圈，就闻到一股细腻浅淡的烟草味。

羊圈禁烟是所有人都知道的事情。老王还每日拉横幅科普二手烟伤肝伤肺有害健康，他老婆逼他戒烟，于是他逼全农场工作人员戒烟，美其名曰："有福同享有难同当。"

而现在，是谁公然破坏规矩?

江燃想到了今早金灿灿带来的那名眉眼稚嫩的实习生，对方总盯着林冬星看，惹人生厌。

"你在抽烟吗？"江燃走近了，果真见一男人面对着饲料区抽烟。

"没有，我这个人，不抽烟。"谢谦当着江燃的面把烟丢在地上，用脚碾灭。他全无半点儿慌乱之色，即使违规行为被江燃发现也不害怕，反而痞痞地笑，眼中带点儿挑衅。

江燃迎着他的目光，缓慢走过去。然后，他蹲下身子，伸手紧紧握住谢谦的小腿。

"你干什么？"谢谦愣了一秒，不解，脚上使劲，不让江燃碰他。

然而，江燃的手就像铁钳子一样牢牢锁死了他的腿。没用多少力气，他便将谢谦的脚抬起。

江燃捡起那枚烟头，用纸巾包裹妥当，淡然说："刚刚抽的，现在就失忆了？人恶心点儿倒没事，可脑子有问题，日常起居都不方便了。"

"你！"谢谦被江燃激怒了，他想冲上去给对方一拳，可腿上的皮肤隐隐作痛，想到自己或许不是江燃的对手，便胆怯了。

他问："我听说，你是林姐姐的前男友？"

江燃嗤笑一声："你倒挺八卦。"

"林姐姐在这里工作这么久了，你是最近才来的……别告诉我，你是旧情不断，特地来这里找她的？"

在谢谦的认知里，前男友围绕在女主角身边，80%的概率都是因为旧情未了，所以他想以此激怒江燃。

哪知江燃全无反应，面瘫着脸，说："年轻人很会说笑话，我险些笑了。"

谢谦不知道看出了什么，他不怀好意地笑："我觉得林姐姐很好，我对她一见钟情，想和她有进一步的发展。"

江燃冷冷瞥了他一眼，这一眼寒气逼人，不知为何震慑到了谢谦。

等到江燃与他错身而过，谢谦听到江燃冷冷地说了一句："关我屁事。"

谢谦无语。怎么感觉这前男友很能打？

②

林冬星回来的时候，江燃已经走了。她问起谢谦，刚才有没有兽医过来给羊群做检查，谢谦点了点头。

后续的工作，谢谦都很听话地配合，问了一些与论文相关的问题，还主动帮忙。林冬星对他的印象改观许多，并不排斥这个性格活泼的后辈。

快下班了，林冬星交代了谢谦几句，还给他送了点儿羊奶衍生制品——实验部门用巴氏灭菌法消毒过的新鲜羊奶。这算是员工特殊福利，老王对员工都挺好的，所以溜溜农场能开这么多年，大家还不准备跳槽。

谢谦端着那玻璃瓶装的羊奶，轻笑一声，说："林姐，你对我真好。我小时候家境不是很好，父母是农村的，我妈每天都会去送鲜奶。我几乎没一天早上起床上学能看到她的，不过桌上总会留一碗热气腾腾的奶。"

林冬星嘴角抽搐，艰涩道："所以你看到我，就想到了你妈？"

"不是，我看到你，就想到了未来的妻子。我曾经发誓，一定要找个像我妈一样会送我鲜奶的女人。"

林冬星沉默一秒后说："你还是好好珍惜你妈吧。"

说完这些，林冬星就打算换掉工作服出门等巴士了。

冬天的夜总是黑得快，今天虽没下雪，晚上却依旧雾霭蒙蒙，远方的山融入浓黑的夜里，仿佛整个世界都陷入了黑暗里。

林冬星张嘴呵着气为双手取暖，突然发现旁边还站着谢谦。

她问他："你不跟着金灿灿的车回家吗？"

谢谦说："不顺路，我早上坐巴士来的，我家住市区。"

"好巧，我也在市区。"

"那一起等车吧。"

"好。"

等了大概五分钟，林冬星面前突然停下一辆车。车窗摇下，露出江燃那张棱角分明的脸。

他打量了一眼谢谦，问林冬星："要送你回去吗？"

林冬星很怕冷，早就冻得不行了，当即点头。

她回头看了看谢谦，问："能不能也带谢谦一程？"

"凭什么？"江燃问。

"凭我们孤男寡女共处一室很危险。"

江燃窒息了，蹙眉，嘲讽她："你和他孤男寡女待巴士站倒是不危险。"

"他是君子，你是小人呗。"

林冬星雄赳赳说完这句话，本以为江燃会被激怒，丢下她一个人扬长而去。可这次江燃却不和她计较，只说了一句："都上车。"

林冬星摸摸鼻子，倒觉得自己这一次是以小人之心度君子之腹了。

谢谦不知道他俩嘀咕什么，看到林冬星的手势，便跟着上了车。要不是想接近林冬星，他才懒得站在这里等巴士呢！他家里的暖气不舒服吗？私家车坐得不爽吗？要不是金灿灿说农场有个美人林冬星，他早就选择去别家农场当少爷，随便花钱请人写论文了。哦，忘了说，什么农村出身都是骗林冬星的，他从小就含着金钥匙长大，家境殷实。那样说只是为了博取同情而已。

等车开到谢谦家附近，谢谦就下车了。临走前，他跟林冬星要微信号：“林姐姐，我加你微信吧？我今晚起草论文，有什么不懂的地方，可以问你。”林冬星没想那么多，她对好学子弟一向有好感，更何况只是个工作微信，于是就给了谢谦。

江燃看了一眼后视镜，总觉得谢谦这小子心术不正。

等谢谦走了，江燃讥讽地说：“我发现，你挑男人的眼光真不怎么样。先是看上了已婚农场主，现在又看上这种道貌岸然的后辈。”

林冬星不甘示弱地反击：“人家只是为了学习而已，别想得太龌龊了。再说了，我挑人的眼光怎么不行？”

她突然想起自己曾经和江燃谈过恋爱啊，骂她不就是骂自己吗？

于是，林冬星贱兮兮地问：“你是指你不好吗？”

江燃顿了顿，突然被这话扼住了喉头。许久，才从牙缝里挤出一句：“我不是你男人。”

气氛突然很尴尬，林冬星后知后觉地脸红了。那个，她不是这个意思，就是觉得前男友也是在一起过的男人，一时心直口快才这样说的。

林冬星抿了抿下唇，说：“你别误会，我不是想旧情复燃。”

“我也不是。”江燃迅速接话，两人在这夜达成了共识。

3

这一晚，林冬星睡得很不好。

她躺在厚重的棉被里辗转反侧，将自己蜷缩成一个茧子。屋内只有小夜灯亮着微弱的光，窗外是灯火燃烧的都市。

她一闭上眼，脑海里就会浮现江燃的脸。他专注地开车，暖黄色的光打在他的脸上，深邃的眼窝浮现浅浅阴影，将他挺立的鼻梁照得更加明显。江燃的唇瓣很薄，一般来说，这样的薄唇男最是寡情，可林冬星才是最无情的那个人。

可以说，现在对她刻薄的江燃是她一手促成的，她没有资格怪罪他。

林冬星的耳畔又响起了江燃说的那句话："我不是你男人。"

林冬星想到了高中的时候，江燃拿到了学校对贫困户的补贴，江燃的家境不算是特别穷，可他是单亲家庭，学校为了表达对尖子生的关怀，特地给了他一些补助物资。原本不了解江燃家庭情况的同学，在那一瞬间好似都明白了，他们望向他的表情有同情怜悯，甚至有既刻意又做作的关心。

江燃不需要同情，不需要可怜。学校对于他来说不过是个学习的地方。他在这里学到知识，借此考上心仪的大学，这样就足够了。

当时江燃的唇色有些发白，不知是因为校服单薄，还是情绪导致的。林冬星只记得他的手掌攥成拳，然后一寸寸收紧。他一言不发地将礼物端回座位，然后拿出试卷，继续专心致志地做题。

这时高一才刚刚开学几个月，大家只是通过模拟考知道了江燃是个年级段成绩排名前二十名以内的学生，对于其他，一无所知。

而学校的关怀将他的遮羞布完全撕扯下来了。

林冬星对江燃还不熟，不过她是他的同桌，好像能感知到江燃的情绪。于是，她伸出手指，扯了扯江燃的校服，说："我肚子有点儿饿，你刚领的八宝粥能不能分我一瓶？"

江燃瞥了一眼聒噪的同桌，然后开封，给她拿了一瓶。

"谢谢，我明天给你带我家阿姨做的红枣糕。"林冬星小声说。

"嗯。"江燃不太喜欢搭理她。

"你刚才是在不高兴吗？"林冬星问他。

"有什么好不高兴的？"

"班主任让全班都知道了你的私事。"

江燃没说话。

林冬星自顾自继续说："假如你不高兴了，那就说明你对自己家庭的情况很在意。你不要太在意，坦然接受这一切，毕竟人是无法选择自己的出生，却可以改变自己人生的。”

这一番话从一个高中生口中说出，让人颇为震惊，江燃诧异地看了她一眼。

林冬星傻乎乎地笑：“我昨天看小说看来的。”

“很有深度的书，书名叫什么？”江燃难得和林冬星对话。他说话时声音有点儿低沉，听起来很好听。

“《我的绝世猪王子》……”算了，她还是闭嘴吧。

这是江燃和林冬星第一次说话，话题不是很有趣，却也有酸有甜，就好像人生一样。

就这么相处了半个月后，林冬星为了报答江燃的八宝粥之恩，决定请他吃烤串。实际上是林冬星发现江燃简直就是个小天才，每门课都是年级前十，这样的大腿必须得抱！不但要抱，还要和他好到能抄他试卷的地步。

于是林冬星一下课就提出能不能带江燃出门去吃烤串，哪知江燃为人特别正直，无功不受禄，直接拒绝了：“不行。”

“我上次拿了你一瓶八宝粥呢，你得给我一个报答的机会！”林冬星双手合十，求他来吃烤串，增进感情。

江燃这个人油盐不进，冷冰冰地拒绝道：“不用。”

“为什么啊？你就这样不想和我出去吗，就一定要拒绝我吗？”林冬星这句话犹如平地一声雷，惊到路过的同学们。大家纳罕不已，林冬星胆子真大，居然敢当众表白？

江燃眯起眼睛，意味深长地说：“我妈不让我和傻子玩。”

“你才傻子呢！”

“我上次化学考了满分，而你不到六十。你说，是我傻还是你傻？”

“行吧，我傻。”她垂眉敛目的委屈样又让江燃有些不适了。他对女生是不是要客气一点儿，别太凶恶了？

江燃看了看时间，他妈工作下班比较晚，这时还没到家，或许跟林冬星出门一趟也没什么。

算了，他难得有点儿好心，也可能是她摇尾乞怜的样子太可怜了。江燃良心发现，跟她去了。

河边的烧烤摊，林冬星让烧烤阿姨烤了三十串羊肉串，加上孜然与辣子，被炭火熏得很香。

江燃不适应，一直咳嗽，躲到了逆风口处。林冬星凑过去，递给江燃一瓶营养快线。

“你是不是不吃辣啊？我看你很讨厌辣味，好吧，请你喝这个！”她笑了笑，眼里仿佛有星星，璀璨生辉。

江燃抿唇，接过来喝了一小口，清清嗓子。

一瞬间，林冬星觉得，他也并非那么不好接近。

林冬星把烤串递给江燃，对方没接。林冬星强塞了三次，江燃只肯拿一串。

林冬星不和他计较，江燃或许就是这个腼腆的性格，和别人话都不多的。实际上江燃只是不想理林冬星而已……

林冬星和江燃吃完了烤串，她厚脸皮问：“我们算是朋友吗？”

“不是。”江燃回答得很快。

“今天其实是我死去的那只小黄狗的忌日，从来没有人和我一起纪念过它。江燃，你是我第一个朋友。”

“我们不是朋友。”

“你是嘴硬吗？”

江燃斜她一眼，懒得反驳。

林冬星又点了一堆吃的，她接过阿姨递来的一大把烤串，从中抽出一根签子，抖了抖辣子和孜然，递给江燃：“好吃，你再试一串。我知道你不吃辣，特地抖掉给你了！我贴心吧？”

“不用。”江燃很抗拒，斜了她一眼，心说：不应该是让阿姨不放辣吗？这女生怎么回事啊？

林冬星执意将烤串喂到他的唇边，当羊肉触上少年冰凉的唇瓣时，她才惊讶地发现，江燃的唇很薄，这是冷情男人的象征——小说里面都这么写的。

江燃觉得推来推去的动作很难看，他没有别扭，小心咬住了肉，避开林冬星的目光，开吃。

不知不觉，他也吃完了一串。

林冬星笑嘻嘻地说："我说了，这家的羊肉串很好吃，你肯定喜欢。"

"你哪只眼睛看到我喜欢了？"江燃忍不住反驳。

"两只眼睛都看到了。"

"瞎子。"

他们坐在河边的台阶上，吹着夜风，吃着烧烤。

看着林冬星喋喋不休的唠叨样，江燃莫名心生愧疚。林冬星也不是什么坏女孩，他是不是该对人家热络一点儿？

就在江燃对林冬星改观一点儿的前一秒，林冬星轻咳一声说："既然吃了我的烤串，不当我朋友也行。你就拿今天自习课上做完的英语试卷给我当礼物，参考一下，以此偿还吧。"

"呵，你做梦。要烤串，我下次请回来，要试卷，没门！"江燃绝情地拒绝，他就知道，这姑娘没那么好心。原来讨好他这么久，就是想抄他试卷！

4

隔天上班，唐糖反馈羊舍好像有雨水倒灌的情况，需要林冬星和老王汇报，让他赶紧找人修理排水管道，否则羊舍地面过于潮湿，坏死杆菌很容易侵入羊蹄缝内，使羊群患上腐蹄病。

林冬星也着急了，她刚换上工作服就往老王所在的办公室跑，哪知太匆忙没看清路，一下子被铲子绊倒在地。

她摔在了水泥地上，这次伤得不轻，疼得她趴了五秒都没能站起来。

唐糖看到了，吓了一跳，急忙扶住她："冬星，你怎么样？"

林冬星摇摇头，满头热汗："我没事，你先去找老王吧。"

"你等会儿，我找人送你去兽医部！"兽医部也会一些治疗人的基本手段，毕竟是农场，磕着碰着是常有的事。

唐糖看到远处走来的谢谦就像是看到了救兵，两眼放光，她急忙喊："谢谦！快来帮忙！"

"这是怎么了？"谢谦三步并作两步跑过来。

"冬星摔着了，你陪她去兽医部，我得跟老王说点儿羊舍的问题。"唐糖交代完就心急火燎地走了。

林冬星好像崴到脚了，膝盖也蹭破了皮。她的鼻翼上都是汗，闷哼着站起身，扶住一侧的墙。

"林姐姐，我背你过去吧？"谢谦提议。

"不用了，你搀我一下，我自己走。"林冬星不太适应和谢谦有太过亲密的肢体接触，可她扶着谢谦的肩走了两步，膝盖就发软，怎么都走不了了。

"你这也太逞能了。"谢谦不愿意放过任何一个可以讨好林冬星的机会，当即就蹲下身子，拍拍肩膀，说，"上来。"

林冬星看了一眼不远处的兽医部，抿了抿唇，小声说："那我先谢谢你，下次请你吃饭。"

"小事。"谢谦一把背起林冬星，朝兽医部跑去。年轻人的力气很大，背一个娇小的女人简直就是轻而易举的事情。

林冬星有一瞬间恍惚，她似乎习惯了一个人生活，突然受到别人的照顾，还有些措手不及。

兽医部门就江燃一个人在，其余的兽医都去各自负责的区域检查动物健康状况了。谢谦将林冬星放下地，跟江燃说："林姐姐伤到脚了，你帮忙看看。"

江燃见到林冬星是由谢谦背来的，眼睛微微眯起，若有所思。他拿出医疗箱，让林冬星褪下鞋袜，检查伤处。

实际上，林冬星疼过一阵子也就没什么感觉了。她这才想到羊舍里的乱子，对谢谦说："你先回羊舍等着吧，万一有其他事情，唐糖一个人忙不过来。我这里有江兽医就行了，没什么大事。"

"那好，我先走了。"谢谦嘴上这样说，身体却没动。

林冬星察觉到了，疑惑地抬头问他："怎么了？"

谢谦嬉皮笑脸道："刚才林姐姐说的请我吃饭，可别忘记了！下周一是我生日，如果林姐姐的脚伤好了，就那天下班后吧？"

林冬星答应了的事情就不会拒绝，当即也没多想，点头说好。

谢谦朝江燃挑挑眉，无声宣战，然后志得意满地走了。

许是林冬星给江燃增加了不少工作量，他的脸色不太好，唇瓣紧抿，脸黑得像锅底，搞得林冬星也很愧疚。

她小声试探："不然我自己来包扎好了？"

江燃继续给林冬星破皮的膝盖上药，火药味十足，说："如果想下周一之前养好脚，你就别乱动。"

下周一？她突然想起那天和谢谦有约，于是小声问他："难不成你吃醋了？"

江燃手一顿，讽刺她："你是我的谁？我凭什么吃你的醋？"

林冬星碰了一鼻子灰，不敢再开口了。

过了五秒，江燃将大号创可贴贴在她抹上消毒药膏的膝盖表面，说："不过你们进展得还真快，才认识没几天就搂搂抱抱。想当年，我好歹也是认识你一两年才牵的手。"

他是嘲讽她水性杨花吗？林冬星反驳："是没人帮忙才找他的。"

"如果要找人帮忙，给我打个电话不就可以了？"这话脱口而出，江燃自己也感到古怪。

他抬手干咳一声，解释："我只是想说，我对前女友会保持仅有的一点点善意，虽然你不能借此来接近我，不过帮一些小忙，譬如送你来医务室这点小事，我应该不会拒绝。"

5

"包扎好了。"江燃替林冬星套上袜子，她的脚踝有些肿，穿不上鞋。

林冬星受伤的事情很快就传遍了整个农场，老王提着一盒鸡蛋前来慰问，嘴里嘟囔："哎呀，现在的小姑娘做事怎么毛毛躁躁的。冬星，这鸡蛋你拎回去补补身体，脚伤好了再来上班。这算是工伤，你放心啊，不扣你工资！"

老王居然有这么体贴的一面，让林冬星受宠若惊。

她诚惶诚恐地收下鸡蛋，听着老王再三叮嘱江燃："小江同志，冬星就拜托你了，你好好照顾她。现在不是没人送她回家吗？你就让她在这里待到你下班吧，你正好顺路，捎她一程。"

江燃点点头应允："您放心。"

林冬星在这里兀自纠结，江燃却没有多少闲情雅致关注她。他一直在忙自己的事情，登记自己管辖范围内动物的健康状况，并将情况记录在电脑里。

到了中午饭点，江燃保存了资料，打算去食堂吃饭。刚走出办公室，他突然想起角落里还有林冬星。江燃仅有的那么一点儿良心有些隐隐作痛，破天荒问出一句："你吃什么？"

"啊？"林冬星本想让唐糖送一份饭过来，没想到江燃突然开口问她。她张了张嘴，嗫嚅道："就来点儿红烧狮子头，还有糖醋鱼什么的，再一份白米饭。"

“不吃蔬菜吗？”

江燃从来不关心她，这样问，倒打了林冬星一个措手不及。

林冬星舔了舔干涩的下唇，说：“我不爱吃蔬菜。”

江燃像是没听到，自言自语：“我再给你点个豆角，吃点儿蔬菜对身体好。”

“我真的不爱吃蔬菜……”

他讽刺地说：“想下周一就养好伤，营养一定要均衡，不吃蔬菜，休想！”

“哦。”林冬星闷闷地答应了。

办公室里有暖气，可门开开合合，总会将湿冷的寒气灌入。他特地开了一道小缝，小心翼翼地出去，再带上门。

林冬星瞧见这一幕，内心有点儿触动。她呢喃自语：“是怕冷风进来冻着我吗？”

刚说完，念头就被打消。

林冬星自言自语：“别想太多了，江燃只是怕自己回办公室的时候，暖气不够暖吧……”

像他这种刻薄的人是绝对不可能关心别人的！

昨天下了雨，今天很快结冰。地面有一层薄薄的冰霜，踩上去很滑。江燃走路的时候也很小心，脚步尽量放轻，生怕自己摔跤。绕过养鸡场，快到食堂时，他突然瞥见一侧的鸡蛋储藏室外，谢谦背对着他打电话。

江燃停下了脚步，掩在旁边静候片刻。他觉得自己魔障了，竟然在偷听谢谦聊天，这样的举动不像是他会做的！

黄毛小子打电话有什么好听的？也就林冬星这种没眼力的女人会对他感兴趣。

心里这样想，却默默旁听了一阵子……

也幸亏江燃站了一会儿，正巧偷听到谢谦的对话：“对，就那个御姐。下周一我约了她，到时候喝两杯酒，我就带来给你们看看。几个人起哄，趁着她醉醺醺的时候，我再强吻一下，哪个女孩能把持得住这种霸道少年？最近不是很流行‘小狼狗’吗？我听说她很久没谈恋爱了，单了这么多年，肯定会春心萌动。”

江燃偶然听到这句，怕被人察觉，又蹙眉往食堂走去了。

林冬星是真的瞎。离开他以后，她的择偶品位着实令人担忧。

还有，谢谦是个人渣。这种事情，他要告诉林冬星吗？如果说了，却不是林冬星亲眼所见，估计又要诽谤他吃醋了。

江燃冷笑：“呵，吃醋？面对她，我心如止水，绝不可能吃醋。”

还是不要说了，免得林冬星胡思乱想，瞎猜他的心理活动。而且，他也没想好如何跟林冬星解释，他只是偶然路过，碰巧听到了谢谦说的话，绝对不是偷听。

6

林冬星吃完饭，下午又看了几页书，一天就这么过去了。晚上回家，她已经能单脚跳上楼梯了。

林冬星在家养了几天病，许是伤得不重，周末就痊愈了。保险起见，她周一没去上班。在家观察了一整天，确认可以重新投入工作，这才和老王说周二早上回来上班。

这天下午，谢谦给她发了信息，说晚上九点在麦吉酒馆吃烤串。

林冬星说好，这是她之前就同意的事情。

等到下午五点，林冬星刚刚洗完澡，换了一身冬季毛绒长裙，再套上杏色风衣。她正要涂抹面霜的时候，门铃响了。

这个点是谁找她？

林冬星心里猜想着，小心翼翼地打开门。刚开一道缝隙，她就看到了江燃。他穿着白色的毛衣，羽绒服敞开，锁骨线条若隐若现，让人挪不开眼。

“你有事吗？”林冬星问。

江燃见她警惕的样子，忍不住刺她：“你这防备心要是用在外人身上，也不至于被骗了。”

一见面又是吵架，林冬星很无语。

等了五分钟，江燃没有下文，可人又不走。

林冬星自讨没趣，正打算关上门。就在这时，江燃突然探手，四根白皙纤长的手指搭在她的门板上，硬生生将门扯住：“等等！”

“嗯？”林冬星困惑不已。

江燃掉转开视线，不自然地说：“今天是很重要的日子，你晚上得陪我。”

“可我晚上有约。”

“推了。”

“而且，你重要的日子，为什么要我陪？”

“因为……”江燃犹豫一秒，义正词严地说，“今天是分手纪念日。”

“我记得我们不是这个日期分手的吧？”

“今天是你以前第一次送我奶茶的日子，我觉得很有纪念意义，我们应该一起过。这样一来，我就能时时刻刻提醒自己，你是一个怎样的女人，劝自己今后不要重蹈覆辙。”

林冬星沉默了。这话，她该如何反驳？江燃真的不是来找骂的？

“所以，给我一个机会，我们一起过吧。不用很久，吃一顿饭就好。”

林冬星想着她和谢谦的饭局是约在晚上九点，先应付了江燃再赴宴也来得及，反正她也不打算空腹去吃烤串。

“那行，你想吃什么？火锅还是中餐？我带你去。”

江燃一本正经地说：“外来食物满足不了我对你的厌恶感，我想，只有吃上一顿你亲自煮的晚餐，才能让我完全死心，对你毫无幻想。”

“你的意思是，你现在对我存有幻想？”

“没有，现阶段只是在尝试能不能更讨厌你一点儿。和你共进晚餐，看到你丑陋的吃相能让我对你的好感更减少一分，也能斩断你想与我旧情复燃的心思，让你深刻记住我们已经分手了这个事实。”

“你误会了，我真的没想和你复合，所以这顿饭还是不吃了吧……”林冬星正要关门，江燃突然攥住了她的手腕，目光灼灼，如火般狂热。他坚定地说：“不行！这顿饭就是你表决心的时刻，只有完全忘记我的人，才会心无旁骛地为我煮晚餐。只要你有一丝拒绝的想法，就是内心深处想追求我，是隐患。”

“不是，你真的想多了……”

“既然没有，那就来做饭，自证一下。”

行吧。林冬星成功被绕入了圈套里，直到她迷迷瞪瞪跟着江燃来到超市，这才清醒过来。

等会儿，她凭什么为前男友煮一顿爱的晚餐啊？就凭他长得好看吗？

呃，江燃是长得挺好看的……

7

超市里，江燃推着购物车，缓慢地跟在林冬星身后。超市里暖气很足，江燃热得脱下羽绒服放入购物车里，仅仅穿着一件宽大领口的毛衣。他身材高挑，下班回家洗过澡，发梢有些湿，这样一看，带点儿性感和骨感的美，很勾人。

两个人这样沉默着逛超市，竟然有种莫名的温馨感，像是一对挑选日常用品的年轻小情侣。林冬星无所适从，急忙找了个话题，问江燃：“你晚上想吃什么？”

江燃随口回答：“你做的，什么都行。”

他的本意就不是吃东西，只是为了拖延时间。

可这话一说出来，倒带了点儿宠溺的意味，让林冬星呆了一呆。

她总觉得哪里怪怪的，但又说不上来。

既然江燃不挑，那就由她来选吧。她拿起一盒西红柿，她记得以前在高中食堂吃饭，江燃总点西红柿炒鸡蛋。他是个彻头彻尾的素食主义者，极少吃肉，而林冬星是肉食动物，他们两人天性就不和，难怪分了。

林冬星随意挑了几样她会煮的小菜，路过蛋糕区的时候，她看到一排排冲泡样式的奶茶。恍惚间，她想起江燃说今天是她第一次送江燃奶茶的日子。

好像是有这么一次，她晚自习肚子饿了，想偷跑去小卖部买点儿零食。起身的瞬间，她碰到了江燃握笔的手，那么冷，好像冰碴子似的。

林冬星记在了心里。她去小卖部买了零食，临走前，还捎上一杯少糖的原味奶茶。

等到她将热腾腾的奶茶递到江燃手里时，对方还一副难以置信的样子。

然后，冷淡的少年握住那杯奶茶，非常小声地说了一句："谢谢。"

这是无足轻重的小事，难道江燃真的记了这么久吗？林冬星偷偷瞄了一眼在不远处挑选生活用品的江燃，心底有一处地方悄然塌陷，变得格外柔软。

江燃见林冬星睁着一双水灵的杏眼盯着他，问："怎么了？"

林冬星红着脸摇摇头，却依旧盯着他看。

他是有什么不对劲的地方值得她这样打量吗?

江燃不由蹙眉，说："我洗过澡，也换了衣服，甚至喷过香水……我身上应该没什么异味或者奇怪的地方吧？"明明澡也洗了，换上了最干净、最显身材的低领毛衣，身上还喷了浅淡的雪松香水，一切都该完美无瑕。

林冬星勾唇："哦？为了见我，特地洗澡了？看来江兽医很期待和我共进晚餐嘛！"

江燃反应过来，微微抿住了薄唇："你别误会，我不是为了你才这样，我是为了我自己。"

“是吗？”

“每天我们都会遇到很多陌生人，不知道何时缘分会到来。所以我要随时随地准备好，以最完美的形象迎接我未来的伴侣。当然，我见的这些人里根本就没有包括你，你连当备胎都没资格。”江燃回味了一下这番话，确认杀伤力很强，这才满意地点了点头。

林冬星喉头一鲠，一口老血闷在心中。她刚才是中了什么邪，觉得江燃这个人其实很不赖？幸亏分得早，开心活到老。

她愤愤然拿了几根大葱，还有一盒牛肉，拉着江燃打道回府：“走吧，就吃这些了。”

江燃瞥了一眼大葱，说：“我不是很爱吃大葱。”

林冬星冷笑：“你不吃啊，那真是太好了，前任的存在，就是要干尽一切你讨厌的事情。恭喜你，时隔多年，喜提前女友一名。”

江燃突然觉得心底深处升起了一团名为委屈的情绪，他好像……没招她惹她吧？

8

回到江燃家，林冬星憋了一肚子气，炒菜的时候，锅铲都敲得很大声，惹得江燃频频回头。

林冬星恶狠狠地问：“看什么看？”

江燃蹙眉：“你是想敲坏我家锅，到时候找借口来修理，赚一次和我独处的机会？呵，女人，道行倒是挺高的。”

林冬星满头问号：“嗯？”

行吧，她刻意放轻了动作，以免再惹来江燃的误会。

大概晚上七点，林冬星就煮好了一桌饭菜。她拿碗盛饭，催促江燃：“快点儿吃好，我九点还有约。”

江燃看了一眼闹钟，问：“是和谢谦的约？”

“嗯，上次他帮了我，人情债总得还回去。”

江燃算了一下，现在距离九点还有两个小时。一顿饭，江燃细嚼慢咽好不容易吃完。他趁林冬星转身放碗筷的时候，突然将汤洒到身上，义正词严地说：“你汤碗摆放的位置不对，害我洒了一身汤。所以，作为惩罚，你吃完饭不许走，得帮我清理好弄脏的衣物。”

他又想搞什么幺蛾子？

林冬星以前怎么没发现江燃是这么难缠的角色？她气不打一处来：“江燃，你是在无理取闹吗？”

“我知道你的心思，你现在可以假装生气摔门而去，过了半小时再心生愧疚主动帮我洗衣服。言情剧的套路我都懂，为了杜绝这种可能性，我当机立断让你洗，故意给你一个与我独处的机会。”

“不，我不需要这个机会。”

“别口是心非了。”江燃站起身，突然将细长的手指抵在腹部，解开衬衫纽扣。

“你干什么？”林冬星后退一步，看着他欺身过来，缓缓解开纽扣。纽扣底下是一片大好春光，男人结实紧致的腰身若隐若现。

江燃低下头，慢条斯理道：“我只是在履行债主的义务。”

林冬星感到呼吸困难，她颤着身子，问：“嗯？”

“把脏衣服脱下来，递给你洗。难不成干坐着等你来脱吗？哦，我明白了，原来你打的就是这个心思？”

“不是，你别误会了。”林冬星接过衣服，恼羞成怒地冲向厕所。

走到半路，她突然反应过来。她什么时候答应要给江燃洗衣服了？

算了，林冬星想赶紧送走这瘟神。她进了厕所却发现不会用江燃家的洗衣机，于是问道：“你家洗衣机怎么用？”

江燃赤裸着上半身，紧跟其后，回答道：“洗衣机坏了。”

林冬星不可思议地回头看他：“你难道要我手洗？”

“这个提议好，我允许了。”

她只是随便问一句，不是要手洗的意思……

林冬星觉得今晚江燃消磨完了她所有的耐心，如果可以，她不介意上一次“论养殖员暴打兽医同事是感情纠纷还是工作矛盾”的新闻。

林冬星拿了个脸盆，将衣服泡在水里，加了洗衣粉。她戴上塑胶手套后，把衣服想象成江燃的脸，狠狠蹂躏。

江燃双手抱胸，靠在浴室门口，歪头看洗衣服的女人。

林冬星鬓边的发丝散落，掉到眼睫前，挡住她红润的侧脸。老实说，林冬星长得很好看，低头的时候，后颈裸露的皮肤像鱼腹的那道白光，勾得他心有些痒。

不过是生理上见到漂亮女性的正常反应罢了，并不是对林冬星有什么想法。这样一想，江燃又刻意想惹林冬星生气似的，说：“你可以慢慢洗，我不介意你用手洗的方式，拖延待在我家的时间。”

林冬星幽怨地瞪了江燃一眼，咬牙切齿道：“你再说一句话试试看？”

“不好意思，是我错了。”

“嗯。”没想到江燃也知道认错，林冬星脸色稍微变好看了一点儿。

“我不该当着你的面说出你的心里话。你是女人，也会有基本的廉耻心。”

林冬星气得把衣服摔进盆里，脱下手套，转身就走。没料到地上太滑了，她没站稳，一个重心不稳，朝后摔去。

她身后的江燃犹豫一秒，本想避开，任她摔。可那一瞬间良心发现，还是以迅雷不及掩耳之势伸出手，将林冬星揽入怀中。

就这样，林冬星压在江燃身上，重重砸到地面。她的侧脸撞在江燃结实的胸口上，男人的气息一下子迎面扑来。

林冬星愣了一秒，急忙爬起来，随即大惊失色地喊：“江燃？！你……你流血了！有没有事？”

江燃的额头撞到一侧的杂物柜，被刮出一小道血痕，还好头没着地。

他伸手捂住额头，痛苦难当，闷哼出声。他觉得自己是鬼迷心窍了，为什么要救林冬星？明明他恨惨了她。

直到林冬星拿碘酒给他的伤口消毒，江燃才回过神来，龇牙咧嘴道：“我救你，只是医者的仁心作祟，绝对不是对你有意思。”

林冬星扶额：“我知道了，你不要解释。越解释越显得欲盖弥彰。”

“不过，你故意摔倒想测试我会不会救你，这种心机手段是不是旧情复燃，那我就不太懂了。”

不是，绝对不是。林冬星嘴角一抽，痛苦地闭上了双眼。

9

江燃的伤口并不深，用碘酒及时清理了，很快就止住了血。林冬星帮他贴了个创可贴，又问：“有没有什么事情？如果不舒服，我带你去医院。”

江燃摇摇头，他并无不适，也不想小题大做。

林冬星松了一口气：“既然如此，那我就先去赴约了。”

她刚要起身，手腕却被江燃结结实实抓住了：“等等！我觉得头有点儿疼，这是你的责任，你得负责，留下来照顾我。”

林冬星回头，盯着紧握着她的五指。男人的指骨纤长有力，死死钳住她。林冬星古怪地看着他，说：“你再不松手，我就要误会你喜欢我不肯让我走了。”

江燃浑身一颤，急忙松开了手，避开她灼热如炬的目光。

林冬星似笑非笑地说：“江燃，我从今天晚上就发现你各种不对劲的地方。先是说分手纪念日要我做饭，又要我手洗衣服，你这样处心积虑地留住我，到底是为什么？”

江燃轻咳一声，起身进卧室拿了一件衬衫披好。他一边散漫地扣着纽扣，一边靠近林冬星，说：“既然事情发展到这一步，那我也不隐瞒了，其实我……”

这台词是不是有点儿耳熟？林冬星心跳加速，回想起高中时期的事。那时候的江燃性格内敛，甚至有些腼腆。他趁着运动会结束，把得来的奖品塞到林冬星手里。林冬星不明就里，望着夕阳下明媚的少年。江燃装作看其他地方，耳根绯红，随即小声开口：“其实我……对你很感兴趣。”

这就算他很出格的表白了。多的也不敢讲，不符合他清冷学霸的人设。难道过去这么多年了，江燃还没放下她？林冬星忽觉口干舌燥，一时间，她也不知道该怎样拒绝。如果江燃和她表白了，她该怎么办呢？

林冬星结结巴巴插话：“你是不是想和我表……”

她话还没说完，江燃冷淡地接了后半句：“其实我发现谢谦是个渣男。”

“嗯？”林冬星一脸蒙，还没回过神来。

“不信？你跟我来。”江燃突然开启了日剧跑的模式，拉着林冬星的手一路狂奔，将她带上车。

现在倒不是信不信的问题，而是林冬星自作多情以后，心理落差有点儿大，甚至想找一道地缝钻一钻……

江燃把车开到林冬星晚上要去的麦吉酒馆附近，快要到九点的时候，林冬星看到谢谦搂着一个女孩，旁边围着一群年轻人，说说笑笑地往酒馆走。快要到酒馆了，谢谦突然松开那名女孩，手指捋着她的头发，说：“小姐姐今晚别跟着我了，没空和你玩。”

女孩烫着大波浪，烈焰红唇，打扮很是性感。她嘴一嘟，小声埋怨：“你又被哪个女人勾去了？”

“就是玩玩的，过两天我再来找你。乖，你先回去。”

赶跑了人，谢谦跟着兄弟们径直走向酒馆。谢谦所在的位置虽然离他们近，可人都是容易忽略细节的生物。他们躲在漆黑狭窄的巷弄里，酒馆附近路灯又比较亮，所以根本没人会注意到这边的环境。

看到这里，林冬星的眉头蹙起来了。她不是不知道谢谦对她有意思，如果谢谦对她好，反正单身，谈谈也无所谓。可是人前人后两张面孔，那就不太讨人喜欢了。

林冬星给谢谦发了一条爽约信息，然后拉起江燃就走。

她有一种暴打渣男的快感，可分享者居然是她的前男友？这真是太滑稽了。

江燃开车回家，路过便利店的时候，林冬星提议买两罐啤酒。她可怜兮兮地看着江燃说："晚上陪我喝一杯？"

江燃想也不想就拒绝了："你想趁我醉酒断片，成其好事？想得倒美。"

江燃一瞬间又想到了谢谦，林冬星是因为谢谦才找他喝酒。四舍五入，他不就是个备胎吗？

不知为何，江燃更气了，眉头紧锁，道："为了你的人身安全着想，你也不要找我喝酒。我毕竟是个男人，万一喝醉了不小心碰到你哪里，你会赖上我的。"

林冬星说："我相信你对前女友毫无兴趣这一事实，我和你喝酒是对你人格的肯定，你该给我这个机会。而且不是你的话，我还不知道谢谦是怎样的人，于情于理，我都该谢谢你。"

这话一说，江燃的脸色缓和了一些。他不吭声，不置可否。

上了楼后，林冬星鬼鬼祟祟地跟着江燃进了他家。江燃没阻拦，也就是默许了。

两人待在阳台喝酒，江燃喝得不多，主要是看林冬星发疯。小姑娘对自己的酒量没有数，才喝了一小罐就站不稳了。

林冬星一杯酒敬往事，一杯酒敬来生。她喝多了，脸上满是酡红，打了个酒嗝。林冬星的脑袋很晕，想了想脚踏几条船的谢谦，又想了想交往期间完全二十四孝好男人的江燃。

她说："假如我们两个都没对象，不然凑合一起过算了。"

林冬星这话说得很轻，很明显是醉了。她瞪着一双雾蒙蒙小鹿似的眼睛，横冲直撞地闯入江燃的心脏。

江燃没由来的，害怕与她对视，抿了抿唇，一言不发。

林冬星对着遥远的黑夜，中气十足地吼："江燃！余生请多指教！"

江燃捏紧了手里的易拉罐，缓了很久，垂下眼睫，轻轻说："余生请别乱指教，我打算一个人瞎过。"

林冬星喝多了就想睡觉，江燃目送她回自己家，看着林冬星摆弄半天钥匙也对不准门锁，很无奈。他长腿一迈，夺过林冬星的钥匙，帮她开门。

许是江燃的胸膛很暖，林冬星忍不住凑近，然后将额头靠上他炙热的胸口。

江燃浑身一僵，看怀里的小姑娘没反应，沉沉叹了一口气。

随后，他也不知道是对她说，还是对自己说："这么多年了，挑人的眼光却越来越差。你听好了，再怎样，新男朋友总得比我这个前任强。"

林冬星迷迷糊糊听了一耳朵，心里咀嚼他的话，腹诽道："是因为这样，你才会放心吗？"

这次，却没人回答她了。

第三章

口是心非的是我

你别想歪了。我事先确认过她不是你，这才出手相救的，以免被你以身相许。

1

快要过年了，本来应该放春节假，可农场离不开人，只能轮班休息。

再抠门的农场主老王也知道这时候适当给一些补偿才能留住人，于是他忍痛在轮班假之前，给那些过年没假期的员工带薪旅游一周的福利，等到过年的时候，这些旅游的员工回到农场看护动物，其他没去参加旅游的员工则放春节假期。

饶是这样，也有人不愿意过年还留在农场工作，对于轮班名单，私底下农场成了战场，硝烟弥漫好几天了。

林冬星知道唐糖恋家，好不容易有个年假，总是想回家过的。而她的父亲中年离异，仗着有一副好皮囊，估计约好一起过年的女朋友数不胜数，上次还给她罗列了几个结婚对象，问林冬星偏好哪一款，他怕继母会欺负自己成年的亲生女儿，搞得林冬星哭笑不得。她可不想回去看老父亲的情感纠纷，想了想，决定春节留下看管羊舍。

林冬星午休的时候找上老王，远远地就看见金灿灿在和老王说事。

自从谢谦被林冬星爽约以后，两人的关系就变得格外冷淡，谢谦没做完实习工作就走了。谢谦是金灿灿介绍过来的，后来林冬星才知道，金灿灿是怕她跟江燃旧情复燃，特地派他来吊住林冬星的，哪知林冬星软硬不吃。这在金灿灿眼里就是她依然对江燃感兴趣，嘴上说不要，手里却吊着。于是乎，金灿灿和林冬星的关系急剧恶化，一见面金灿灿就莫名其妙地刺上一句：“怎么？你也是想私底下来找老王调整年假的？想休年假回家就直说，偷偷摸摸背后讲，算不算贿赂？对其他同事也不公平啊。”

林冬星没理她，径自和老王说：“我过年想留在羊舍工作，唐糖回去过年假就行。”

金灿灿没料到她主动留在农场看护动物，顿时一愣。要知道过年缺了人，工作肯定又累又忙，没人愿意在别人舒舒服服吃年夜饭发朋友圈的时候，自己孤独地待在农场里看护动物。

老王没想到林冬星自告奋勇说要留在农场，喜不自胜，说：“哎呀，还是咱们林同志好啊，那些羊缺了人可不行！你放心好了，咱们农场虽然比不上什么大企业，可是该有的辛苦费还是有的，过年那是双倍工资，好好犒劳犒劳你们这些好同志。”

他说完这句，眼睛还往金灿灿那边瞟，小声嘀嘀咕咕：“不像某些人哟，私底下找我抱怨这个抱怨那个，一点儿奉献精神都没有。”

金灿灿自然知道老王不着调的性格，听出他指桑骂槐的话，气了个倒仰。

她斜了一眼林冬星，不屑道：“我家人都等着我回去，一家团圆，这不是很正常吗？哪有人大过年还工作的？哦，我记得冬星家庭环境特殊呀，所以能安心一个人待着工作，不一样的。”

说完这句，金灿灿转头就走。

林冬星听出她在讽刺自己是离异家庭，家里没人，没人疼没人爱，不回去也正常。

不过天天计较这些冷言冷语，哪里计较得过来。

她完全不在意，说完该说的事情，正打算走，哪知她一转身，迎面就撞上唐糖。

唐糖热泪盈眶，搂住林冬星的脖子，热情似火地道：“冬星！你真是我一辈子的好闺蜜！居然舍己为人，救我于水火之中！不枉我费尽心思把江燃骗到农场，助你成其好事！”

唐糖这个人，越说越不靠谱，林冬星听得头疼。

直到唐糖说出最后一句爆炸性的发言：“我也帮你打听好了，江燃春节上班，不回家过年！到时候，整个农场都没什么员工，就你俩一起漫步雪中，看着苍茫的夜，一起守岁，是不是很浪漫？”

林冬星听得脑袋发蒙，痛苦地拧了拧眉心：“浪漫你个鬼！这叫冤家路窄懂不懂？”

林冬星一下子就想到了前两日她醉酒断片，醒来发现江燃睡在她家沙发上的惊悚感。

她以为是江燃看见她醉酒后红扑扑的脸蛋，瞬间心火焚烧，把持不住，夜里难以入眠，所以睡她家。

结果真相是——江燃冷嘲热讽：“不知道是谁抱着我不放，要我唱一百遍《摇篮曲》才让我走。”

林冬星以为这是最丢人的，结果不是。理想很丰满，现实很骨感。

心狠手辣的江燃同学再次补刀：“你还记得歌词吗？”

林冬星当然记得，这首家喻户晓的摇篮曲歌词十分尴尬：“睡吧睡吧，我亲爱的宝贝，妈妈的双手轻轻摇着你……”

江燃勾起嘴角，不怀好意地笑：“你不但要我唱，还要我把歌词从妈妈改成哥哥。”

连林冬星自己都不知道，她原来有这样的嗜好……

据说就因为唱了七十次，林冬星还不喊停，心力交瘁的江燃直接睡着了，于是就有了睡在林冬星家这一魔幻的事情。

为了躲避这一丢人的相遇，林冬星推开挂在自己身上的唐糖，握住老王的手，慷慨激昂地说：“老王，我郑重考虑过了，我觉得我过年还留下上班可能会使我孤苦无依的老父亲伤心落泪。毕竟他年龄大了，盼着我回家过年，每天拿着我和他的合照以泪洗面。我实在是于心不忍……”

老王蒙了：“可是你爸前两天还给我发微信，问他约哪个新女朋友回家过年比较好，啊，不小心说漏嘴了……”老王和林冬星老爸是老朋友了，当处还是林父介绍她来农场工作的。

林冬星尴尬了一秒，继续补充：“这都是他在别人面前伪装坚强罢了，我所说的那些，都是某天我无意间看到他亲笔写的日记才知道的，原来我的父亲半夜梦里都会落泪。”

“是吗？可他前两天还给我半夜分享搞笑视频，害得我被老婆骂啊……”

林冬星一口鲜血险些喷出。

她还想再补充几句杀伤力极强的话，却见江燃从远处走来。

对方好似听到她和老王的对话，似笑非笑，说：“你就这么不想见到仅有一夜亲密关系的异父异母的哥哥？”

林冬星怕他抖出她宿醉要听《摇篮曲》的事情，㞞得像一只鸡崽子，连连摇头：“不是。”

唐糖好奇地问：“什么？什么哥哥？冬星，你还有哥哥？”

“是啊，她当然……”江燃正要说话，突然被林冬星捂住嘴拖走。

老王看得热泪盈眶，说：“小年轻们的感情真好啊。”

他怕林冬星反悔，过年不上班，搞得农场过年没人管，急忙喊：“那就这样定了啊！你俩记得过年轮班，农场的未来需要你们！”

林冬星闻言，正要反驳，可是她拉着江燃，根本脱不开身，想了想，算了，只得放老王溜走。

过年还要上班的事情就这么定下了，林冬星松开江燃，重重叹了一口气。

江燃瞥她一眼，冷笑："你不肯过年待在农场，是知道叶无风兽医要回老家相亲吗？"

"什么？"林冬星皱眉。

"我听说叶无风的老家和你是同一个地方的，你得知他要相亲，所以想去找他，表明心迹？"

"你想多了，我怎么可能这么做？"

江燃倚靠在一侧的墙上，轻描淡写地问："那么，你为什么不肯过年休假？我听说，你每年年假都会坚守岗位，叶无风兽医也是，偏偏你今年不同。你难道不是因为他？"

"当然不是。"

"哦？那是因为什么？"

"是因为……"你啊。林冬星欲言又止，还是说不出后半句话。

她总不能激怒江燃，让他当着全体员工的面，给大家唱她最喜欢听的哥哥版《摇篮曲》吧？

"因为什么？"江燃咄咄逼人，不肯放过她。

这时，林冬星才察觉江燃眼神犀利，正死死盯着她，像是一头咬住猎物颈部的迅猛黑豹。

她咽了一口唾沫，不知为何，下意识地有些畏惧。她假意讨好江燃，说："那是我听说你过年也在这里上班，我想着这样的话，我就能在家亲手做一顿美味的年夜饭，然后打包送给你品尝了。我处心积虑想要报答你宿醉照顾我之恩，这个完美的计划制定了无数次，没想到你居然逼我说出来了……"

江燃的面色和缓了些，道："原来是这样。"

"对啊，所以我现在去找老王说过年休假还来得及……"林冬星刚要跑，却被江燃攥住了手腕。

江燃冷冰冰道："不必。"

“嗯？”

“比起吃你煮的年夜饭，我更想你陪着我在农场上班。”

林冬星窒息了。

“毕竟……”江燃想到了什么，突然狡猾地笑，“你不听哥哥唱的《摇篮曲》，估计会睡不着吧？”

林冬星倒吸一口凉气，没想到江燃如此狠。

2

春节要上班，所以春节前一周，不放年假的员工都组织起来去旅游了。老王给员工订的是省内的古镇门票以及两天一夜的住宿房间，还包吃。单人费用算下来七八百，可见老王这次是大出血。

人数有八九个，大家订高铁票的时候都是选连座的。关系好的凑一堆，留下的就是林冬星和江燃了。江燃是新来的兽医，和他们的同事情还没那么深，而林冬星是管羊舍的，和其他兔圈、鸡圈饲养员又不太熟。还有人知道他俩是前男女友关系，想看热闹，所以把他们凑到了双人座上。

林冬星坐的是靠窗的位置，旁边坐着江燃，两人互看不顺眼，气氛很尴尬。

大概三小时后才到站，林冬星百无聊赖地刷手机，偶然瞥见一旁的江燃在聊微信，偷看一眼对方的头像，是个粉色的动漫女生，估计是个小姑娘。

他又和其他人相亲了？

林冬星想了想，江燃也这么大的人了，家里人不急才有鬼。明明吃着碗里，还看着锅里，三番两次阻挠她找新对象，害她以为江燃对她有意思。

男人都是这个鬼样子吧。

也不知为什么，林冬星心里有一丝不爽。林冬星探头瞟他的手机，后者却把屏幕一盖，挑眉看她：“有事？”

糟糕，被发现了。林冬星面不红心不跳，道：“起开，我想上厕所。”

上厕所的途中，林冬星默默为自己的机智点赞。

等到林冬星回了座位，江燃突然说：“你知道手机屏幕反光能力还是不错的吗？”

“什么？”林冬星丈二和尚摸不着头脑。

“你要是好奇，可以直接问我，不用一直偷看我在和谁聊天。”

林冬星尴尬地咳嗽。

江燃微微一笑，说：“我祝我小侄女新年快乐而已，她今年刚上高中。”

难怪是动漫头像，这可是中学生不治之症——“中二病”。

林冬星拆了一包核桃递过去：“这核桃还挺好吃的，你尝尝？”

江燃不理她转移话题的这一招，继续说：“所以，你这么关注我，是在吃醋吗？”

“不，你想多了。”林冬星真诚地说，“我是发自内心为江兽医高兴，一旦你有了女朋友而我毫不在意，这样就能洗清我对你心存幻想的嫌疑了。这是一件好事，所以我才会特别关注一下。”

“是吗？那再好不过。”不知这句话又触了江燃哪片逆鳞，他原本笑着的脸突然晴转阴，抿着唇，不理她了。

就这样，一伙人插科打诨，晚上六点左右，他们就到了古镇。古镇的旅客很多，到处都张灯结彩，翻新过的店家把礼品包装成春节伴手礼，吸引游客的注意。既然来玩了，大家都想着玩得开心。一伙儿人在旅店放下随身衣物，带上钱，就各自去逛街了。

林冬星和其他人不熟，看着大家三三两两地走了，一时间不知该怎么办。一个人轧马路也太惨了吧？她想拉个垫背的，于是跟着江燃走。

江燃脸色不善，挑眉问她：“跟着我做什么？今晚人多，自己出去逛逛，没准还能有艳遇。”

林冬星嘀嘀咕咕：“我这不是怕你一个人逛街很孤单吗？”

“不劳你费心。”江燃冷哼一声，“你不想有艳遇，我还想有。别跟着我，自己玩去。”

“那……行吧。”林冬星被他莫名其妙发的火气搞得也蛮纳闷的，下意识地摸了摸耳后，往反方向走了。

江燃自顾自融入人海中，不知发了什么癔症，他小心翼翼地回头看，身后还真的没跟着林冬星。说想跟着他走也不过如此，明明就不是非他陪着不可。江燃阴沉着脸，连热闹非凡的店铺都不逛了。

他绕了一大圈，突然听到人群中的喧哗声，好像是有女孩落水了。他下意识地挤入人群去看，灰蒙蒙的河里，有一个穿着白色羽绒服的女孩在挣扎。这衣服是不是有点儿眼熟?

江燃想到林冬星今早穿的那一身白色羽绒服，一下子坐立难安。

可他看不清人脸，一个是水花过大，另一个是河上没灯。远处有船夫开船来打捞，可是距离太远，眼看着人慢慢不动了，像是要沉入河底，这样怕是不行，可能会溺水身亡。

毕竟是大冬天，天气寒冷，水温又低。衣服吸了水，像是铅球一样，太重了，根本使不上劲儿划水，况且冷水容易让双腿抽筋，在水里抽筋等于自寻死路，普通人根本不敢冒险。而且往来的都是游客，没人会豁出命去救人。江燃咬了咬牙，脱去羽绒服跳入水中。

河里的水很腥，冰冷刺骨，他的体温顿时下降，几乎是憋着一口气，朝白衣女生游去。

恍惚之间，他想起以前的事。林冬星根本不会游泳，以前一上游泳课就害怕得想逃跑，最后还是被他拉下水的。后来看她实在学不会，就只能依着她戴泳圈下水泡着了。

这蠢货是旱鸭子。江燃这样想着，单手揽住渐渐下沉的女孩。他将人带出水面，借机撩开对方湿润的额前长发，看到她被冻得苍白的脸。原来不是林冬星啊，他既庆幸又觉得自己是昏了头，以为是林冬星落水，不要命地救她。

江燃在体力透支的前一秒，得到了船员的救助。他刚爬上岸，凑热闹前来围观的林冬星焦急地跑来大喊道：“江燃，你有没有事？”

江燃气喘吁吁，身体又湿又冷，他咳出一摊水，苦笑了一下。

林冬星脱下白色羽绒服盖在他身上，这时，她看向一侧被救护车带走的溺水女生，对方的羽绒服似曾相识，好像和自己这一件是同一款式。没想到千里迢迢来旅游还能撞衫啊，感慨之余，她突然想到了一件古怪的事情。

她问江燃：“你是不是以为我落水了，才去救的？”

江燃一边咳嗽得面红耳赤，一边咬牙反驳：“不是，你想多了。”

林冬星协助医护人员将他抬上担架，作为朋友，林冬星陪江燃去了附近医院。她一边推着担架床，一边翘起嘴角，道：“是吗？可是那女生的羽绒服和我的很像诶。”

“你别想歪了。我事先确认过她不是你，这才出手相救的，以免被你以身相许。”

看江燃还有力气说这种鬼话，林冬星举起手，捶了他胸口一拳。

江燃皱眉：“你想谋杀同僚吗？”

林冬星冷笑：“不，我这是给你做心肺复苏。”

江燃觉得自己一定是脑子进了水才想救这恶毒的女人。

3

这两天，林冬星是陪着江燃待在医院度过的。他身体已无大碍，灌进去的水也经过人工催吐吐出来了，还用药物清理过肠胃。只是救人后，受冻得了感冒，在医院挂了两天的水。

隔天，还有记者想来采访见义勇为的江兽医，全让林冬星挡回去了。

记者问：“你是江先生的女朋友吗？或者家人？”

林冬星回答道：“不是。”

“那么是江先生的朋友？”

“也不是。”

记者胡搅蛮缠：“那么，你有什么资格不让江先生接受采访？”

林冬星被问得有点儿蒙，她瞥一眼在床上看书的江燃，向他求助。

江燃咳嗽一声，说：“她有资格。”

记者诧异：“嗯？”

“她是我女朋友。”

“可她不是说她和江先生没有关系吗？”记者尴尬，有些底气不足。

“现在有了，我刚表的白。我女朋友说不愿意我接受采访，所以我打算拒绝你。”

这话一说，记者也没办法，只得悻悻而去。

林冬星回想起江燃说的那句“女朋友”，脸颊微微发烫，她咬了一下唇，凑过来问江燃：“什么女朋友？我可没答应你的……表白吧？”

“那么现在，我们分手了。”江燃盯着她，似笑非笑。

“嗯？”林冬星一头雾水。

“恭喜你，又成了我的前任。”江燃举起左手，要和林冬星握手。

林冬星一巴掌拍开他的手，嘴角一抽。戏弄她很好玩吗？

江燃被打了手也不恼，反而是挑眉，饶有兴致地问：“怎么？成为我的前任，让你很不爽吗？”

“不，这真是太好了，是我前世修来的福气。”林冬星露出一个大大的微笑，“我希望我们的关系能一直这么恶劣。”

说完这句，林冬星拿起外套就走。亏她这两天还辛辛苦苦照顾江燃，这厮完全就是白眼狼嘛！

这次旅游，除了林冬星和江燃，其他人都是尽兴而归。

到了春节当天，留在农场的员工提议一人带一样年夜饭，在农场食堂后厨热一下，拼一桌百家饭。

这个提议既热闹又新鲜，擅长厨艺的同事提前一天就开始准备了。

林冬星和江燃闹了几天冷战，除夕夜前一天晚上，上楼的时候，她忍不住问江燃：“你明天打算带什么菜？”

江燃背对着她，冷淡地说：“不太清楚。”

原本以为话题中止了，哪知江燃要关门的前一刻没话找话，问林冬星：“你呢？”

“我啊？我打算做腊肉煲仔饭。”

“好像听过。”

林冬星笑：“我也就是之前和朋友去饭馆吃过一次，上网查查，应该可以做。”

“哦。”江燃沉默几秒，问，“你想吃什么？”

“嗯？”

“问你，有没有喜欢吃的。”

“芋头扣肉吧，但是那菜我不会做。”

“行，那我选择菜的时候一定避开芋头扣肉。”

林冬星“啪”的一声关上门，拒绝和这人说话！

林冬星上周有收到亲爹寄过来的腊肉，还分了号，让她尝尝哪一号阿姨做得好吃，手艺好再考虑要不要娶回家。林冬星很是无语，她的爹没有心。

林冬星先把米泡了半小时，再洗干净腊肉，切成薄片。她特地买了个砂锅，倒入清水和大米，再加入两勺花生油。等到大火煮开以后，再转成小火煮几分钟。这时候将油光水滑的腊肉覆在米饭上，沿着砂锅碗的边缘淋油，慢慢煨熟。等到晚上，她关了火，自己盛了一勺饭。颗粒饱满的米饭里全是肉香，腊肉被蒸出汁水，酱油染上米粒，显得汁浓鲜香，味道很不错。林冬星确保这次腊肉煲仔饭风味绝佳后，深夜又煮好一锅，隔天带去农场。

白天大家照常上班，由于员工减半，到了晚上，大家都累得不行。后厨热好饭菜，众人纷纷将带来的菜摆上桌，其中还包括江燃带的芋头扣肉。

原来这人是刀子嘴豆腐心啊。

林冬星调侃他：“你不是说，一定不做这道菜吗？”

江燃面不红心不跳，说："少自作多情，只是家里五花肉快坏了，想了想，还是不要浪费，所以才做的。"

"是这样吗？"林冬星眯起眼睛，不怀好意地笑。

"当然。"江燃给她夹了一筷子肉，说，"别说话了，帮我先尝一口试毒。"

林冬星不爽地咬一口肉，发现这肥肉味道极好，酱汁也很入味。没料到江燃还很会做饭。

一群人闹哄哄地抢菜吃，手机视频里放着《春节联欢晚会》。食堂有各个饲养动物宿舍的监控视频，大家可以通过监控画面观察自己负责的动物情况。

农场虽在郊区，可是可燃物太多了，不能燃放烟花爆竹，顶多去农场外点几根仙女棒助兴。有人想去点燃仙女棒，问林冬星和江燃去不去，林冬星毕竟是女孩，对这些很感兴趣，她拜托待在食堂里的同事帮忙顾一下羊舍的状况，有事情给她打电话，然后一溜烟跑了出去。

屋外下起了雪，棉絮一样的小雪簌簌落下。林冬星点了一根仙女棒，那一团炸裂的烟花喷射着细小的银丝，看得人眼花缭乱。

等到仙女棒熄灭，变成一根灰溜溜的杆子时，林冬星才回过神来。

她左顾右盼，发现同事们都跑远了，就只有江燃单手插裤袋，在旁边慢悠悠转着。

林冬星问："你不过去玩吗？"

江燃说："没什么意思。"

"那回去看春晚？"

"也没有这个习惯。"

林冬星瞥他一眼："所以你习惯跟着我？"

江燃喉头一哽，半天说不出一句话。

林冬星看他吃瘪，内心暗爽，大度地说："算了，看在今天过年的份上，我也就不计较你跟踪狂的行径了。"

江燃臭着一张脸，转身就要回食堂。

林冬星拉住他："逗你玩的，别生气。"

"我怎么可能生气？"

"嗯？"

"就凭你，还不至于让我产生负面情绪。"

刚才为什么不放他走？她为什么要手贱拉住他？

两人沉默了五分钟，江燃率先打破尴尬的气氛。他伸手抵住唇，似乎这样能减弱接下来要讲的话的音量。

江燃说："谢谢你前两天在医院照顾我。"

林冬星没料到他还有点儿良心，不太自在地看手指，嘀咕："不用谢。"

"我也没想到，你是这样细心温柔的女性。"

"嗯。"林冬星被夸得都不好意思了。

"像我年迈的母亲。"

林冬星握住自己的右手，内心念叨："不能动手，不能原地掐死他。杀人偿命，伤人坐牢。"

江燃扳回一城，心里爽了，人也变得开朗了。

午夜时分，他主动和林冬星说："新年快乐。"

伸手不打笑脸人，林冬星别别扭扭地回复："新年快乐。"

第四章

我只是念旧情罢了

你是不是以为我要亲你？呵，你想太多了。我只是想手撑副驾驶座做上半身俯卧撑罢了。

1

一周年假过后，放假回家的同事们纷纷回来上班了。溜溜农场的同事都很好相处，他们也知道过年还在坚守岗位的员工很辛苦，都自发带了老家特产来。唐糖带来了老家的馍，她起了个大早，把馍掰成小块儿，还炖了羊肉汤，等中午了，她让食堂阿姨帮忙热汤，煮了碗羊肉泡馍端给林冬星吃。

唐糖苦着一张脸，和林冬星抱怨：“你看看，为了给你掰碎碎的馍儿，我手指都红了。”

林冬星被她逗得直笑：“知道你劳苦功高，这碗羊肉泡馍我肯定吃得连渣都不剩。”

金灿灿见状，也献殷勤似的将自家的云片糕摆上桌。云片糕是柳城特产，乾隆年间还是宫廷贡品。白又薄的糕片里夹着芝麻，香甜柔软，入口即化。

她招呼同事们来尝尝鲜，还特地用黄皮纸包了一份递给江燃：“江燃，这个给你。”

兔圈唯一的男同事刘冬青打趣道：“哟，你还特地包了一份给江兽医啊？啧啧，这礼轻情意重，可不能乱收。”

说完这句，刘冬青想起旁边还有林冬星在，也不知道她和江燃关系如何，要是说错了可就打嘴了，顿时闭了嘴。

金灿灿却没想那么多，她只觉得刘冬青开这样暧昧的玩笑，正合她心意。当下装成娇羞小姑娘，低语一句：“乱说些什么！我可是给每个人都带了礼物，不是偏心江燃一个人的。”

江燃看了一眼云片糕，他不是傻子，知道这礼物收得烫手，于是缄默不语，也不伸手去拿。

听到这些话，林冬星微微蹙眉。她很想抬眼看看江燃的表情，可又怕自己这一眼会遭人误会。江燃又不是她的男朋友，太过于关注，万一大家以为她对他余情未了怎么办？

于是林冬星将头埋得更低了，专心吃饭。

金灿灿见江燃不收礼，众目睽睽之下，似乎所有人都在看她笑话，也有些急了。

她强挤出一个笑脸，对江燃道：“我家乡的云片糕真的很有名，江燃，你尝尝看？”

江燃干咳一声，说：“抱歉，我不爱吃甜食。”

他这句话无疑是给了金灿灿一记响亮的耳光。而正在美滋滋喝羊肉汤的林冬星就纳闷了，她怎么不记得江燃不爱吃甜食？

她明明记得高中的时候，她给江燃送过无数奶茶还有月饼，对方接过以后，二话不说拆开包装袋，一边咬蛋黄月饼，一边做卷子。

林冬星那时候还以为江燃会客套一下，推拒月饼，哪知道对方完全没在意，收了礼就吃，好耿直……

后来，林冬星也尝试过用在小卖部买的小烤肠还有康师傅红烧牛肉面贿赂江燃，让他借她试卷抄，可他都拒绝了，并且说："休想用零食收买我，这是对我的侮辱。"

林冬星没抄成试卷，转头就将零食送给了后桌的数学课代表。数学课代表林峰，拿人的手短吃人的嘴软，立马献上了自己的试卷。

林冬星喜不自胜，正打算抄呢，没想到试卷就被江燃抢走了。

林冬星怒目而视，吼他："江燃你干吗！"

江燃皱着眉头，干咳一声，说："他的卷子错误太多了。"

林峰数学课代表的地位遭到质疑，立马起身反驳："你胡说！"

"第三题的答案是1，不是0。"

林峰拿过试卷重算了一次，流下屈辱的泪水，小声说："江同学，受教了。"

林冬星看着这一出闹剧，再次向林峰伸手："没事，错的我也抄。"

江燃瞥她一眼，突然将一张数学卷子递给林冬星，不自在地说："我的卷子借你抄好了。"

林冬星很怀疑地问："真的吗？可我刚才用小烤肠还有牛肉面贿赂你，你都不给我抄，怎么现在突然就……"

江燃像是怕她说出什么惊世骇俗的话，急忙插嘴："那是因为我不爱吃咸的！你只要给我买杯奶茶就好了！"

"原来是这样！"林冬星如醍醐灌顶，顿时大彻大悟——原来是马屁没拍到位！

那天下午，林冬星跑到奶茶店给江燃买奶茶，她大声嘱咐店主："这杯奶茶，多糖！越甜越好！"而当晚的江燃被一脸期待的林冬星盯着，生无可恋地喝下了一整杯甜到齁的巨无霸糖浆。

回忆结束，林冬星古怪地看着江燃。

对方似乎也注意到她的目光，了然地挑了一下眉。

金灿灿仍然没有死心，继续说："江燃，你就收下吧！我可是大老远带到溜溜农场的，想让大家都尝尝呢！"

江燃面无表情地说："不可能的，我是不会收礼的。私下送礼，我会觉得你是在贿赂我。"

饶是金灿灿好脾气，这时候也忍不住皱起眉头问："都是一个农场的，我能贿赂你什么？"

"如果农场出状况，你就能以你送过我云片糕为由，逼迫我先去看兔圈情况。而我本着万物皆平等的原则，势必会很为难。为了避免这种情况发生，我选择拒绝你的好意。"

"江燃，你误会我了，我不是这种人。"金灿灿佯装委屈。

江燃冷笑一声："呵，知人知面不知心。"

金灿灿一头雾水，江燃竟然是这么难搞的人？

大家在食堂吃完了午饭，各自回岗位工作。

林冬星放慢了脚步，好奇地问江燃："你怎么不收她给的甜糕？你不是最爱吃甜的吗？"

江燃斜她一眼，轻笑："你不是希望我不要收其他女人的礼物吗？"

"什么？"

"金灿灿和我说话的时候，你一直盯着我，不是很在意吗？"

"我没有……"

"别口是心非了。"江燃心情大好，"既然你这么在意，我偶尔也要顾及一下前女友的脸面，不想我收礼，我就不收好了，无须吃醋。"

说完这句，江燃就大步流星地离开了。

风雪中，徒留林冬星一人孤独地站在食堂门口……

2

林冬星管理的羊舍在两天后发生了大事，她和唐糖负责的小尾寒羊出现了口吐白沫、呼吸急促的症状，严重的时候还伴有抽搐、痉挛。林冬星知道小尾寒羊应该是误食了什么中毒了，可是她不敢轻易下结论，急忙喊了江燃。

江燃给羊抽血做了检查，又戴手套拿了秸秆样品回办公室化验。有结果后，他回到羊舍，指挥养殖员："你们去喊几个男同事！我这里需要隔离中毒的羊群。"

唐糖闻言，不敢有耽搁，急忙跑去喊人。跑的路上，她几乎要哭出来。有林冬星在，她们饲养的过程都很用心，也很顺利，这两年从来没出过问题，怎么今天就摊上这事儿了？一百斤重的小尾寒羊，市场价一千六百元一只，要是出了事，死了几只，那就是上万的损失，这些会全算在养殖员的头上，毕竟是她们看护不当导致羊群中毒。要是真有什么事情，一个月的工资都不够赔的。

羊舍里，林冬星忧心忡忡地问江燃："是不是农药中毒？"

江燃严肃点头："是小尾寒羊氟乙酸盐中毒，一般来说，有机氟化物会存在于农药中，专门用来杀虫。最近冬季，我们都是圈养羊群，喂的都是秸秆，没有喂过新鲜草料，或者放养。按理说，饲料不可能被农药污染。"

林冬星眉头紧锁，想到了某个令人感到害怕的事，迟疑地问："你说，有没有可能……是有人刻意进入饲料堆放区下毒？"

"不排除这种可能，不过农场里的员工各司其职，应该没人会做这样的事情。"江燃怕林冬星怀疑人的事被同事听到，小声提醒，"来人了，先别说了，你帮我调配药剂。"

林冬星不肯走，道："我想留下来帮忙隔离。"

江燃却坚决攥住她的手腕，拉她走，冷笑道："羊群中毒，它们出于痛苦可能会情绪失控。你一个姑娘家，力气没他们大，万一帮了倒忙造成的损失更严重。男兽医都去帮忙隔离了，没人帮我调配药剂，你过来搭把手。"

"那……好吧。"

江燃的话虽然难听，可林冬星不是傻子，她知道他在保护她，生怕她有什么闪失。这样一想，江燃真是个好人啊。

江燃翻看小尾寒羊的体重报告，思索治疗方案。每一只羊都会有自己独特的数字序号，用以区分个体。根据登记的中毒的羊序号，先称量出病羊的体重，以每一公斤重量注射0.2g乙酰胺的剂量调配药物，再将药物用浓度为0.5%的普鲁卡因稀释，这样获得的药剂，分三次注射入病羊的肌肉中。

由于症状发现得早，再配合洗胃、导泻等急救措施，小尾寒羊无一死亡，但还需观察半个月看是否完全治愈。

这算是农场发生的头等大事，惹火了老王。

他虽然脾气好，可涉及动物，他还是会严厉批评林冬星和唐糖："小尾寒羊若是因为天气原因感冒的，我也就不说什么了。饲料是你们在管理的，平时也会抽样去化验有没有不良物质。今天出了这种情况，就是你们的失职。小尾寒羊没出事还好，要是出事了，你们的工资我也得扣的。还让其他同事这样忙里忙外收拾你们的烂摊子，心里都不愧疚吗？"

唐糖不服气地反驳："可是我们上周才抽样给江兽医检查过，秸秆里并没有氟化物类的农药，我觉得这是有人在伺机报复。"

江燃也举手说："是的，上星期我做过检测，报告单还在，秸秆里并无氟化物。"

唐糖说完话，噘着嘴，偷偷抬下巴，指向金灿灿。

金灿灿原本在旁边看笑话的，看见唐糖的表情，怒不可遏："你看我干什么？你别告诉我，你是怀疑我会做这样下三滥的事情！"

"只有你和我们羊舍有过节，不是你，那会是谁？"

老王被她们吵得头大，蹙眉，道："好了，说话要讲证据的。都是没影儿的事，说这么多做什么？都回自己部门工作去。"

老王走后，其他人也都散了。

金灿灿双手抱胸，趾高气扬地离开农场。就在她和林冬星错身而过的那一瞬间，林冬星抓住她的手臂，说："饲料仓库是没有监控的，所以我没证据说你什么。不过中午大家都在食堂，我只看到你说上厕所，离开过半小时。下午去喂食的时候，我在仓库看到一枚你指甲上的小碎花片。”

金灿灿咬牙切齿，小声说：“你在胡说什么？”

林冬星笑眯眯地看她：“我记得农场就你做过指甲，还给我们晒过。这个证据一拿出来，大家信你，还是信我？你敢不敢摘下手套，露出你的指甲，让大家观赏一下？”

金灿灿闻言，手微微蜷缩成拳，不再是摊开掌心的架势。

林冬星飞速地扫她一眼，心下了然。她冷笑道：“人在做，天在看。既然这么害怕，就不要惹我。哦，忘了告诉你，我刚才那些话都是骗你的。做好的指甲花哪儿有那么容易掉呢？你说是不是这个理？”

“你！”金灿灿咬紧下唇，拽回手臂，冷着一张脸离开了。

看金灿灿委屈离开的背影，唐糖凑过来，好奇地问：“冬星，你和她说什么了？”

林冬星露出灿烂的笑容：“没什么，以后我们多多注意吧，不要再发生这样的事情了。”

“好。”

晚上，江燃送林冬星一程。

林冬星今天着实是累了，脑袋昏昏沉沉的，靠在车窗上就睡着了。

江燃本想问她一点儿羊舍的情况，一回头，见林冬星双眼紧闭，唇瓣也紧紧抿着，知道她是做了噩梦。

明明是让他很厌恶的女人，怎会有这样让人心疼的睡颜呢？

江燃垂下眼睫，刻意不去看她的脸。

到了自家公寓楼下，江燃没有吵醒林冬星。他看着林冬星的睡颜，突然情不自禁地探出纤长的手指。等到他反应过来的时候，他的指尖已经捋过林冬星垂落在眼睫前的碎发，别到了她的耳后。

是疯了吗？江燃缩回手，林冬星脸颊柔软的触感还残留在指尖，触碰之处隐隐发热。

3

现在是傍晚，外头的天渐渐黑了。鳞次栉比的房屋被晚霞笼罩，有种安逸舒适的气氛。

车里没有开灯，光线愈发昏暗。

江燃的指尖在方向盘上敲击着，他时不时侧头去看林冬星，等她睡醒。然而她累得够呛，被车里的暖气包裹，睡得很沉。

这时，林冬星忽然翻身，额前的发全部盖住了她有些发红的小巧鼻尖。

这样会不会不好呼吸呢？江燃心想。

于是，他鬼使神差地凑近林冬星，伸出手，勾起林冬星的长发。

浓密如黑藻的长发被掀起，露出底下的乖巧睡颜。小姑娘的鼻息很轻，唇珠微微颤动。

她还在睡，什么都不知道。

江燃倾着身子注视着她，不知不觉凑近了，想要看清楚她狭长的眼睫。

就在这时，林冬星突然睁开眼睛。她看到近在咫尺的江燃吓了一跳，问："江燃？你凑这么近做什么？"

江燃急忙缩回身子，避开对方的目光，一本正经道："你是不是以为我要亲你？呵，你想太多了。我只是想用手撑着副驾驶座做上半身俯卧撑罢了。"

"嗯？"林冬星看他的样子不像撒谎，可这理由也太蹩脚了。她不管那么多，拉开车门，走了出去。

没走几步，江燃突然喊住林冬星，说："要是你觉得累，今晚不如来我家吃饭吧。"

"嗯？"林冬星回头，不解地看江燃。这厮对她的态度怎么一百八十度大转变？

“我只是看你在车上睡了很久，如果以这种状态做饭，万一因疲乏导致错误用火，引发火灾，会牵连到身为你邻居的我而已。”

好吧，原来他只是想找个理由咒她而已。

“所以，本着医者仁心，我允许你今晚来我家吃饭。”

“我能不能拒绝？”林冬星问。

“不行，我不会放你走的，毕竟我贪生怕死。”江燃握住她的手腕，执意往自家带。

突然变得这么霸道是怎么回事？

林冬星刚睡醒还有点儿蒙，她看着江燃抓住她手臂的手，嘀嘀咕咕：“你要不是我前男友，我真的要报警了……”

林冬星记得她初次进江燃家是被赶出来的，没想到今天也有正儿八经去他家做客的机会。

趁江燃在厨房煮饭，林冬星在他家四处逛了一圈。虽然好奇江燃的卧室，可她却不敢进去。

她偷偷瞥了一眼内部结构，突然看到他卧室窗户的把手上挂着一枚护身符。

这玩意儿眼熟，林冬星想了很久，想起这是她高中时送江燃的护身符，没想到他留了这么久。

至于为什么送江燃护身符，林冬星想了想，好像也没什么特别的理由。只是去寺庙上香的时候，门口道长说买一送一，她才多拿了一个。

那几天江燃很倒霉，扭伤脚，休养了一周才来上课。本着以抄他试卷为生的薄弱同学情，林冬星献上了自己多余的护身符。

江燃接过护身符，蹙眉问她：“这是你亲自画的符？”

“怎么可能！”林冬星大声反驳，“这可是我特地去寺庙为你求来的护身符！”

“哦？你特地去寺庙为我求这个？难道你……”江燃想说她是不是对自己感兴趣，哪知话还没说完，就被林冬星捂住了嘴。

林冬星紧张兮兮地说："别在班级里讲，老师要来了！"其实她内心里是这样想的：老师如果知道我给你护身符是为了抄试卷，我岂不是死定了？

而在江燃若有所思的眼中，她捂他嘴的动作则充满了少女的娇羞，潜台词就是："讨厌，你为什么要把恋情暴露给老师！我喜欢你这种事情，咱俩心知肚明就好了。"

"松开，我不会对外说的。"江燃掰开她的手，耳根有点儿发烫。

"那就好，这是我们两个人的秘密，让老师知道，我们就完了。"林冬星还想抄他很久的试卷，绝对不能让人发现。

而这话在江燃的耳朵里，又显得不一样了。他怕林冬星以为自己答应了表白，企图开口拒绝："林冬星……"

"怎么了？"她回头，笑得有点儿傻兮兮。

江燃望着她笑靥如花的脸，后半句怎么都讲不出口。他垂眸，几秒后，轻轻说了句："没事。"

而另一边，溜溜农场。老王特地留下金灿灿，想和她谈一谈。

老王不是傻子，自家农场出了问题，他是第一个去调监控的人。在羊群中毒当天，他在监控里看到羊舍饲料仓库必经之路有金灿灿的身影。这些监控是为了防止动物逃跑的，没想到现在用来盯着人了。

他当机立断找了金灿灿谈一谈："我在监控录像里看到你去羊舍饲料仓库了，虽然没拍到仓库内部的情况，但我结合这儿大的事情大胆猜测一下，金灿灿同志，你做坏事的嫌疑很大啊。"

金灿灿反驳："这事儿您可不能乱怀疑我，没证据，单凭我走过那段路，就能说是我去仓库下毒了？您怎么不说是林冬星监守自盗，看我去过羊舍饲料仓库，自己下了农药，企图诬陷我？"

老王皱眉："那她怎么知道你会去羊舍饲料仓库？人还能未卜先知？你去饲料仓库又是想干吗？"

"我……"金灿灿说不出来，索性低头沉默。

“你也是老员工了，我知道你很有能力，兔子给你养得膘肥体壮。这手心手背都是肉，咱们能不能不在自家农场对着干？行了，你去吧，我这里也没什么想说的了。”

金灿灿一言不发，阴沉着脸走了。

这件事是她不够谨慎，凭着一时的火气犯下大错。要是有下一次……她一定小心行事，不让人抓到把柄。

老王找她，必然是林冬星告状。她还以为这女人是什么大度的人，没想到不过是装的，背后还是会讲她坏话。既然如此，这梁子就算是结下了。

第五章

我们不会旧情复燃

要不是因为你平时太过思念我，行为举止和我相似，他们也不会联想到我们可能是新婚夫妻。

1

林冬星在江燃卧室门口驻留很久，直到江燃喊她：“吃饭了。”

林冬星吓了一跳，生怕江燃发现她站在这里，做贼心虚地躲到厕所洗手，然后装模作样地擦干手，回到餐桌上。

她想问江燃留着护身符做什么，是不是还念着她。可这话儿在舌尖绕了三圈，又咽下去了。

是她伤害了江燃，她没脸问过去的事情。现在能这样在一张餐桌上吃饭已经很满足了，何必成为冤家。

她殷勤地给江燃盛饭，正要说点儿什么，门铃响了。

林冬星急忙站起身，说：“要不你坐着，我去开门？”

走到一半，她突然犹豫了。万一来的人是江燃他妈妈，她该怎么说明眼前的事？一个陌生女人在儿子家吃饭，还是晚餐，很难不想歪吧？就算是同事，在农场附近请一顿就完事儿了，没必要大半夜把女孩子带回家。

这样一想，林冬星就忸怩起来了。

江燃见状，自个儿起身开门。门外是扎着马尾、穿着白色羽绒服的年轻姑娘。

林冬星有点儿蠢地问：“你妈这么年轻？”

江燃斜她一眼：“你妈才这么年轻，这是我大学同学白桐。”

“嗨，你好。”白桐挑眉看了林冬星一眼，上下打量她。然后调侃江燃，酸溜溜地说：“这才一年不见，这么快就找了新女友？”

“她是我同事，林冬星。”江燃落落大方地介绍，随后问，“你怎么来黄山区了？”

白桐笑眯眯地说：“我这不是刚找到工作嘛，听小赵说你新家住这里，特地来叙叙旧。看样子你俩在吃饭，我过来是不是很打扰？”

江燃想着说打扰也怪怪的，他轻咳一声，说：“进来吧。”

江燃快步走向碗柜，给白桐拿饭碗。正在脱鞋的白桐突然和林冬星小声嘀咕了一句：“你就是林冬星呀？”

林冬星蹙眉，不解地问：“白小姐认识我？”

白桐笑而不语，紧接着原本随和热情的嘴脸消失，眼底像是积了一层薄薄的雪，寒冷刺骨，她说：“我不认识你，不过……”

“不过？”

“大一的时候，江燃喝醉酒就会在我旁边念你的名字。”白桐和她错身而过的瞬间，又补充了一句，“看得出来，他那几年过得很痛苦。好不容易被我安慰着走出来了，你就别让他再绕回去了。”

林冬星抿了抿唇，没有答话。她想到自己缺失的这几年。她不了解江燃，也不知道他是怎样过来的。白桐和江燃很熟悉吗？江燃还会在她面前喝醉酒……因为失恋很痛苦，所以借酒消愁，在另外一个女人怀里寻求慰藉吗？她不敢猜。

晚上，白桐找了些大学同学的近况和江燃聊。说谁谁结婚了，谁谁又分手了，还有人孩子满月连老同学都不请之类的。全是林冬星不知道的人与事，看着这两人相谈甚欢，她像是被隔绝在外似的。

在这一瞬间，林冬星似乎明白了。她早就是个外人，不该随意涉足江燃的人生，给予他二次伤害。

最后，白桐盯着林冬星，来了一句：“大学一毕业，同学们都各奔东西了，能相聚是缘分，不要断了联系。”

林冬星吃饱了，随意找了个借口就先回家了。

林冬星走后，白桐盯着江燃，玩味地笑，说：“这个林冬星，我记得是你前女友吧？你小子难道和她旧情复燃了？”

聊起林冬星，江燃的语气明显冷硬了许多。他淡淡道：“就算我有这个心思，人家也未必想。毕竟当年，是她先不喜欢我的。”

因为不喜欢，所以选择分手吧？再多的理由，再多的借口，也不过是为了掩饰那句“不爱了”。这也是江燃抗拒林冬星的原因，他可不想再次被这个女人吸引。

白桐的指尖微微抚摸茶杯的杯壁，微笑道：“那你不要忘记哦，是她抛弃你的。好不容易回归正轨，可别又受伤了。”

“我知道。”

江燃送走了老同学白桐，他点开高中通讯录，突发奇想联系了当年一起读高中的几个同班同学。

他听说了林冬星父母离异的情况，很想知道她这几年究竟经历了什么。

和留在老家工作的老同学叙叙旧，问起林冬星，同学说：“我记得冬星爸妈离婚了，听说她妈妈一直以来特别强势，还有点儿家暴潜质。你记得她高三毕业就出国留学吗？那也是她妈妈要求的，说海归好，一定要她出国，为了这个闹了好几次。我家就住她家附近，还听到她妈妈讲，如果被什么穷小子给勾去了魂，听了人的教唆不想出国，那她就去找那小子麻烦。按照我妈的说法就是，这么难缠的长辈，谁顶得住。林冬星爸爸实在受不了她成天滋事吵闹，死活要离婚，完全不顾小辈面子的。后来就这样了，也不知道她现状怎么样，反正没回过老家。”

江燃听到这些话，整个人都有点儿发蒙。

那他应该就是林母口中的野小子吧？林冬星是怕他被林母刁难，所以和他疏远了？

晚上，江燃在沙发上找到了林冬星的围巾，借此机会，他点开久违的手机号码，给她发信息：“你的围巾落在我家了。”

林冬星回家后，将自己锁在这狭小逼仄的空间内。耳边隐约还能听到白桐和江燃的谈笑声。她心想，江燃会不会送白桐回家呢？他们的感情究竟有多好？

林冬星洗了个澡，钻入被窝里小睡。大概过了一小时，突然听到手机有信息提示音。

她似乎发烧了，睁开眼去摸手机，另一只手按着额头，觉得头昏脑涨。

原来是江燃给她发了信息，说她的围巾落他家了。

要去拿吗？林冬星连站都站不稳，忍着难受，给江燃发：“不了，我有点儿发烧，先睡一觉。”

她把手机丢在床头，闭上眼就睡。

约莫半小时，她听到了门铃声。林冬星穿着睡衣，从猫眼往外看，见外头站着江燃，有些诧异：“怎么？你有事？”

江燃说：“给我开门。”

林冬星一愣：“进……进来干吗？如果是送围巾的话，我明天再去拿好了。”

“你放心，我还没禽兽到趁你虚弱对你上下其手的地步。”江燃抚了抚唇瓣，语气生硬地道，“只是给你买了点儿退烧药。”

“你刚才特地出门为我买的？”

“不是，家里剩下的，不吃也浪费。”

“可你手上的塑料袋上写着康健大药房，里面的药看起来也是新的。”

“林冬星！”

“啊？”

“你闭嘴。”

“哦……”

②

江燃脱鞋进屋，还转身规规矩矩地将鞋摆好。

他问了一下饮水机的位置，拿了个一次性塑料杯给林冬星接温水配药。

江燃问：“除了发烧，还有其他的症状吗？”

林冬星摇摇头，说：“就有点儿头疼。”

“那你先喝退烧药吧，迟点儿再吃一颗感冒药。”

林冬星吃了药，乖乖躺床上去了。江燃让她量了体温，38.5℃，差一点儿就39℃了。他眉头紧锁，语气有点儿严厉：“既然发烧了，刚才吃饭的时候怎么不说？”

林冬星居然脱口而出：“你和白桐聊得开心，我又怎么插得进话？”

这话的言外之意，难道是很在意他与女性友人讲话吗？江燃偷偷勾起嘴角，或许林冬星对他还有一点儿想法？

他正想追问，林冬星却闭上眼，睡着了。

江燃凑近给她掖好被角。他想在她家多待一会儿，一小时后叫她醒来吃药，再量一下体温，如果体温升高，那就尽快去医院。

江燃在林冬星卧室里坐了一会儿，眼睛总是忍不住盯着熟睡的林冬星。满脑子都在胡思乱想，想着高中的事情，想着林冬星和他分手的真正原因。也想着林冬星警惕心太弱了，不过是送个药，就能随意放他进门。是因为他特殊吗？还是说，对他还有点儿异样想法？

这样想着，他感到口干舌燥，心跳如擂鼓。

还是不要再待这里了，江燃怕自己会撕碎禁欲衣冠，变成道貌岸然的禽兽。

他去洗手间洗了一把脸，拿纸巾擦干脸上水迹的那一瞬间，看到收纳柜里摆着男性护肤水还有男性沐浴露。

为什么独居女子的家里会有这些东西?

江燃和林冬星分开这么久了，他确实也不了解林冬星这些年的生活。

难道是他一厢情愿，某人早就忘记了他，也谈过恋爱，还和其他野男人同居呢?

那他守身如玉多年，听起来真像一个笑话呢。

他拿出一瓶男性护肤水细细端详，上面写着适合敏感皮肤。

江燃幼稚地腹诽：看起来这个男人的皮肤也不怎么好，说不定颜值也并不高。

只是林冬星可能和其他男人同居过的事实仍旧戳中了他，江燃整个人都显得暴躁，并且不爽。

等到林冬星醒来了，江燃冷冰冰地将感冒药递给她，看她吃完了，起身就走，一句话都没说。

林冬星不知江燃为何性情大变，还感到莫名其妙。

上厕所的时候，她看到洗手台上摆着她爸留在家里的护肤水，心里奇怪。她不是把这个放收纳柜上了吗？怎么会在这里?

一时间，林冬星又想到江燃怒气冲冲的样子，拍了一下额头：“这厮不会是以为我家里有其他男人吧？”

林冬星吃了药舒服多了，又睡了一觉，现在脑子还算清醒。她缩回被窝，给江燃发信息：“你碰了我的收纳柜？”

江燃看到信息，气都不打一处来：“私自动你东西是我的错。只是未婚女性总得洁身自好，别老是让男性在家里住。你知道同居太久的男女对婚姻期待度也会减弱吗？如果这个男人真的有心，他会立马和你结婚，而不是贪图婚前生活的美好，又不肯承担婚姻生活的责任。”

林冬星乐不可支，她看江燃发了一句又一句，最后嘴角上翘，回复：“江燃。”

“什么？”

“那男人是我爸。”

林冬星见他不回复，想给江燃打视频电话看他尴尬到手足无措的样子，结果一打电话，显示对方已将她拉黑。

林冬星满头问号。

3

隔天早上，江燃在楼下等着林冬星，特地接她上班。

林冬星受宠若惊，问：“你昨晚吃我感冒药了？”

江燃给她拉开车门，皱眉：“什么意思？”

“如果没吃错药，你怎么想到要接我上班？”

“最近老王评选最佳员工，我借用你体现一下同事情深。”

“哦。”溜溜农场的年终奖年后才发，到时候的确要评个最佳员工奖，有两千块奖金。

上了车，江燃突然丢给她一袋早餐，里面有一盒牛奶和一个肉松面包。林冬星看了一眼，问：“给我的？”

江燃点头：“嗯，好人做到底。”

“可是你现在讨好我，老王也看不到啊……”林冬星不能白吃人家东西，想到了能助江燃一臂之力的一招。她拿着早餐凹造型，另一手举手机自拍，恰巧拍到身后的江燃。

她把照片发给老王，暗示江燃是个好同志，会大清早给她送早餐。

然而，老王看到照片很激动。因为他除去老板的身份，也算是看着林冬星长大的叔叔，他顺手把照片发给了林父。

就这样，林父以为自己看护不当，导致野猪拱了自家白菜。而且这种重要的事情，为何林冬星发给了老王没发给自己？难道他在林冬星心目中的地位还不如老王吗？

林父决定亲自出马，会一会这江燃，当然，这是后话了。

老王是个憋不住事的人，他想了很久，还是找来兽医部赵勤讲讲心里话："那个小赵啊，我有事情和你说。"

赵勤还以为老王是想讲什么工作方面的指示，急忙跟过去。

老王搓搓手，说："这事儿我憋在心里不是滋味，就那个……你知道江燃吧？他好像和冬星同居了，年轻人在工作场所谈恋爱，也不晓得会不会影响工作，我这心里闷得慌。"

他讲完了，心里舒坦了，而赵勤就憋不住事了。

于是他建了一个兽医部门的微信群，说："就那个……我心里闷得慌，有个事情，和你们八卦一下。听说江燃和林冬星同居了，也太猛了吧。别讲出去，同事之间嚼舌根子不太好。"

兽医部门的某间谍又和兔圈同事闲聊："我听说林冬星和江燃同居了。"

"他们不是前男女朋友吗？"

"难不成是隐婚啊？"

"啊！难怪咯！"

然后……一传十，十传百，整个溜溜农场都知道了这事。

这天早上，林冬星迎来了人生中最为热闹的早晨，所有同事都趁着还没上班的时候堵在农场门口围观他们下车。

林冬星疑惑地拉开了车门，问江燃："发生什么了？"

江燃皱眉，将车停入车位，不解地回答："不清楚。"

就在这时，江燃突然收到了某同事的一条信息："江兽医，祝你和冬星新婚快乐！"

嗯？新婚？

④

江燃痛苦地拧了拧眉心，向农场全体员工声明：“我们没有结婚。”

赵勤嘀嘀咕咕：“那就是正在同居状态的未婚夫妻？”

“你哪只眼睛看到我们同居了？”

赵勤险些将老王给抖出来，还是老王见势不妙赶紧捂住赵勤的嘴：“还不快去上班？动物离了人，自己能吃饱啊？”

这时，没有江燃在内的“绝世猛男靓女兽医部门微信群”正聊得热火朝天：“我就说是隐婚咯，所以今天才不敢讲。”

“啊，那兔圈的金灿灿岂不是没戏了？我昨天还收了她一只烤鸭，她让我帮忙牵牵江燃和她的线。”

“诶，你什么时候被兔圈收买去了？别把我们组里的八卦讲出去啊！”

“放心，我不……”

随后，大家一致决定将这名收受贿赂的兽医踢出群。

中午去食堂吃饭的时候，林冬星一出羊舍就遇到了江燃。

两人沉默着并排朝前走，江燃问她：“你今天有遇到什么奇怪的事吗？”

林冬星不明就里地答：“什么？”

“就是，说我们是新婚夫妇什么的。”

“哦，同事之间开玩笑吧。现在说开了就好了，没什么关系。”

江燃抿了抿唇，见林冬星神色坦荡，一点儿都不被这事影响。难道她完全不在意这些隐秘的八卦？那是否可以说明她不在意他呢？

不知为何，江燃又开始心情不好了，他冷着一张脸，对林冬星说：“他们这样毫无根据地乱传八卦，我想可能是因为我们有夫妻相。”

林冬星被他的话呛到，脸颊一下子红了。江燃这句话是情话吗？为何要说得如此暧昧？

林冬星望天望地就是不看他，紧张地绞着手指，支支吾吾：“你……你说什么呢？”

“所以，别再学我了。”

“嗯？”

“要不是因为你平时太过思念我，行为举止和我相似，他们也不会联想到我们可能是新婚夫妻。所以我希望你以后克制一下自己的情绪，不要再对我的生活造成困扰。”

说完这句，江燃扬长而去。

林冬星呆立原地，再一次感慨……当年选择分手果然比较好。

5

下班时，江燃依旧好心送林冬星回家。

两人上楼，刚到自家门口，林冬星突然发觉房门边上的地毯有挪动的痕迹，房门好像也没关紧。她紧张地拉住江燃的袖子小声说：“你先别走。”

“有事？”江燃问。

“我家里好像有人……”林冬星毕竟是个独居女子，平时一点儿风吹草动就能将她吓个够呛，更别说家里还有其他情况了。

“有什么依据吗？”江燃闻言，不由自主地走到林冬星旁边将她护到身后。

“我记得我早上关门了，所以门不可能是开着的。我一个人住，所以平时很警惕。门口的地毯我平常都是紧贴着房门放的，这样如果有人来我家，或者在家门口驻足，我可以通过地毯的移动位置分辨情况。你看，我早上刚把地毯推到门缝边上，现在这块地毯却离开了自身的位置，也就是说，有人在我家门口待过。”林冬星小心翼翼地推开门，刚要进去，就被江燃拉了回来。

他用高大的身躯挡住林冬星，低声呵斥她：“这时候逞什么能？拿好手机，按110，等一下要是发生什么状况，你只管跑出去报警。”

“那你呢？”

“我学过散打，一般人奈何不了我。”

林冬星没想到这种紧要关头，江燃能变得这么有人情味，对他的恶感瞬间烟消云散。

她感动得热泪盈眶，低声喊：“江燃……”

“把你的眼泪收收，我还没有牺牲……”

“哦。”

片刻，林冬星又道：“你如果出了什么事，我一定……”

她话还没说完，江燃这边就开始浮想联翩。他怕林冬星说出要为自己守寡这种话，顿时哭笑不得，揉了揉她的头：“小傻瓜，你不要为我……”

林冬星拍了拍江燃的手：“我一定为你上坟。纸钱年年不断，日日新。飞机火炮，你要啥都行。”

“闭嘴。”

两人吵了半天嘴，“小偷”听得耳朵都生茧子了。他直接从房门蹦出来，大声喊：“你俩总算回来了！”

林冬星愣住：“爸？”

江燃皱眉：“叔叔？”

林父在未来女婿面前总要绷着点儿，他干咳一声，拍了拍江燃的肩膀：“小伙子临危不惧，护着我女儿往前走，做得不错。但是，别以为过了这一关，我就会完全认可你。我的招数还有很多，你不要掉以轻心。”

林冬星头疼地扶额，解释：“爸，他不是我男朋友……”

林父呵呵笑：“现在小年轻都喊老公嘛，我懂我懂。”

江燃瞥了林冬星一眼，说：“叔叔，既然是你在家，我就先回去了。”

林父问：“回哪儿去啊？”

“我住隔壁。”

林父似笑非笑：“现在的年轻人，真是懂得未雨绸缪。你们就怕我这种机敏聪慧的家长突然登门，所以租了两套房对不对？平时我不来，你们就孤男寡女共处一室，我一过来，急忙辩解只是邻居。”

“真的不是。”林冬星叹气。

林父却一副不肯相信的样子，他拉着林冬星和江燃的手，往洗手间拽：“还和爸狡辩？你看看，洗手间里的男性爽肤水是谁的？不是这小子的，难不成你一个大闺女在用啊？”

林冬星难以置信地说：“爸，这明明是你上次用剩下的啊！”

林父挑眉：“胡说！我又不是老糊涂了，是不是自己用的，我不记得？”

林冬星沉默了。她爸的确健忘啊，早知道她当初就该给他买一次性的洗漱用品，现在真是跳进黄河也洗不清了。

江燃意味深长地看了林冬星一眼，说：“你之前说是你爸的，全部都是骗我的？我最厌恶被人欺骗了，你不仁休怪我不义。”

嘀咕完，江燃转头望向林父，突然单膝跪地负荆请罪：“爸，我和你说实话。我的确是林冬星同居男友，我们非但同居，该做的都做完了。昨晚她玩腻了我，还想和我分手。”

林父被这一八卦惊到险些心肌梗死，他愣了三秒，说：“真是……虎父无犬子。”

林冬星和江燃蹙起眉头，一时不知该做何反应。

6

事情变得不太好控制了，林冬星尴尬地拉起江燃，岔开话题：“爸，你晚上想吃什么？你和我说，我给你做饭。”

林父对着江燃挤眉弄眼：“你未来岳父过来了，你就在家吃啊？”

江燃突然开窍，说：“冬星，爸好不容易来一趟，怎么说也得下馆子吧？”

林冬星吃惊地看着江燃，那一声“爸”喊得浑然天成，半点儿都没含糊的。这厮怎么脸皮厚似城墙，撒谎也脸不红心不跳？

林父点点头："孺子可教也，冬星啊，你多学着点儿。那个，你叫什么名字？"

江燃说："我姓江，单字一个燃，燃烧的燃。"

"啊，小江。"林父满意地点点头，"我看你还是挺机灵的年轻人，平时多照顾照顾冬星啊。"

"只要她不提分手，我会尽我作为男朋友的本分的。"江燃已经打算好恶心林冬星了，只要林父在这儿一天，他就做尽林冬星厌恶的事，好好刷刷前男友的存在感。

背着林父的一瞬间，林冬星和江燃低语："江燃，说谎是会遭报应的。"

江燃面不改色，说："我已经遭报应了。"

"啊？"

"上天让我遇见你，是对我的惩罚。"

林冬星顿时无语。

刚出林冬星家门，江燃就看到了站在自家门口的白桐。

白桐是来找江燃吃饭的，一见他们三个一起出来，问："江燃，你怎么会在林冬星家里？"

江燃不想让人误会，干咳一声："路过。"

林父挑起眉头，凭他混迹江湖多年的经验，他知道这女人不是善茬。于是林父低下头，悄悄问林冬星："咋回事啊这闺女？怎么找上小江了？"

"她是江燃的大学同学。"

"同学就能天天找你男朋友吃饭？你这丫头怎么心这么大？"

"这就是我要和小江分手的原因了，他太花心了。"林冬星找了个给自己开脱的借口，之后就能顺理成章地甩了江燃。她不太喜欢白桐，幸灾乐祸地盯着江燃，倒想看看他这男朋友的身份还能不能成功演下去。

林父上前一步，说："姑娘啊，我家小江看来是不能和你吃饭了。"

白桐客客气气地问：“叔叔，您是？”

“我啊，我是林冬星的爸爸。今天小江想带我们出门吃个自家人的团圆饭，我感觉带你这个外人一起去不太合适。”

林冬星扶额，她的尴尬溢于言表。偏偏江燃还沉得住气，愣是不澄清，让林父继续误会。

白桐笑着看了江燃一眼，问：“自家人？江燃，你什么时候成了前女友的自家人了？我可不记得分手后还要帮忙孝敬人家父母的。”

“白桐，我今天不方便请你来家里做客，要不改天再来吧？”

“改天？我下次来，会不会也被你前女友的父亲挡到门外啊？”

林父皱眉：“前女友？这是怎么回事？”

江燃也不知道怎么说，男人无话可说的时候就喜欢沉默，林冬星则装死。

白桐算是品出点儿味道来了，她甜甜地笑：“叔叔，你恐怕是有所不知。林冬星和江燃以前谈过恋爱，不过那都是过去式了，早就因为不合适而分手了。”

林父毫不在意地道：“分手就分手呗！情侣间的分手都是气话，哪能当真的。”

“可他们都分开好久了。”

“没听过小别胜新婚吗！分开一段时间见面，感情能更好。”

白桐气结。可是这分别的时间也太长了吧……

7

原以为白桐会知难而退，可她愣是维持自尊，死活不肯说先走一步。

最后还是林父看不下去，嘀咕一句：“既然小江的同学大老远跑来，跟着吃点儿就吃点儿呗。”

林父嫌弃的语气，仿佛白桐是个要饭的。林冬星目瞪口呆，她也没想过自家亲爹会这么挤兑人。

于是她小声和江燃道歉："对不起，我爸就这个脾气。"

江燃瞥了白桐一眼，说："没事，她没和我提前打招呼，不请自来的确很不妥当。"

听江燃话里的意思，好像白桐和他并不算特别要好的同学，登门拜访还要提前打招呼。这样一讲，仿佛上次叙旧不过是偶然而已。

林冬星问："你和白桐的关系这么好，我们两个的事情……会不会让她误会？"

林冬星心里总有个疙瘩，她记得白桐在她面前宣示所有权的样子，也记得平素不让陌生人登门的江燃会放白桐进门吃饭的情形。

江燃蹙眉："我和她什么时候关系好了？不过是大学同学而已。"

"那上次她怎么来你家吃饭了？"

"如果我把她拦在门外，和你孤男寡女待在家里，是不是很惹人误会？"

"这倒是……"林冬星郁结了好几天的闷气一瞬间烟消云散。

她的手心冒汗，尝试笑着打趣江燃："不过，我听她说你喝醉酒，在她旁边喊我的名字，这算怎么回事？"

"醉酒？"江燃认真地想了想过去的事情，呢喃自语，"我好像没和她单独出去喝过酒吧？"

"真的？"

"啊，新生见面会那次算不算？我们专业也就我和她是同一个市的，同学们就开玩笑安排我们坐一起。为了避免和她讲话，我只能假装喝酒，结果酒量不太行，趴餐桌上睡着了，许是睡梦里讲了什么梦话，我自己倒记不清了。"

这些事情居然被白桐添油加醋讲出了另外一种味道，不得不说，女人真是一种很可怕的生物。

女人最了解女人，林冬星也可以直观感受到，白桐对江燃还是有点儿那个意思的。

林父和白桐走在前面，林冬星则跟着江燃在后头走。他们不打算去远的地方吃，就近找了一家火锅店。

到了火锅店门口，江燃突然放慢了脚步，低头凑近林冬星的耳廓，说："不过……"

男人炙热的气息喷洒在裸露的肌肤上，撩动颤巍巍的绒毛，吹得林冬星不自觉战栗。

"怎么了？"林冬星抚了一下耳尖，问他。

"你怎么会把白桐说的话记这么清楚？"

"嗯？"

"如果我没猜错的话，你是在吃醋？"

"吃醋？"林冬星生硬地反驳，"开什么玩笑！"

江燃双手抱胸，抿出一点儿笑，饶有兴致地看着林冬星。他笑而不语，也不呛林冬星。

林冬星避开江燃火热如炬的目光。她垂下眼睫，找了个订座的借口，迅速溜进店里。

她不能再待在店外了，也不想再看到江燃那张清俊的脸。

因为……风中静静倚靠墙壁的男人，眼眸深邃且温柔，叫人沉溺。

8

火锅店里，林父特地问白桐："小姑娘喜欢吃什么火锅？"

白桐还能维持基本礼貌，说："林叔叔，我不吃辣的。"

"哦。"林父招来服务员，道："麻烦你给我上个麻辣锅底。"

她不是说了不吃辣的吗？白桐难以置信地看了林父一眼。

林父继续和蔼可亲地问："你有没有什么不吃的东西？"

"猪肝、牛百叶一类的吧……"

林父突然兴奋起来："服务员，再多上点儿猪肝啊牛百叶这些，再来点儿鸭血、羊肉片、金针菇什么的。"

白桐脸色都不好看了，她深吸一口气，保持女性的基本涵养，道："林叔叔，我不吃这些的。"

"没让你吃啊，这不是给我吃的吗？"

白桐见江燃进来了，做足了准备，委屈地问："林叔叔，您是不是讨厌我？"

林父乐了："小姑娘有眼力啊，这你都看出来了？"

白桐一腔激情的痛诉给憋在了心里，她如鲠在喉，欲言又止。

白桐不是傻子，她知道这顿饭怕是吃不下去了。于是，她盯着江燃，说："你跟我出来一下。"

江燃叹一口气，对林父说："我送送她。"

白桐蹙眉，不解地想：她什么时候说要走了？！

事已至此，她不走也不行了。于是拎起包，笑了一下，说："对，我正好有事得先走了，让江燃送一送。"

"那你走好。"林父乐呵呵的，生怕人不知道他有多开心。

江燃一路陪着白桐出门，刚送到巴士站。白桐突然转身，揪住了江燃的衣领。她想埋到江燃的怀里，感受男人炙热的体温。没想到这个动作被江燃巧妙地化解了，对方握住白桐的手腕，将她硬生生扯开，冷淡地问："没站稳吗？"

他想将白桐失礼的动作解释成她险些滑倒才顺势抓住他的风衣。白桐也知道这是江燃为数不多的温柔时刻，她再不顺着台阶下，未免太不识抬举了。于是，白桐干笑一声："没想到地这么滑。"

两人相顾无言，江燃提出要走："那你等巴士，我回去了？"

"等一下！"白桐喊住他。

"有事？"

白桐咬了咬下唇，说："我半年前就听小赵说，你会在这里定居，还四处投简历，想找一份工作。”

“嗯，所以呢？”

“我认识你的高中同学，我还知道，你前女友林冬星也在黄山区工作。当时我想，或许只是巧合吧？哪有人那么长情，都分开好些年了，还想着回去找初恋女友。”

江燃面无表情地看着她，对于这件事，他不予评价。

白桐似乎懂了什么，面如死灰，继续说：“我知道你是单身，所以我也选择来黄山区打拼。如果在同一个城市工作，我想，我也会有亲近你的机会。直到那天我登门拜访，我看到了那个叫林冬星的女人。你们不是分手了吗？为什么你还和她有接触？我很慌张，所以对她说了那些话。她一定和你告状了吧？所以你才对我有恶感……”

“没有。”

“什么？”

“她不是你，不会私底下做手脚。”

白桐抿了抿唇，说：“她是抛弃过你的人，为什么你能把我想得这么坏，而不厌恶她？”

“你得搞清楚一点，我没有讨厌过任何人。”江燃语气平淡地陈述事实，“作为久别重逢的老同学，你来看望我，我很高兴。但我的喜悦情绪仅限于此。”

“你都和她分手了，为什么不肯给我一个机会呢？读大学的时候，我向你表白，你说心里还有人。那现在呢？”

“按照常理来说，和陌生人的恋爱概率低于和前女友复合的概率，从现实角度来说，我和林冬星在一起的可能性高于我和你恋爱。所以，我劝你放弃。”江燃说完这句话，转身就走。

他的风衣下摆在冬日凛冽的风中猎猎作响，背影逐渐隐入浓密的雾气中。

江燃勾起唇角，看了一眼自己特意拧开的风衣领口纽扣，衣角随风飞扬的弧度恰到好处，很潇洒也很决绝。

他最近看了一部电影，男主角肩负使命坚决离开的背影很帅。不知他刚才走路的样子，比之男主角，又多帅了几分呢？

江燃回到了店里，才刚刚上菜。

林父给江燃烫了一片猪肝，笑着说："小江呀，什么时候和林冬星复合？挑个日子，好好考虑一下？"

闻言，林冬星险些被牛百叶烫出个燎泡。

江燃也很震惊，林父是如何知晓这一切的？

看着后辈手足无措的反应，林父很是得意："你俩要真是男女朋友，刚才那姑娘还敢这么大胆找上门来？当我傻哦？"

林冬星放下筷子，舔了舔下唇，说："爸，我和您说实话吧，其实我和江燃……"

她话还没说完，江燃插嘴说了一句："快了。"

"什么？"林冬星被他讲蒙了。

江燃信誓旦旦道："就……你爸之前说的第一个问题，我说快了。"

林冬星不知道江燃葫芦里卖的什么药，他是最后关头还想恶心她一下呢，还是讲的心里话？

林父却不管这些。他朝江燃挤眉弄眼，拍了拍江燃的肩，道："好啊，那我等你以后来家里喝酒。"

"好的。"

林冬星刚想开口说什么，就被林父瞪了回去："男人的事情，你姑娘家家掺和什么！好好吃饭！"

说完，林父从手机里翻出他几个女朋友的照片，问江燃："你看看，哪个丈母娘比较好？这个素雅大气，听说是高中老师，快退休了。还有这个，漂亮吧？年轻时做过主持人，我在健身房遇到的，就是太爱撒娇了，我哪有这个精力哄她呢？"

江燃旁听着，时不时拍林父一句"老当益壮"的马屁，两人相处得着实融洽。唯有林冬星像是被排挤在外的那一个，默默吃着锅里的牛百叶。

第六章

追妻路虽远但很香

回味够了，就从我怀里出去。

1

林父吃完饭，接了女朋友的电话，当即便道：“我得走了，这顿就让冬星买单吧。”

“爸？”林冬星很无语，但是林父就是这个性子，想到一出是一出。

林父没多留，一边喊着小甜甜小亲亲，一边立起衣领，自以为很低调地离开了。

林冬星算是知道亲爸为什么在中老年妇女圈里这么吃得开了。四十八岁还能享受十八岁小姑娘才有的随叫随到至尊男友的待遇，是一棵铁树也得开花了。

林冬星叹一口气，吃完这顿饭。她起身想去结账，柜台小姐却说账已经被江燃结了。

离开店之前，林冬星说：“迟点儿我把饭钱转给你。”

江燃语气不善地问：“你就这么怕和我扯上关系吗？”

“不是这个意思……”林冬星没想到江燃这么敏感，急忙解释，“你的钱也不是大风刮来的，自己也得花呀。而且你现在都是适婚年龄了，以后结婚，彩礼呀、房子首付什么的，哪样不需要钱？自己攒着最好了。”

“彩礼我存好了，房子也订了一套，所有结婚条件我都具备了，不劳你费心。”

“啊，那好吧。”

江燃望向别处，小声嘟囔一句：“你要真替我操心，我这里还缺一位新娘。”

“你说什么？”

江燃尴尬地说：“我是指你要是有好的未婚女性可以给我介绍一下，牵一牵红线。”

林冬星听到这话，不知怎么升起一团无名火：“要说优秀女性，那位白桐白小姐不是挺好的？”

“又提她了，你这么在意她吗？”

“我在意？江先生，你怕是误会了，我巴不得你们白头到老。”林冬星冷着脸，朝前一路小跑，死活都不愿意和江燃并排走了。

江燃扶着额头，无奈地想：她又发什么疯？

火锅店离家不远，林冬星走了十分钟就到家了。这次，她一回家见家门大敞开，还以为林父回来了。

正要喊人，却发现门锁有被撬动的痕迹。

糟了，这一次是真的进贼了！

林冬星实在不敢进门一探究竟。她拨通了报警电话，派出所民警说马上出警，大概十分钟后就能到，让她不要惊慌。

林冬星跑下楼，迎面撞上江燃。她立马揪住了他的衣袖，结结巴巴道：“我家里来了贼。”

“报警了吗？”

“报了。”

他们在楼下等，大约十分钟后，警察和物业工作人员上门了。一行人冲进房间，却没发现小偷的踪迹。

警察在屋内寻找小偷的皮脂与头发，要是有指纹，核对指纹库说不定也能找到人。

林冬星算了一下，大概丢了一只价值三万块的腕表以及两条白金项链。

家里没什么现金，算是不幸中的万幸。

警察打算去调取小区的监控录像，看看有没有小偷的踪迹。林冬星的家最近是不能住人了，门锁都坏了。

警察说："小偷翻找你东西，肯定知道你是独居女性了。再次回来犯罪的可能性不是没有，还是要提高警惕。我建议你先住你男朋友家吧，过两天逮住小偷了，你再回来住。家里的贵重物品都先带走。你放心，现在到处都是监控，很快就能抓到人的。"

警察同志都说到这份儿上了，林冬星再怎么不愿意也得闭嘴了。

她收拾了一些衣物，还拿走了余下的首饰，把房子留给警方处理。

送走警察后，林冬星身心疲惫地去了江燃家。

江燃已经洗过澡了，他坐在沙发上看电视。此时的江燃换上一身象牙白的圆领长袖睡衣。他洗完头，发梢还未干，水渍让发丝的颜色更乌黑发亮。

他见林冬星来了，说："客房收拾好了，你睡那里。不必担心，我不是什么乘人之危的小人，更没有偷看你洗澡的兴趣。"

林冬星很无语："我没这样说，我也相信你没有那么变态。"

"嗯，反正我不是变态，至于你是不是，那我就不知道了。"

江燃这小子，是想挨打吗?

林冬星拿了干净衣物进厕所冲澡，当热水兜头洒她一脸的时候，林冬星觉得整个人都活过来了。她喟叹一声，摸了摸一侧的沐浴露。这是香荚兰气味的沐浴露，很好闻，像她平日里用的那一款。

思及此，林冬星猛地睁开眼睛。她拿起沐浴露的瓶子，用手掂了掂，几乎全满，这是新买的。

江燃也用这一款沐浴露吗？还是说，某个冬日午后，他嗅到了自己身上独有的沐浴露香味，心生喜爱，偷偷去买了一瓶？

他平时嘴毒的样子，难道就是为了掩饰不为人知的隐秘爱意？

还说她变态，明明江燃才是最深藏不露的终极变态吧？

而此时，客厅里的江燃把沐浴露包装壳丢到了垃圾桶里。他看到超市里香荚兰沐浴露打折，买一送一，特地买了两瓶，也不知道好用不好用，权当省钱试试水好了。

哪知林冬星一打开门，穿着冬日睡衣，从热气缭绕的浴室走出来，对江燃冷笑，道："我已经发现你的秘密了。"

"什么？"江燃愣了一秒，他看到洗完澡的林冬星，有些慌乱。

"算了，看在你收留我的份上，我不想让你太难堪。"

"嗯？"

"人嘛，哪能没点儿爱好呢？"林冬星大度地摆了摆手。

江燃一头雾水。

"就是变态不变态的问题。"

2

在江燃家过夜，林冬星不太适应。她认床，半夜有喝温水的习惯。这天晚上，她闭上眼睛，脑子却是清醒的。似睡非睡，折腾到凌晨四点终于起身。

林冬星摸了摸床头柜，想喝一杯热水。几分钟后才察觉自己并不在家，柜子上也没放她的日常用品。

她想起厨房有饮水机，趿着拖鞋去接热水。

隐约间，她瞥见左侧的厕所亮着光。

她原以为是灯没关，心想开着一整夜得多费电？走近了，才知道是有人在。

好巧不巧，江燃拉开门走出来。他显然是刚上完厕所，手上还有冲水的水渍。

江燃险些被门口端着水杯的林冬星吓了一跳，问："你有梦游的习惯？"

林冬星很尴尬，说："没有。"

"那就是有偷窥我上厕所的习惯？"

"你觉得可能吗？"

"事实胜于雄辩。"

林冬星沉默一瞬，说："我只是喝点儿水。"

这次轮到江燃尴尬了，他干咳一声，道："我猜也是。那……我回房间了？"

"慢走。"林冬星也朝另外一个方向走。

江燃皱眉："还说不是偷窥，现在不就是跟着我走？"

"我的客房……也在那边。"

"啊，嗯，我想也是。"

林冬星干笑了一声，比江燃先迈出一步，回了自己房间。

临睡前，林冬星想，明天一定要买个保温杯回来，这样睡前装满热水，凌晨也有温水喝。咦，不对呀，她又不是要在江燃家长住，她顶多住个一两天，要不是图方便，她早拿身份证去旅店住了。

这一晚，林冬星怀着异样心事睡着了。

隔天醒来，她穿好衣服，梳洗完毕。原想着出门吃早餐，却见江燃已经备好了她的碗筷。

江燃炖了一锅咸肉粥，在林冬星家乡，粗盐腌制过的五花肉性凉，炖粥喝是败火的。

林冬星盛了一碗粥，小尝一口。他用高压锅炖的粥，咸肉都被煮得稀烂，入口即化。

林冬星搭配榨菜吃了两碗，问他："你平时都是在自家煮早饭吃的？"

"嗯。"

"厨艺很好。"

"跟我妈学的，她很会做饭，有机会带你去我家尝尝她的手艺。"江燃无心的一句话却让林冬星红了耳尖。她忍不住伸手揉揉耳朵，目光避开江燃。不过是在说些客套话吧？怎么听起来像是要见家长？

片刻，江燃轻笑一声，说："哦，你不要误会，我不过是顺口炫耀我妈的厨艺。提出让你来家里吃，只是增强可信度罢了。不是什么带你回家得到男方父母的认可之类的。"

林冬星扶额，这厮为了撇清关系，已经不惜把自己抹黑成妈宝男了吗？！

3

吃完早饭，江燃去车库开车。他插上钥匙，发动了半天都启动不了，于是说道："车坏了，我让朋友帮我联系修车的人，今天坐巴士吧。"

林冬星点点头。她等着江燃联系朋友，给车钥匙，然后带他去坐巴士。

早上上班的人多，巴士基本满座。

江燃和林冬星只能握住车上方的塑胶拉环，站着乘车。

江燃站在林冬星的前面，他回头瞟了一眼，无意间看到林冬星身后有个用报纸掩面的猥琐大叔。对方时不时揭开报纸，偷偷看林冬星玲珑有致的身材。即使那身材被毛衣和羊毛大衣遮掩得七七八八，江燃内心还是有点儿不爽。

他贴着林冬星的耳朵，小声说："和我换个位置。"

“怎么了？”林冬星问他。

“我前面有个猥琐女一直盯着我，所以和你换个位置，她对女人没兴趣，对我这种肌肉猛男就不一定了。”

说完，江燃趁车停乘客下车的时候，强行掰开林冬星握扶手的手，和她调换了位置，站在她身后。

江燃换了位置，还恶狠狠地瞪了报纸男一眼，随之心满意足地做了个深藏功与名的护花使者。

而站在江燃身前的林冬星环顾四周，却没发现什么恶心的女人啊？

不过江燃拿她挡枪这一招，还真是卑鄙无耻下流至极呢！

就这样乘了一路，车突然急刹车。林冬星没站稳，跌到了江燃的怀中，他赶紧伸手将她环抱住。

他的怀抱结实有力，不知为何，林冬星有点儿贪恋这种火热相拥的感觉。她呆若木鸡，也不知道抽离。

耳边尽是江燃蓬勃雷动的心跳，扑通扑通。鼻尖萦绕着香荚兰的香气，若有似无。

她舔了舔下唇，口干舌燥。想解释这一切，却又不知该如何开口。

林冬星想到了高中时期，某天晚自修放学迟了。尖尖细月当空，同学们骑着自行车三三两两地回家，林冬星被甩在了后头。

林冬星的自行车链子坏了，怎么都修不好。她是女孩子，一个人走夜路会怕黑。同学们急着回家，根本没人顾得上她。

明明是自己的问题，林冬星却委屈得想哭。

这时候，江燃突然像个光芒万丈的神明从天而降。他推着自行车，从灰暗的路口走来，月光照在他脸上，先是映出鼻尖一道白，透着光，再是将眉眼沐入星光，整个人亮堂堂地朝她而来，是她的救星。

林冬星兴奋地大喊：“江燃！”

“你怎么了？”他问。

林冬星嘴一瘪：“我车链子坏了。”

林冬星眼睫毛上还沾着晶莹剔透的泪珠……为这种小事哭鼻子啊？不过晚上这么黑，旁边还没人，小姑娘家家害怕倒是很正常。

江燃瞥了她一眼，说：“黑灯瞎火的，你也修不好。把车锁旁边电线杆上，坐我车后座，我载你回去。”

“诶？”林冬星愣了一秒，后知后觉地被江燃拉上自行车。

她侧坐着，手都不知道该往哪里放。要是不抱着江燃，就会摔下去吧？

江燃干咳一声，揪住女孩的手，摆在自己的腰上，不自然地说：“不想摔就抱紧了，我不会计较你吃我豆腐的。”

到底谁吃谁的！

林冬星不矫情了，她老老实实地抱着江燃。不抱不知道，一抱吓一跳。没想到江燃看起来高高瘦瘦的，腰腹的肌肉却很结实。

林冬星感慨：“江燃，没想到你还锻炼啊？这叫腹肌吗？”

江燃看着她八爪鱼一样胡乱摩挲，皱眉，闷哼一声：“别乱动行不行？再动，我把你甩下去。”

闻言，林冬星老实了。她颇委屈，自己不过是好奇，又不是刻意要耍流氓。

而她不知道，被一个心仪的女孩子乱碰身体，撩得心猿意马，那是要出大事的。

林冬星至今还记得当初抱住江燃的感觉，少年的体温高，身上的气息与女孩的甜软不同，像汹涌的海潮，又似明媚的春光。近距离接触会让人怦然心动。

这时，江燃问她：“回味够了没？”

“啊？”

“回味够了，就从我怀里出去。”

林冬星看了一下现在的姿势，她靠在江燃的胸口，两人好似亲密无间的男女朋友。

呃，的确很不妥当……

她吓了一跳，惊慌失措地站直身子，看都不敢看江燃一眼。

作为前女友，这举动也太丢人了……

4

林冬星刚到农场，唐糖就朝她飞奔而来。

“你今天这么兴奋？”林冬星不解地问。

唐糖挑眉，说：“听说我们农场和牛批农场要搞联谊会，单身男女员工可以借此机会发展一下。”

林冬星颇无语：“老王已经到了喜欢催婚的年纪了？”

“我听说，他是想刺探一下牛批农场主去年养的猪大卖的秘密，收买一下他的员工，看看饲料配方什么的。”

“这么不着调的事情，他也想做？”

“你第一天上班吗？他做这些无聊的事还少吗？”

林冬星一时语塞，无话可说。

晚上下班，农场留了几个已婚的员工值夜班，其他人还真的回家打扮了一番，换上常服赶往订好的餐馆。

说是联谊会，其实也就是两个农场的聚餐。别看农场主们是宿敌，其实底下的员工很多都互相认识，还是朋友。本次聚餐的主要目的还是为了补偿过年还值班的员工，反正两个农场都要办，还不如一起，大家伙正好热闹热闹。

牛批农场单身员工很多，有人不认识林冬星，看到这样素雅大方的女孩，便动了念头。

兽医钱少枫递了一瓶椰汁过来，对林冬星善意地笑：“女孩子喝这个吧，服务员用热水温过了。”

林冬星朝他笑了笑，道声谢。

“之前没见过你，是新入职的养殖员吗？”钱少枫走过来，与林冬星并排站着。

林冬星愣了一秒，她没想到钱少枫会和自己搭讪，此时也不知该说什么话，木讷道：“我很少参加聚餐，平时都回家吃。可能是因为这样，所以你没见过我。”

“原来如此。”钱少枫朝她伸出手，一副谦谦君子的模样，“幸会，我叫钱少枫，是畜牧兽医。”

“林冬星，羊舍养殖员。”

“我读研究生的时候，专攻过小尾寒羊的增产养殖项目。”

“那真是巧，我们以后可能会有很多共同话题了。”

“我想也是。”

林冬星和钱少枫相谈甚欢，就在这时，江燃突然端着一碟牛排，硬生生挤入两人之间，说：“借过一下。”

两人被他拆散，等着江燃走。他又突然不动了，像个电灯泡一样挡在林冬星和钱少枫中间。

林冬星皱眉道：“江兽医，你有事吗？”

江燃一脸幽怨：“平时你在家的时候，可不是这么喊我的。”

林冬星见他要泼脏水，问：“我在家都喊你什么？你说清楚！”

“你喊我江燃。”

钱少枫饶有兴致地看戏，小声问：“冒昧问一句，你们的关系是？”

江燃：“秘密。”

林冬星：“邻居。”

“林冬星，你跟我过来一下。”江燃把菜碟递给钱少枫，他二话不说拉起林冬星就走。

“江燃！你抽什么风？”林冬星无奈地挣扎，却还是被他拉到了角落里。

江燃一本正经道：“那个叫钱少枫的兽医，我听说他很花心，之前脚踩两条船，被前女友甩了。”

林冬星扶额：“别造谣。”

“你怎么知道我在造谣？”

“钱少枫算是隔壁农场的男神兽医了，唐糖常和我聊起他。他是被他前女友绿了才分手的，人很专情。”

“你了解得还挺多。”

“谬赞。”

“你对他感兴趣？”

“只是日常闲聊。”

江燃一脸不信：“你那明明是择偶的表情，和我闲聊的时候，有这样的态度？”

林冬星觉得头疼欲裂：“和你聊天是以丧偶的心情进行的。”

江燃不想和她扯东扯西，他直截了当地问：“你觉得我学历如何？”

林冬星想了一会儿，实事求是地说：“名牌大学高材生，很厉害。”

“呵，我就猜到是这样的。至于那个钱少枫，我上网了解过了，他大学的排名不如我的，不太行。”

林冬星无语，他是和钱少枫有什么仇吗？

江燃扳回一城，又问：“平心而论，我的外貌如何？”

“有鼻子有眼的，脸是没什么话说。”

“不止这些，你觉得我身材怎么样？”

林冬星看着江燃高大的身躯，欲言又止。她又不是流氓，还能评价这个？

“告诉你吧，你是身在福中不知福，我是有六块腹肌的男人。而那个钱少枫，瞧上去很壮实，然而只是体脂率低，我怀疑他连一块腹肌都没有，体力也没我好。”江燃得意地勾唇，抛出最后一个问题，“那么，我的性格怎么样？”

“性格真不怎么样……”

“林冬星，即使你这么让我讨厌，我都呵护你。从这里可以看出，我是没有家暴潜质的男人，值得信赖。”

“那行吧……”

“林冬星！”江燃突然喊她。

“啊？”

“既然你前男友处处都能碾压那个追求者，你为什么还要舍近求远呢？”

这都哪儿跟哪儿啊？钱少枫就和她说了几句话，完全没有追求的意思啊。

林冬星回味了五分钟，突然瞠目结舌，问：“江燃，你……这算是表白吗？”

江燃反应过来，忙不迭咳嗽。他辩解：“我只是给你一个参照物，你以后要找什么对象，先跟我比比。连我都比不了的男人，你图他什么？”

“谈恋爱又不是挑羊羔，还要货比三家？”

“你就不怕以后我带着身材外貌都很好的老婆从你面前趾高气扬地走过去？然后你和你的歪瓜裂枣老公嫉妒得抬不起头，一回家就激烈争吵？”

“呃……”林冬星沉默一瞬，艰涩道，“江燃，你是不是想得有点儿多？”

“我是说真的。毕竟你拥有过我。我不想你老的时候和儿孙说起，你曾经的初恋，也就是我，有多么优秀。”

林冬星长长地叹了一口气，说：“真的不会，你别担心。”

江燃完全听不进去，他握住林冬星的手，装作很勉强的样子，委曲求全地说：“林冬星，不如我给你一个机会，让你追求我吧？”

“哈？”

如果说之前那个不算表白，那么现在这句具有强烈复合暗示的话，又算是什么呢？

5

林冬星望着江燃，她疑惑地问："江燃，你这话的意思，是想和我重修旧好吗？"

江燃没敢和她对视，一时间，他觉得自己胆小如鼠，低声反驳："没有，我只是在开玩笑。如果你同意了，说明你对我余情未了。而现在，恭喜你通过了测试，知道你对我没兴趣，那再好不过了。"

说完这句话，两人的关系回到了原点，江燃居然松了一口气。

他也不知道自己在紧张什么，也不知有什么可以紧张的。

林冬星被他那句话搞得火大，斜了江燃一眼，怒气冲冲地回餐馆。钱少枫还在原地等她，见她来了，笑着说："你和你邻居感情还挺好。"

林冬星皮笑肉不笑："毕竟是同事。"

"我听说他还是你前男友？"

林冬星喝进嘴里的一口椰奶喷出来，她咳嗽两声，问："你怎么知道？"

钱少枫嘴角一翘："我想了解你，自然会打听清楚。"

他这句话说得暧昧，又像是陌生人温柔的言语，不惹人厌烦。呃，至少不惹林冬星厌烦。

他话音刚落，江燃便暗戳戳地出现在林冬星身侧。他神出鬼没，把林冬星吓个半死："江燃，你又怎么了？"

江燃和她说悄悄话："你别和钱少枫有太多联系。"

"为什么？"

"你就当是前男友见不惯你过得好，见不惯你先谈恋爱。"

林冬星叹了一口气："既然这么讨厌我，那我和处处都不如你的钱少枫同志加深联系，你应该很开心才对。"

"不，我撒谎了。其实我个人感觉钱少枫还是很优秀的，你配不上他，所以放过这个青年才俊吧。"

林冬星明白了，不是她和江燃关系有问题，是江燃纯粹欠打而已。

这顿饭，林冬星吃得不算尽兴。

晚上回家，钱少枫提出要送林冬星一程。

林冬星本着邻居间应该友善的心情问江燃："要不要一起回去？"

江燃不知道哪儿来的气，冷着脸道："不用，我等巴士就好了。"

林冬星迟疑一秒，说："我看了巴士站的时间表，最晚的那班车已经开走了。"

也就是说，江燃不上钱少枫的车，可能只能选择打车回去了。

思及此，江燃抬腿朝林冬星走来，说："既然你那么渴望和我坐同一辆车，我就满足你好了。"

林冬星无语。

钱少枫笑着拍了拍副驾驶座的坐垫，说："你们上车吧。"

他是看着林冬星说的，傻子也能猜到他想把副驾驶座的位置留给林冬星。

哪知，江燃充满敌意地拉开车门，对钱少枫道了声谢，然后稳稳当当地坐到了副驾驶座上。

车内气氛很沉闷，林冬星无奈地在后座坐定。

钱少枫瞥了一眼江燃，问："江先生的家在哪里？我听说您和林冬星是邻居，对吗？"

江燃嘀咕一句："你知道邻居的意思吗？邻床而居也叫邻居，你懂吧？"

这话说得可太露骨了，林冬星差点儿大叫："江燃，闭嘴！"

钱少枫危险地眯起了眼睛，似笑非笑，说："江先生的意思是，你们住在同一个家？"

江燃扳回一城，故作无所谓状耸耸肩，道："这事你得问林冬星了。"

钱少枫看着后视镜，笑问："冬星，你和江先生住一起吗？"

林冬星支支吾吾："那个……"

她该怎么解释？她现在的确住江燃家啊。

这时，江燃回头，盯着林冬星阴森森地说："撒谎可是会遭天谴的。"

林冬星干咳一声，辩解："我的确暂住江先生家，不过是因为我家遭了小偷，那天很晚了，外出住宿不太方便，所以在他家客房暂住两天。等警方调查好了，我就能换锁搬回家了。"

"原来如此。"钱少枫客套地笑笑，不再多问了。

五分钟后，林冬星收到了一条江燃发来的信息："别相信这个男人。"

"为什么？"

"我听说牛批农场的羊舍管理不太好，去年减产一大半。他接近你，只是想知道小尾寒羊去年增产的秘密。"

"钱少枫大学专门研究小尾寒羊增产项目的，我觉得在这方面，他可能比我专业一点儿……"

"哦，那不好意思，造错谣了。"

林冬星想，江燃今晚是不是吃错药了？

忙碌了一整天到家，林冬星联系了上次来处理小偷事件的警察，警察说明天就能换锁搬回去了，他们已经查到了小偷的去向，明日就会展开抓捕行动。林冬星道了声谢。

林冬星洗完澡，很早就爬上床睡觉了。

半夜，林冬星如往常那般起来喝热水。

可能是太困了，有点儿迷糊，她不小心洒了一地水，然后在江燃房门前滑倒了。

林冬星很尴尬，她想站起来，却发现伤到腰了。

呃……如果她在大冬天不回房间睡，很可能会被冻死。

于是林冬星厚着脸皮喊："江燃？你还在睡吗？能不能……帮我个忙？"

江燃被她吵醒了，一拉开门就看到躺在地上衣冠不整的林冬星。他侧开脸，问：“你是想勾引我？”

林冬星沉默五秒钟，说：“我摔倒了，还扭到了腰。那个，能不能麻烦你拉我一把？”

江燃伸手去搀扶林冬星，林冬星满头是汗，她问：“客厅沙发太远了，有没有近一点儿能让我躺会儿的地方？”

江燃：“有。”

“哪里？”

“我的床。”

……

僵持了五分钟，林冬星妥协了。

江燃架着她的胳膊，带她躺到床上。

江燃的被子很软，还有种好闻的香味，让林冬星面红耳赤。她这样算怎么回事？真的……好害羞。

江燃坐在旁边一动不动，林冬星总不能叫他在旁边凑合着过一夜吧？

于是她说：“那不然你先睡我房间，你这里借我缓缓？等到不疼了，我们再换回来。”

江燃冷笑：“呵，你这招够卑鄙。”

“嗯？”

“你睡过的床，必然是充满你的味道。你想让我先习惯你的气息，从而让我依恋你。”

“不是，你误会了。”

“你做梦，我不会上当的。”

“我真的没有这个意思！”

“我决定就在自己的床上睡，我们隔一条线，井水不犯河水。”

“嗯？”

即使隔开很远，也算是同床共枕啊！这难道不比分房睡还恶劣吗！

6

林冬星也很想出声拒绝，可这是江燃的房间。

人在屋檐下，不得不低头。这屋檐压得她矮了一头，只能妥协。

夜里，眼睛看不清东西，从而助长了听觉。林冬星侧头看江燃，他已经闭上了眼睛。男人的呼吸急促有力，渐渐变得绵长，仿佛深陷梦乡。

是睡着了吗？有她在身边，所以感到安心，很快入睡吗？

林冬星嘴角一勾，蹭了蹭被子，也闭上眼。

她半睡半醒，好似感觉到有人在蹭她的手臂。林冬星迷迷糊糊睁开眼，看到江燃在拿皮尺摆弄，吓了一跳：“江燃！你干什么？”

江燃收回皮尺，道：“我在量我们两个之间的距离，睡之前，我目测了一下大概四十厘米，所以现在检查一下有没有缩短。如果有，那就说明你在偷偷靠近我。”

林冬星无语，万万没想到江燃还能无聊到这种程度。

“呵，想不到吧？我先用熟睡的样子蒙蔽你，继而观察你是不是想要靠近我。”

林冬星缄默不语，五分钟后，问他：“所以，你现在查出我靠近你没有？”

“没查出来。”江燃顿了顿，说，“不过我现在又发现了新的问题。”

“什么？”

“是不是我男性魅力不够，所以吸引不了你？”江燃挑眉，问她。

林冬星扶额：“听起来，你好像很期待？”

“得知你对我不感兴趣，好像也挺伤自尊心的。”

男人好复杂啊，林冬星仰天长啸。

“算了。”江燃叹一口气，他突然把手递过来，别扭地道，“为了验证我魅力值究竟如何，我允许你抱着我的胳膊入睡。”

“诶？”

“你要是忍不住想对我动手动脚，我也会大方原谅你的。”

“真的不必。”林冬星痛苦万分，“大哥，我真的没有饥渴到要对你动手动脚的地步。”

“那就是上下其手？”

“你可闭嘴吧。”林冬星忍不住在心里吐槽。

这一夜，她睡得实在不安稳。

林冬星没盖被子，幸亏房间里有暖气，不至于让她着凉。

林冬星腰受伤了，今天待家里不出门，江燃帮她去和老王请假。

早上喝了江燃好心端来的粥，等到下午，林冬星的腰伤稍微有些缓和。她为了报答江燃，决定晚上给江燃煮一顿丰盛的晚餐。

她提前给江燃发了信息，说：“下班后直接回家，给你煮了饭。”

这条信息一发出去，就被赵勤看到了。

赵勤暧昧地对江燃眨眨眼，说：“敢情你家里藏着个娇妻啊？”

江燃没反驳，他夺过手机，道：“你读书快二十年就学会偷看人隐私吗？”

“咳，我是视力好，当年没去当空军，真是可惜了，不然也是个兵哥哥啊。”

“赵勤，你今年快三十了。孩子们都喊你叔叔了，清醒一点儿。”

赵勤好想知道金灿灿之流究竟喜欢江燃些什么啊！

下班的时候，大家都在收拾东西，江燃已经准备好拎包走人了。

有同事问他：“江燃，你今天怎么准备得这么早？”

江燃但笑不语。

赵勤嬉皮笑脸道：“人家家里有人等，不一样的。”

“我记得今天林冬星好像没上班，难道……”

江燃摆摆手，说了点儿场面话：“这些秘密，大家就不要明面上讲了，太八卦了。”

他这话可谓十分有心机，相当于对大家的猜测持保留态度，和众人温和一笑，露出心照不宣的表情。

众人懂了，原来隐婚的事情是真的啊？那江燃和林冬星在农场里针锋相对的样子都是装的？就为了掩人耳目？

诶，真是有心机呢！

江燃的车只是出了小故障，很快就修好了，今天已经能开了。

他很快开回家，一进家门就闻到一股饭菜的香味。林冬星围着围裙在厨房里忙活，她的长发被一根细皮筋扎成了一束松松垮垮的马尾。鬓边的发丝没梳好，落在脸颊边，又被她弯起的月牙儿似的小指给勾了回去。

厨房里暖暖的光落在她身上，她整个人散着光，神女一般。

江燃缓慢地朝她走，想伸出手触碰她细软的腰肢。他的影子刚叠上林冬星的黑影，突然醒悟——他根本就没有触碰她的资格。

于是，江燃落寞地缩回手，手指紧紧蜷曲成拳。他一如既往地勾唇，笑着说："因为今晚是为我煮晚饭，所以才这样费心思吗？由此可见，你对我很有好感，也可以侧面说明，我的魅力十足。"

林冬星回头看他，颇无奈。她没想到昨天晚上的事，江燃能耿耿于怀至今。

她难得好脾气，应付一句："是是是，你魅力十足、光芒耀眼。"

"怎样？那你是心动了吗？"

"心动倒不至于……"

江燃置若罔闻，自顾自说："你厨艺这样好，我想了想，配我还是勉强够的。要不这样吧，林冬星，我再给你一次追求我的机会。"

林冬星抬手拒绝："免了。"

"你真薄情。"

"我对前男友不该有不必要的幻想。"

"可我有。"

"什么？"

林冬星咬到舌头，她好像听到江燃说，他对前女友会有幻想？那就是说，他还喜欢她吗？

江燃也愣了，他本想说没什么，可话到唇边，却迟迟开不了口。

总是反驳，总是逃避，总是退一步。那么不就是把林冬星拱手让人吗？还不如偶尔沉默一回，什么话都不说，让她随心所欲地猜。

“你刚才说什么呀？”林冬星饶有兴致地追问。

江燃不答话，岔开话题：“这鱼好吃，吃饭吧！”

“喂，我好像听到了不该听的话？你要是不解释清楚，我可就误会了。”

“你猪肝汤放什么了？喝起来有点儿鲜。”

“啧，江燃，你多大的人了，还玩转移话题这一套？”

“我说了，吃饭。食不言寝不语，你没听过吗？该有的教养，总不至于还要我教吧？”

“……这倒不必。”

“那快点儿吃饭！”

“哦。”

江燃吃完饭，说：“你听过日久生情这句话吗？”

“怎么了？”林冬星问。

“我也是凡人，不能幸免。”

他的意思是，即使是苦大仇深的前男女朋友，长期接触也会有情愫渐生的可能？

她可是……越来越看不懂江燃了。

7

晚上，林冬星想出门买点儿东西。哪知半路就开始下雨，她没带雨伞。这场雨来势汹汹，等林冬星回到江燃家的时候，身上都淋湿了。

江燃瞥了她一眼，隐约间只看到林冬星那凝白如雪的脖颈沾了水，光润莹白，像一段莲藕，格外诱人。他下意识地避开了视线，不敢多看，嘴上刻薄地讽刺："你是蠢货吗？出门不带雨伞。都淋湿了，快去洗澡吧。"

林冬星冻得不行，她胡乱点头，冲进浴室。

她没带换洗的衣服，褪下衣服才想起来。脑袋里打结，舌头又捋不直，纠结半晌才隔着毛玻璃喊："江燃，我没拿衣服，你给我一件。"

如果要江燃进她卧室拿女性贴身衣物，似乎也不太妥当。

"你等一下！"林冬星感到很尴尬，她想重新穿上湿漉漉的衣服，先去拿衣服。

江燃似乎看出她的想法，皱眉制止："如果你不介意的话，我有没穿过的衬衫，可以挂门把手上先借你穿，你等会儿回房间换完衣服再给我就行了。"

"嗯……谢谢你。"这也是林冬星能想出的最好的办法了。

江燃递了一件长袖衬衫挂在门把手上，敲了敲门，以示回应。

待他走远，林冬星接过衣服，利落套上，不太合身。

长度可以当裙子穿，稍有不慎，肩头还会滑落一点儿，露出白皙细腻的一字锁骨，怎么看都有些诱人。她扯了扯衣下摆，宽宽松松，却挡不住膝盖。

有人说，裙长在膝盖以上，就得把握好尺度，不然容易引狼入室。

江燃有三急，想上厕所，等了半小时，林冬星还不肯出来。他绕到浴室门口，敲了敲门，问："还没洗好吗？"

"洗是洗好了……"林冬星很犹豫。

"出来。"

"有点儿不太合适。"

"不合适？"

"你这件衬衫有点儿短……"

江燃突然冷笑："呵呵，谁看你，身上没有二两肉。"

林冬星沉默。她就不该矫情，对方可是大魔王江燃，定力十足。

果然，林冬星多虑了。她出来的时候，江燃闭上了眼，压根儿就没看林冬星。林冬星莫名有点儿不爽。他看她吧，她会觉得这人面目可憎、色心四起，他不看她，她又左顾右盼、骚首弄姿，想乞得人垂涎一眼。

江燃没反应，转身要进浴室。半道上，被林冬星扯住衣角拽回来。

她踮起脚，与他对视："你……"

江燃愣了一秒，不知该推开她还是做其他反应，呆立原地。

林冬星不服气啊，凭什么不看她，是看不上她吗？！

林冬星咬了咬唇，大胆地说："你为什么不看我？"

江燃视线下移一寸，突然喉头发痒，舔了舔后槽牙，生硬地撇过头去，说："别闹。"

"没闹啊……"林冬星刚刚意识到自己的动作不妥当，脚尖踮地太久有些酸麻，即使抬高了这么多，也碰不到江燃的下颚。他太高了，每次和他交谈都只能仰望。

这时仿佛也不是说这个的时候，他们两个的姿势太尴尬，太暧昧不清了。此时没台阶给林冬星下，也没理由解释，上不上，下不下，就这么吊在这里，难受得很。

江燃推波助澜，逗她："哦，你这个样子，是想非礼我。"

林冬星吓了一跳，脚尖的力道就此松懈，险些跌到地上。

这厮怎么能这么无耻？什么话都说得出口啊！

她想非礼他？她没被他非礼就不错了！

林冬星脸颊发烫，忽觉方才一定是昏了头，急忙逃之夭夭。

8

警方通知林冬星说嫌犯已经被抓到了，她家里被盗窃的东西过几天也能去派出所拿回来。总之，等明天门修好了，林冬星就能回家住了。

林冬星看完信息，和江燃说："我家已经安全了，明天就可以搬回去。”

江燃似乎被吓一跳，结巴了一下：“明、明天吗？”

“嗯，怎么了？”

“没事。”他垂下浓密狭长的眼睫，说，“期待已久。”

亏林冬星还和他做了这么多天的室友，他怎么就没句好话？

林冬星想到客房里的床单，说：“我用过你家的被子和床单，明天会帮你洗好烘干的。”

“不用，我自己来就好了。”

“怎么能麻烦你呢？我至少也懂知恩图报。”林冬星开他玩笑，“不让我碰，难道是有什么难言之隐吗？”

江燃的神色有一丝慌乱，他瞪她一眼，说：“能有什么难言之隐？”

“比如……你喜欢我的味道，想偷偷躺进去？”

“你当我是变态吗？”

“你不是吗？”

江燃皱眉反驳：“况且昨晚你睡在我床上的时候，我也闻到你身上的味道了。这两天用的都是同一种沐浴露，气味不都是一样的吗？”

什么？他闻到了？

气氛一时间很尴尬，江燃也察觉自己说错话了，半晌不语。

两人为了避开话题，一齐伸出手打算收拾碗筷，慌乱间，指尖却撞在了一起。

呃，更难堪了……林冬星欲哭无泪。

第二天早上，林冬星和江燃下楼时遇到了一名不速之客，此人正是钱少枫。江燃看到他，阴阳怪气地说：“小区保安是越来越没规矩了，什么贼眉鼠眼的人都让进来。”

闻言，钱少枫也不恼。他微笑着对林冬星说：“冬星，我看你家就在附近，顺道接你上班。”

林冬星惊讶了一下，她和钱少枫并不是很熟。不过都是单身男女，时间久了没准就熟了。

钱少枫笑了一下，补充说：“你和江燃是邻居，又是同事。平时同进同出难免招惹闲话。坐我的车上班，适当避嫌应该更好吧？”

林冬星摸摸下巴，点头，这样一说好像很有道理呢。

钱少枫是隔壁牛批农场的，把她放到溜溜农场门口就走，同事们也不会在意那么多，确实比江燃接送要好很多。

见林冬星犹豫不决，江燃挑眉，道：“林冬星，你别没有良心。”

“嗯？”林冬星不解。

“你知道我在背地里为你做了多少充满善意的事情吗？”

“什么？”林冬星很惊讶江燃的这一番剖白，难道江燃是爱在心口难开，被钱少枫一刺激，打算说出什么掩埋在心底的秘密？糟糕，居然有一秒觉得很感动。

江燃长长叹一口气，道：“为了体谅你矮，我特地把副驾驶座的靠垫调低，这样就能确保你睡觉的时候不落枕了。”

“那真是……谢谢你。”林冬星不太想说话，她怕自己会有揍人的冲动。

江燃带着势在必得的笑容，问：“所以，这样用心待你的我，和这种居心叵测的小人，你要选择上谁的车？”

林冬星感动地点点头，迅速上了钱少枫的车。

江燃今天的心情不好，不爽到爆炸。

一上班，整个兽医部门都感受到了江燃散发出的浓郁负能量。

赵勤问他：“江燃，你今天怎么了？我看你好像是一个人来上班的？平时不都是跟林冬星同路来农场的吗？”

江燃含糊其词道：“她有点儿事情，所以不坐我的车上班了。”家庭矛盾怎能让外人知晓呢？

隔了五秒钟，江燃突然说：“我有个朋友，有点事情想问问。”

兽医部门的同事们全部竖起耳朵偷听，这种以“我的朋友”为聊天前提的话，他们太懂了。朋友即自己，难以启齿的事必拉朋友挡刀。

赵勤若有所思地问："你朋友怎么了？"

"咳，我这个朋友发现自己同居的对象和其他陌生男人交往甚密，甚至今天早上还不坐他的车，坐了陌生男人的车上班。"

众人心里震惊，原来是林冬星劈腿了！难怪今早看见她是坐钱少枫的车来农场的！啧啧啧，真是世风日下！

江燃干咳一声，说："我这个朋友想问问，怎么样才能让那个陌生男人滚蛋？"

"你们是第一次发生这种事吗？"

"对，第一次。陌生男人没朋友帅，也没朋友学历好，只是同居对象有点儿眼瞎。"

大家扼腕长叹，看来醋味很重。

赵勤喝了一口保温杯里的茶，说："要不这样吧，你让你朋友等他同居对象一下班就堵她，让她无路可退，只能上你……朋友的车。"

江燃思索了一下，这倒是一个好办法。

于是在这个傍晚，他趁林冬星从农场厕所出来以后，将车堵在小巷的唯一出口处。

林冬星环顾四周，旁边是厕所，背后是死胡同，左侧又是墙。而唯一出口被江燃的车堵住，车旁的窄道又无法通行。

林冬星艰涩地问他："江燃，你是想用车碾我吗？"

江燃摇下车窗，说："不是，我是想请你上车。"

然后他一推车门，发现胡同太窄小，根本开不了门。

嗯……林冬星是堵到了，可他自己好像也被堵住了。

赵勤把妹的招数好像不太行，他要是行，也不会单身到三十岁了……

江燃敲着方向盘，思考了足足五分钟，说："你等一下，我先倒退把车开出去。你别跑，记得上车。"

林冬星沉默一会儿，心想她也不敢跑啊……毕竟她好像也跑不过车？

9

江燃顺利载上了林冬星，他现在满心舒畅，一种征服感油然而生。

和他斗？钱少枫还嫩了点儿。

江燃想请林冬星吃饭，问：“要不要去吃西餐？”

林冬星好奇地问：“是有什么好事发生吗？”

“没有，只是为了纪念我们一起度过了两天同居生活，马上要分开了，一起吃一顿饭。”

“你的意思是，吃西餐庆祝我搬出去？”

江燃皱眉，心想：纪念和庆祝是同一个意思吗？反正都是为了她搬出去，应该差不多吧？于是，他点了点头。

林冬星气不打一处来，她到底是为什么昏了头不去旅店住要住江燃家的，图个方便图成这样？

到了餐厅门口，林冬星突然收到了一条信息：“冬星，你好，我是钱少枫。我从你同事唐糖那里要到了你的手机号码，原本今天下午想去接你下班，可是你同事说你已经回去了，还和我说了一点儿不好的事情。我再三犹豫，还是决定亲自问问你。你是单身吗？如果你有恋爱对象，甚至婚姻对象，我会避免和你接触的。”

林冬星确实是想和钱少枫交朋友的，他在小尾寒羊养殖方面有很多专业见解，还有多年工作经验，林冬星想和他取取经。

至于她是不是单身……这一点钱少枫应该很明白，林冬星并没有正在交往的对象。她回复他：“我是单身状态，为什么突然问这个问题？”

“因为你们农场的兽医部门同事对我说，你们是隐婚状态，请我不要再纠缠已婚女子。”

林冬星看得心火四起，原来江燃就这样背着她说瞎话？钱少枫没有挑拨离间的必要，可见他说的是真的。江燃这样做图什么？毁了她单身姑娘家的清誉，就这么开心？对了，他毕竟是自己的前男友，没准还记恨着她，所以才能肆无忌惮地报复她。

林冬星一脸不爽地拉开车门，说："我先回去收拾东西，晚饭不吃了。"

江燃不明白她为什么突然生气，问："怎么了？"

"别管。"林冬星抬腿要走，手臂却被江燃拉住了。

江燃觉得她简直就是莫名其妙，问："和我一起吃饭就这么不开心吗？"

"是啊……"林冬星眼眶有点儿红，"我看见你都嫌恶心。松开我，我得回去了。"

她讨厌自己到这种地步了吗？江燃觉得他处心积虑地靠近这个女人，以及为她做的一切都成了笑话。他也不甘示弱地反击，冷笑道："你以为我有多喜欢你？别太自信了，要走就走，不留你。"

他松开了林冬星的手，锁好车门后，转身走入西餐厅。

江燃事先订了位置，晚上还点了很贵的双人套餐。本想给林冬星一个惊喜，哪知全泡汤了。他没心思吃饭，付了违约金取消了订座。

这时，赵勤突然给他打电话，得意扬扬地说："江燃，你放心吧，不长眼的小三男，我已经帮你赶走了。"

"什么小三男？"江燃问他。

"就是钱少枫呀！他居然恬不知耻地来接林冬星回家，我看到了，就告诫他，别接近有夫之妇！人家都结婚了，还勾勾搭搭，真是丢人现眼。你就不必谢我了，改天请我吃顿饭就行。"

江燃头都大了，他蹙眉，问："等一下，什么结婚了？"

"就……你和林冬星啊？你们不是隐婚吗？"

"谁告诉你我们是隐婚状态？"

"你不也没否认吗？"赵勤这才反应过来，人家也没说过自己结婚啊，就他们一伙人猜测，然后信以为真。这造谣造得把自己都绕进去了。

江燃深吸一口气，道："原来是你在背后害我。"

"我……这不是没搞明白吗？"

"算了。"

赵勤小心翼翼地问：“坏了！我这样说那个钱少枫，他会不会找林冬星告状啊？你提防着点儿。”

江燃揉额：“已经告了，并且林冬星已经和我决裂了。”

赵勤仅剩的一点儿良心让他十分不安：“那怎么办？”

“我想想办法，你别再对外胡说八道。”

“一定一定，我这就去消除谣言！”

这样一想，江燃也能明白自己是哪里讨了林冬星的嫌。他思索很久，也不知道该如何开口。

不过，林冬星说他恶心的那句话，也很伤人。难道和他有关系，被人说成是结婚状态，让她这样反感吗？

江燃蹙了蹙眉头，也不知该说些什么。

他开车回家，上楼时，正好和收拾东西的林冬星撞在了一起。

江燃清了清嗓子，开口：“我问过赵勤了，结婚什么的，是他们编排出来的。你信我也好，不信我也罢，我不强求你什么。只是，如果是我被别人误会成已婚状态，对象是你，我大概不会觉得恶心。”

他说这话的时候有些落寞，垂眸时，长长的眼睫投下一片阴影，落在卧蚕处。

林冬星哑口无言。她那是气头上说出的话，之后想想，也觉得过分了一点儿。假如这事真的不是江燃做的，而是同事们嘴碎，那就是她偏听钱少枫的话，误会他了。

“抱歉。”林冬星小声说了一句。

江燃自嘲一笑：“何必呢？之前是钱少枫给你发的信息，告诉你这些事吧？我在车上有听到信息提示音。如果你为了一个外人，听他的话，而不相信我，那我想，我也没什么和你接触的必要。你的态度不就是想告诉我，他比我还重要吗？”

“不是！”林冬星情急反驳。

“不是什么？”

林冬星熄了火，嗓音暗哑。对啊，不是什么？难道要她说，他比钱少枫还重要吗？

可是……对前男友说这种暧昧十足的话，真的合适吗？还不如就像现在这样断个一干二净，她不招惹江燃，想必也不会让江燃难过了。

林冬星勉强地笑，说：“你说得对，我就是这种很容易相信外人的性格。这件事是我做错了，我跟你道歉，对不起。不过我想，以后你还是不要接触我了，我不知道自己什么时候还会伤害你……”她顿了顿，接着补充，“为了一个外人。”

第七章

论说狠话后如何相处

很明显，我在抹黑他，从而让你丧失和他恋爱的欲望。

1

在江燃眼中，林冬星为了一个新认识的男人和他决裂，这算是找到了对象扔掉备胎吗？难道他们才是情定终身的缘分，所以不过见了一面就一见钟情了？

他又怎配坏她好事？江燃自嘲一笑，他之前为何又招惹林冬星？明明知道这个女人本性恶劣，随时能逃跑，随时能不要他。

她一直如此，不是吗？就算以前高中她说分手是有苦衷的。那么他作为男朋友，林冬星不应该多信任他，和他商量吗？又不是只有分手这一条路，他也没说不等她啊。

林冬星的分手在江燃眼中就是极其不负责的行为。她单方面斩断了两个人的关系，却忘记问江燃愿意不愿意了。

她自以为是，选择这种保护江燃的方式恰恰是自尊心强的江燃最厌恶的下下策。

他还没有无能到要让林冬星保护的地步吧?

江燃记得高中的事，在江燃和林冬星互相喜欢却还没有捅破薄如蝉翼的窗户纸的时候，曾有其他班的男同学追求林冬星。

对方的父母是当地有名的企业家，据说高中也有他家捐赠的教学楼，算是学校太子爷了。

这位小哥喜欢女孩的方式也很简单粗暴，那就是砸钱。还是学生，送金送银难免俗气，小哥就给林冬星送鞋。那时候流行帆布鞋，小哥就送名牌鞋，他在课间休息时来到林冬星面前，道："冬星，快来看看，我给你买什么了。"

林冬星和这位小哥颇有渊源，他是住她隔壁楼的孩子，平时上课常常能见到，不过不太熟。

现在熟了，可一熟就送鞋?

林冬星觉得他脑子有点儿问题，更不愿意接触了……回家的时候，林冬星还和老爹感慨，没想到隔壁楼的孩子是个问题学生，脑子不太好，难怪家里人捐赠了一栋教学楼才能来上学。

林父深以为然，随之把这个谣言散布出去了……好吧，这都是后话了。

当时林冬星掀了掀眼皮，说："张扬，你能不能别总来我们班啊？"

张扬闷闷不乐："我这不是……忙着给你送礼物吗？"

"你见过谁给同学送鞋的吗？我是家里穷得揭不开锅了还是怎么，连双鞋都要你救济？"

"这你就不懂了吧？高三快毕业了，我们很快就能打开禁忌的大门了，现在我是提前打好基础。送鞋有个含义的，愿我们未来'鞋手'共进，齐心'鞋力'共创美好人生。"

"有话直说，请说人话。"

"咳咳，"张扬有点儿不好意思，小声说，"我喜欢你。"

江燃听到了这句，眉头微蹙，他拦着想要拉林冬星的张扬，道："九年义务教育就教会了你如何骚扰女生吗？"

张扬对喜欢的女孩可以伏低做小，可对江燃就不那么客气了。

他开口，三句离不开鞋。想鄙视人，也从鞋开始。

张扬踢了踢腿，露出脚上的名牌鞋，说："你这穿回力帆布鞋的人，配和我说话吗？"

江燃没想到他说话能这么低俗，一下子倒不知该说些什么。回力帆布鞋简约款很便宜，二三十块钱，他的家境不富裕，所以衣食住行都从简，母亲安排什么就是什么，不会过多挑剔。学校不是读书的地方吗？他一时间倒没想过，穿双鞋还有讲究的。

林冬星以为他被欺负了，立马跳起来，说："张扬，你再不回自己班级，我就告老师了！"

"行行，真是拿你没办法。"张扬也怕老师告家长，弓着腰，偷偷从后门溜走了。

这也就是同学之间的打闹，江燃没放在心上，继续写自己的试卷。

哪知隔天上课，林冬星也穿了一双女式回力牌帆布鞋来教室。

明知道她是护着自己，可江燃还是不太爽。他是真的不介意这些身外之物，可林冬星对待他这样谨言慎行的态度，让他浑身不适，好似自己有多么自卑敏感一样。

或许从那时起，江燃就察觉到林冬星这种"爱照顾人"的个性。只要她觉得好，她就会去做，却从来没有问过江燃的感受。

就像她提出分手，却没问他究竟想不想走。

江燃从床底下拿出一个鞋盒，里面放着他高中时期穿过的破旧回力鞋。为什么不扔了这双鞋呢？因为这鞋的款式和林冬星的那双很像，当年他以为是情侣款，偷偷乐了好久。

既然和林冬星断了，是不是就该把这些无意义的旧物给扔了？

江燃深吸一口气，拿着鞋盒出门。

这时，林冬星也下楼丢垃圾。她之前话说重了，回家后想想也有点儿后悔。赵勤和她打电话道歉了，原来和江燃没什么关系，是她错怪他了。话都说出口了，以后不要多接触就行。只是上班时期，同在一个农场，低头不见抬头见，关系也不能太僵，容易被穿小鞋。

见到江燃，她主动问了一句："你做什么？"

江燃做贼心虚，怕她发现这双鞋，急忙把鞋盒藏到身后，一本正经回答："遛弯。"

林冬星看到那是鞋盒，挣扎一会儿，问："带着一双鞋？"

"个人嗜好。"

林冬星喉头一鲠，欲言又止。

"我能继续了吗？"

"请便。"

江燃想了想，还是把鞋子带回家吧。于是他掉转头，往楼上走。

林冬星见他楼梯走到一半又回去了，她沉默了很久，问："你不继续溜了？"

"溜完了。"

"这双鞋是你的宠物？"

"不是。"

"那它需要每天出门溜吗？"

"不需要。"江燃顿了顿，说，"偶尔。"

"究竟是你有毛病，还是我有毛病？"

"我觉得是你。"

林冬星头很疼。她斜了江燃一眼，径直下楼倒垃圾。

走到一半，她突然感觉毛骨悚然。难道江燃有和鞋对话的能力？她以前怎么没发现这厮这么不正常？

林冬星捂住胸口，长长吐了一口气。幸亏分手了，否则她做梦都得被吓醒。

2

农场每周都有一天假，同事之间轮班。巧了，今天林冬星和江燃都休假，待在家里休息。

江燃早上有快递，他换了身黑色长袖毛衣，匆匆跑到小区保安处。

江燃问："叔，快递呢？"

保安大叔看了一眼角落，说："小江啊，你住402室对吧？这个给你。"说着他翻出一个包裹，递给江燃。

江燃领了快递，转头要走，又被保安大叔喊住："等会儿，这里还有个403的包裹，是那个冬星小姑娘的。你俩不是很熟吗？帮她顺手捎下？"

"不了，人家有手有脚，不用我帮忙。"江燃颇没人情味地拒绝。三秒后，他又说，"啊，您等会儿，我知道喊谁帮忙拿了。"

保安大叔有点儿不解，不就是给邻居拿个快递吗？还有这么多花花肠子？

江燃手上有钱少枫的电话号码，这是赵勤为了赔礼道歉，给他找来的。那天，赵勤单膝跪地，认真地望着江燃，说："是我拆散了你和林冬星，我良心不安很久了，今天必须做件事情。"

江燃蹙眉，疑惑地问："你想和我求婚？"

"不是，我这叫负荆请罪。"

"那荆呢？"

赵勤一愣，腹诽：难不成他还想打我？他看了一下江燃这身高和体型，咽了咽口水。真挨打的话，那他可能撑不了几拳。赵勤急中生智，道："我这是给你赔罪来了，我有一招，可以让你对付钱少枫。"

"什么招数？"片刻，江燃反驳，"我对付钱少枫不是因为和林冬星有暧昧，只是单纯看这个两面三刀的男人不爽。这种背后打小报告的男人，能有什么出息？"

"在理在理。"赵勤想起了江燃和林冬星造谣钱少枫的嘴脸，沉默了很久。

当然，他还是无条件地站在江燃这一边的。

于是，赵勤继续道："你可以时不时地用言语威胁他，让他不要对林冬星下手。这样做，是个女孩都会心动的。她们会觉得你有男人味，有点儿霸道总裁的帅气。"

"真的？"

"当然了。"

时间线回到现在，江燃心生一计，给钱少枫打电话："你今天上班吗？"

钱少枫那头听起来像是刚睡醒，还带点儿鼻腔，问："你是谁？"

"你不需要知道我是谁，我只问你今天有没有上班。"

钱少枫听到这种稀奇古怪的骚扰电话，也是奇怪了，他问："如果我说上班，你就要来我家偷东西吗？"

神经病。江燃鄙夷地啧了一声，说："你把人都想得这么坏吗？"

"那你得先告诉我，你是谁。"

"江燃。"

"啊，我记得你，冬星的朋友。"

"喊女生名字记得带姓，否则显得太亲昵了。"江燃很不满。

钱少枫无语了几秒，问他："你找我有事吗？"

"有。"

"什么？"

"冬星的快递放保安室了，你过来帮忙送她家去。"

"你刚刚说喊女生名字要带姓。"

江燃颇有些得意："你和我能一样吗？我在她心中有独特的身份。"

"身份？"

"我是她前男友。"

钱少枫有点儿头疼："行吧。不过我离你们小区好像有点儿远？开车也要二十分钟。”

“呵，你连帮人拿快递的觉悟都没有，还谈追求她？”江燃扳回一城，心情颇好。

钱少枫很无奈地道：“我好像并没有追求林冬星，我和她只是朋友。不过照你这么说，她今天休假对吗？那我待会儿去拜访她，顺道送个快递。”

江燃的电话被挂断了，他整个人都散发着怨气。

他好像……冥冥之中给了钱少枫见林冬星的机会？江燃为了确认一下钱少枫究竟有没有来，在保安亭和大叔聊了半小时的天，还给大叔看了一下病。保安大叔感慨：“小江啊，你是哪个科室的？”

江燃：“我是畜牧兽医。”

“……嗯？”保安大叔来不及反应，钱少枫就赶到了。

他从保安大叔这里拿过快递，和江燃打了个招呼，立马就上楼去找林冬星了。

林冬星正在做饭，见门铃响了，一开门，外面站着两尊大佛。

她皱眉，问：“怎么回事？”

钱少枫笑了笑，说：“江先生一大早给我打电话，喊我来拿你的快递，给你送来。”

“什么？”林冬星尴尬极了，她没想到江燃能这么整他。

为了报答钱少枫送快递之恩，她请他进屋吃饭：“既然都来了，不如一起吃顿午饭？我手艺不太好，不要介意。”

钱少枫淡笑：“怎么会介意，那就麻烦你了。”

他低头脱鞋，身后的江燃也开始脱鞋。

林冬星挑眉，瞪着江燃，潜台词在说：“你想干吗？还不快滚？”

江燃浑然不知自己遭了嫌弃，他换好拖鞋，一脸坦然地进屋：“既然你诚心邀请我吃饭，盛情难却，我也只能答应了。”

林冬星语塞。她好像……没有邀请江燃吧？

不过当着钱少枫的面赶人，又太不给江燃面子了。于是，她多拿了两个碗，给他们盛饭。

吃饭时，钱少枫客套地夸奖："这道鱼不错。"

江燃讥讽地说："呵，那你怕是没吃过她煮的红烧肉。"

钱少枫不和他计较，继续夸："豆腐很好吃。"

江燃又是一笑："那你肯定不知道，她做的鱼香肉丝也很棒。"

钱少枫大方地笑："的确，我都没有吃过。"

"那不巧，我都吃过。"江燃得意极了，像个开屏的花孔雀，频频朝林冬星使眼色。

林冬星这顿饭吃得简直要窒息，她是造了什么孽，要和这两人纠缠?

钱少枫吃完了，问洗手间的方向。

江燃立马起身给他指路："前面拐进去，左边小房间就是厕所。上完厕所，记得拿洗手池上的纸巾擦手，不要拿化妆台上的，冬星不喜欢别人碰她的化妆用品。"

钱少枫也有点儿不爽江燃的态度了，假模假式地讽刺一句："这话说得好像江先生在这里住过似的？"

江燃冷笑："你以为我没住过吗？"

"江燃？"林冬星以为他要毁自己清誉，咬牙切齿地威胁。

江燃憋了几秒，老老实实说："你猜对了，我没住过。"

钱少枫顿时无语。

3

好不容易吃完了一顿饭。她绞着手指，思索该如何打发这两尊佛。

林冬星犹豫半晌才说："饭吃完了，不如我们就……"

江燃提议："不如来点儿才艺展示？"

"嗯？"林冬星一脸蒙，"什么才艺？"

江燃抬了抬下巴，挑衅地望向钱少枫："你敢和我比洗碗吗？"

"洗碗？"钱少枫怀疑自己听错了，脸上的假笑都差点儿绷不住了。

"没错，你敢吗？连家务都不肯做的男人，谈何照顾小姑娘？"江燃轻轻一笑，志得意满地说。

钱少枫长长叹了一口气，对着林冬星说："你请我们吃饭，本该让我们洗碗。"

林冬星坐着看戏，两个男人争先恐后地把碗筷拿到厨房。

江燃戴上洗碗的塑胶手套，拿起一个布满油脂的菜碟说："洗这种都是油的碗，光把洗洁精倒海绵上是没有用的，必须先用热水浸泡，然后再逐个涂抹上泡沫。这样洗出来的菜碟才能算干净，才可以放心盛放食物。当然，我猜钱兽医是不擅长做家务的类型吧？不知道这种细枝末节的小事，我可以理解。"

这番话按理说，是人都会开口反驳，而钱少枫明显是个异类。他动了动唇，欲言又止。

江燃也没想到自己的观察力如此敏锐，能迅速察觉钱少枫的弱点，将其击垮。

而此时，钱少枫突然拍了拍身后的机器，道："我只是想说，冬星家里有洗碗机，为什么你还要手洗？"江燃瞥了一眼那个洗碗机，如鲠在喉。他僵硬地拿着碗碟，气氛很尴尬。

林冬星见状，将这两人都赶出厨房，自个儿整理起碗筷来。

她皱眉，想了半天。江燃今天来她家的目的究竟是什么？像是拆台的，可他只针对钱少枫。这样一看，倒有点儿像嫉妒。

她突然轻笑了一声，江燃不会是在吃醋吧？

钱少枫和江燃待在客厅里也很不自在，气氛如战场，剑拔弩张。

钱少枫不是傻子，一来二去，他也知道江燃在针对自己了。可是大家都是年轻人，没道理他就要忍让江燃。

钱少枫道："其实我在江兽医来之前就认识冬星了，我在农场也是负责小尾寒羊健康状况的，常听羊舍养殖员同事说，对面农场的林冬星养小尾寒羊颇有心得，她养的小尾寒羊不仅肉质好，产量也有大幅度增加。这样一讲，我就很想和她见一见，聊些工作上的事情。”

钱少枫状似和江燃谈笑风生，实则暗藏杀机。

这句话里包含了很多让江燃在意的点，首先钱少枫暗示江燃，他和林冬星有很多共同话题。再者，钱少枫说明了自己爱慕林冬星已久，为了掩人耳目，还特地强调是聊工作上的事情。

这种行径的恶劣程度不亚于出去偷情说自己只是散散心。

江燃讥讽地笑，说：“原来是这样。那么钱兽医可能不知道，我和林冬星分手七八年，她至今还没放下我。”

钱少枫瞥了一眼江燃身后，林冬星已经洗完碗站在沙发旁边了。

钱少枫不想让江燃死得那么惨，于是他干咳一声提醒江燃。

哪知江燃将钱少枫的轻咳，误会成他听到了这些过去的事嫉妒到浑身不自在。江燃更得意了，他抿唇轻笑，道：“你也知道，哪有人能单身这么久的？如果不是因为忘不了我……”

他话还没说完，身后的林冬星已经开口道：“忘不了你？江燃，我觉得你做客也做够了，是不是该回家了？”

江燃回头一看，只见林冬星怒不可遏地瞪着他。

钱少枫笑得很甜，一副天真无邪的样子。

一场闹剧后，江燃和钱少枫都说了告辞。江燃回家后，上网搜了钱少枫的学校贴吧。他费尽九牛二虎之力才找到钱少枫同一届的校友，甚至是钱少枫同寝室的同学。

他加了人微信，第一句话就是：“你好，深夜冒昧打扰，有一事想问……你知道多少钱少枫的黑料？”

对方看了消息，回复：“神经病。”然后拉黑了江燃。

江燃换了个微信号，这一次他学乖了，加人好友后先给对方转账五百块，然后说：“收买费，我需要知道钱少枫所有的黑料。”

对方看见有钱，接收了红包，回复道：“好的大哥，我一定知无不言言无不尽。”

当天晚上，林冬星涂抹完身体乳后，收到了江燃发来的信息：“关于钱少枫黑料三十九则，看到信息请回复。”

林冬星不知道他在打什么小算盘，回复了一个：“收到。”

五秒后，江燃又发了数条信息过来——

“一、钱少枫晚上不打呼噜，如果不碰他的鼻子，很难知道是死是活。二、钱少枫大学期间有很多女生追求，可他全部拒绝了。由此可见，他这个人冷血无情。三、钱少枫晚上不喜欢熬夜打游戏，可以说明他是一个不懂娱乐的人，以后是工作狂，肯定兼顾不了家庭。四、钱少枫的家境优渥，他一定从小就没吃过苦，这种公子哥不懂人间疾苦，不值得信赖。五、钱少枫一周锻炼不超过五次，对外却说自己很喜欢运动。你能看出他撒谎成性的本质，实际上是个彻头彻尾的‘渣男’……”

“打住！”林冬星给江燃发了两条信息，“江燃，你究竟是在夸他呢，还是在贬低他？”

“很明显，我在抹黑他，从而让你丧失和他恋爱的欲望。”

好的，是个人都看出来了，林冬星扶额。

她问：“你这样做，图什么啊？”

江燃沉默许久，道：“我觉得除了我，没人能配得上你。”

“啊？”林冬星呆住了，整颗心被他搅和得十分慌乱。

第八章

恋爱这事不能要脸

我在靠近你的一瞬间，你以为我要来亲你，却不躲吗？

1

林冬星仿佛能看到江燃的脸，他的俊美五官掩于夜色中，纤长浓黑的眼睫融入黑暗，凝结成一片。他的眼眸带点儿茶灰色，像是星河陨落，那双眼睛里倒映着她的脸。

江燃认真地对她说："我觉得，除了我，没人能配得上你。"

林冬星已经很明确地拒绝过他了吧？

明明很决绝地伤害过江燃，为什么他还要死缠烂打呢？

林冬星又有什么资格接近他呢？高中的时候，是她提的分手，再次重逢，又是她纠缠不清。

这样的自己简直烂透了。

可是，如果她心里对江燃毫无情感，又怎会因为他心生波澜呢？

林冬星将手机丢到一边，抬手盖住自己的眼睫。她深吸了好几口气，突然想到了另外一种可能——江燃是不是一直没有怪罪过她？只有林冬星做贼心虚，所以这么多年，她对此事还耿耿于怀，而江燃早就忘记了。

若是他并不介意初恋时期的分手误会，那她是不是也可以稍微坦率一点儿？不必再遮遮掩掩，不必拒人于千里之外。

林冬星轻轻地笑了，她突然想明白了一些事，也想明白了该如何与江燃相处。

她拿起手机，斟酌着言语，回复江燃："既然江兽医这么自信，不妨让我看看，你究竟哪里配得上我？"

江燃那厢似乎在思考着该如何回应林冬星的话，林冬星已经释怀了，抢先一步，发给他："江燃，不如我给你一个追求我的机会吧？"

发完这句，林冬星心跳加速。她怕江燃只是一时兴起，又会出言羞辱她。怕她是一厢情愿，误入江燃设下的圈套。她想，她一定是被猪油蒙了心，才会傻到这样直白地告诉江燃，过去了这么多年，她对他依旧有些感情。

五分钟后，江燃那边给她发了信息，回了一个"好"字。

林冬星脸颊发烫，这天晚上怎样都睡不好。她抿着唇，笑意却从她的眼角眉梢溢出来。

情人间的游戏最是有趣，年少时的苦难，和今日相比，都成了可口的方糖。

第二天，林冬星还没起床，门铃就被人按响了。

她拉开房门，见江燃穿着稳妥，眼下却有一抹乌青色，看上去很憔悴。

林冬星问："你昨晚给人打了？"

闻言，江燃一窒，道："不是，我只是没睡好。"

"忙什么呢？"林冬星打了个哈欠，好奇地问。

江燃催她："你先去洗脸刷牙，我们出门吃早餐。"

"出门吃？"林冬星一般都是在家里吃早饭，很少出去吃。她不知道江燃的葫芦里卖的是什么药，不过看他有所准备的样子，想来是细心规划过。

林冬星收拾妥当以后，跟江燃下楼，去了车库。江燃拉开副驾驶座的门，座位上裹着铺天盖地的粉红色蕾丝坐垫套，还摆了一大束玫瑰花。

林冬星有一丝动容，没想到江燃追求人的方式如此特别。

她感动地问："这花是你给我买的？"

"不是。"江燃一口反驳。

"嗯？"

"这是我从保安大爷的花圃里偷摘的，怕他心疼，我还留了信封，里面塞了两百块的花钱。"

"……那真是谢谢你了。"

林冬星话音刚落，不远处的花圃传来保安大爷鬼哭狼嚎的吼声："谁杀了我的维多利亚！"

林冬星抿唇，看了一眼玫瑰花，道："这叫维多利亚？"

江燃思索了一番，道："上次我看保安大爷在想花名，于是帮他起了这个名字。本来我想给他推荐个日本名，大爷拒绝了。"

"你还会起日本名？挺博学多才的。你起了个什么名字？"

"重庆花子。"

"……嗯？"如果早知道是这个名，林冬星是不会问的。

江燃不想林冬星对玫瑰花有什么愧疚感，于是他再次去和保安大爷讲了偷花一事。大爷虽然伤心，可看在江燃再加了两百块的花钱后，那点儿伤感也荡然无存了。

保安大爷朝江燃挤眉弄眼，道："不就是几朵花吗？干啥子还塞钱咯，不要不要。"

他一面说不要，一面扯开口袋，示意江燃把钱放进来。

就这样，江燃感受过保安大爷的善意后，继续开车载着林冬星去吃饭。

江燃要不是今天早上看日期，还不知道今天就是二月十四日情人节。

既然是有纪念意义的节日，他得给林冬星留下温暖的回忆。江燃昨天跟赵勤打听过了，这追女孩，得有技巧。

光是耍浪漫可不行，还要体贴。最好做一些一般人做不到的事情，这样才能体现出你对一个女孩很特别。

寻常人做不到的事情？江燃若有所思地抚了抚唇瓣。

到了包子店门口，江燃给林冬星拉开车门，对她道："要是你想的话，也可以踩着我的背下车。"

林冬星一脸蒙，艰涩问他："我为什么要踩着你的背下车？"

"这样的体验或许会让你感到特别？"

"是感到特别惊悚。"林冬星扶额。

林冬星没理江燃这个语出惊人的家伙，她自顾自地下了车，点了两个酸菜豆腐包子以及两碗豆腐脑。

豆腐脑当然要吃甜的，白嫩嫩的豆腐冻，冒着徐徐升腾的热气，看得人食欲大增。

林冬星还赶着上班，很快吃完了豆腐脑和包子。

她抬头，看着江燃拿着勺子犹豫不决，问他："你在想什么？"

江燃抿唇："我其实不是豆腐脑甜党。"

"所以？"

"所以我在尝试能不能吃一口甜的豆腐脑。"他深吸一口气道，"若是你以甜咸二党不可融合为理由，说我们三观不合不能在一起，我会感到难过。"

"我没你这么无聊。"林冬星真的无语了，她好像并不会在意这种小事吧？

江燃想到赵勤的泡妞大法，时时刻刻都要夸自己心上人。于是他郑重其事地道："是吗？看来我没看走眼，林冬星，你真是一个善解人意的女孩。"

这大概是林冬星第一次被人夸也没感到开心吧。

2

江燃自觉此番追求攻势很猛烈，也很完美。

他偷偷给赵勤发信息，汇报状况：“我带林冬星来吃早饭了，她很高兴，我还夸奖了她。她或许是害羞，一直用手抵住额头，挡着半张脸，不让我发现她羞涩的表情。”

“羞涩”的林冬星此时觉得压力很大，她没想到和江燃出门吃个饭会这么累，于是一直以手扶额，私下叹气。

赵勤得到消息以后，立即截图发到兽医部门的群里，大家争先恐后地出主意。虽然大家都有三十年单身的高龄，可不妨碍他们利用从别处学到的恋爱技巧来出谋划策。

兽医林弯弯在群里震惊咆哮：“等一下，他俩是不是那种先上车后补票的类型？不是说亲眼看见他们同居了吗？要是没结婚的话，一定是‘先婚后爱’，啊，好刺激！”

赵勤嘀咕：“这么劲爆的吗？”

“你懂什么？被久别重逢的前男友攻陷的爱情故事，太浪漫了好不好。我都想到那个画面了。”

“画面？”赵勤幻想了一下——霸道总裁附体的江燃把林冬星堵在墙上，他缓缓凑近林冬星，鼻息落在少女敏感的耳垂，然后低语：“女人，我终于找到你了。”

呃……原来女生都吃这一套吗？

赵勤摇摇头，把那个可恶的想法从脑海驱逐出去。

江燃的招数早已用完，他对恋爱实在没什么经验，高中时期，也算是瞎猫碰到死耗子，和林冬星在一起了。那时候是校园恋爱，林冬星见到的人少，也可以说有点儿饥不择食地从班里找。可是现在到处都是适婚者，他的竞争就大了，前有狼后有虎的，还有个钱少枫虎视眈眈地盯着他。

啧，他可得把林冬星忽悠住了。

现在的江燃就是焦躁不安的狮子，他看似威猛高大，实则软弱无力，内心在担忧身后的小娇妻被野花招惹，被其他野狮乘虚而入。

江燃为了不让林冬星察觉，还练就了一身盲打信息的技能：“赵勤，你还有其他追人的技巧吗？”

赵勤从“众人同心其利断金”的同事们那里要来了新的法子，他提议道：“光是追求女生不够的，这叫舔狗，舔狗舔到最后一无所有。你看看小说里男主角都是怎么做的？霸道狂狷、邪魅一笑、用钱征服，实在不行就用脸诱惑。”

江燃每次都觉得赵勤的法子太深奥了，可他又不敢问。一旦问，不就暴露了他是恋爱小白吗？江燃还拉不下这个脸。

于是，他抓住了几个关键词：要笑，要霸道，还要给钱，而且要展现自己的脸。

深得精髓的江燃决定开始实施自己的追人计划，他先是勾唇笑，搞得林冬星莫名其妙，问他：“我吃豆腐脑的样子就这么好笑？”

他明明在笑，这时若是反驳，岂不是欺骗林冬星？于是江燃大方承认：“是的。”

林冬星缄默不言，她默默地吃完最后一口豆腐脑。

江燃抢先结账，两人一齐往车的方向走去。

林冬星刚拉开副驾驶座的车门，还没来得及坐进去，就被江燃拽着手腕拉出来了。他猛地关上门，霸道命令林冬星：“你去后面坐，这是男人的命令。”

林冬星满头问号，不过人在屋檐下不得不低头，既然坐他的车，他想怎么安排就怎么安排吧。

不过林冬星对他今早送花的好感荡然无存。

江燃上车后，伸手将副驾驶座上的玫瑰花刺挥开。幸好他机智，即使拉走林冬星，还想了一个霸道的借口，否则这刺就要扎到林冬星的肉里了。

现在就剩下给钱和用脸诱惑了，这两件事也不算难事。

江燃他们起得早，离农场还有半小时才到上班时间。江燃把车开到农场旁边一处荒凉的山路上，他突然下车，拉开林冬星的车门坐进去。

江燃将林冬星抵在角落里，俊美的脸缓缓凑近林冬星，让她仔细观察。

林冬星不懂江燃发的是什么疯，不过看着他缓缓靠近，内心也有点儿小鹿乱撞的感觉。她的心跳得很快，手脚止不住冒汗。江燃的脸近在咫尺，男性气息迅速将她包裹住。

这算什么？是他情难自禁吗？江燃也太……心急了吧？

林冬星的耳尖也充血发红了，她想着今天是情人节，有点儿心慌意乱。可恶，江燃还真是会找时机呢，在这样的节日对她下手。

这时，江燃轻轻呵笑了一声，从钱包里掏出所有的现金塞到林冬星手里，说："这是给你的。"

这一下，用脸诱惑和给钱都完成了，江燃为自己的机智感到沾沾自喜。

然而，林冬星看着那一大笔钱，眉头紧蹙。

江燃是拿钱买她的吻吗？还是身子？他以为她是什么人？

林冬星怒火攻心，抬手就是一巴掌："江燃，你无耻！"

她怒气冲冲地下了车，徒留被打了一耳光的江燃思考人生。

他究竟哪里做错了？不是赵勤说的，先展现美色再给钱，这样女人肯定把持不住吗？

江燃黑着脸来上班，同事们都看出他脸上有几道古怪的红印，却不敢问他原因。

赵勤也有点儿虚，他颤颤巍巍地问江燃："你的脸……是被林冬星亲成这样的？"

江燃皮笑肉不笑："你觉得能亲成这样？"

赵勤缩了缩脖子："我觉得不能。"

“滚……”

江燃气归气，为了知道事情的真相，他再次问赵勤：“你说你恋爱经验丰富，你到底谈过多少女朋友？”

说起这事，赵勤很是得意：“那你得问我，你想知道哪种类型的女朋友。”

“还能挑选类型？”

“上到大小姐，下到门口倒垃圾的小用人，没有我搞不定的女人。”

“你家究竟是什么背景？”

“不是，我讲的是游戏。”

“游戏？”

“我刚通关的啊，《我与太阳大小姐不得不说的二三事》，游戏里的全是我老婆。”

“赵勤。”江燃咬牙切齿微笑，“我觉得你时日无多了。”

“什么？”

这时，兽医部门传出了百年难得一闻的惨叫声，不用猜测，肯定是赵勤的。

3

中午，江燃来羊舍做小尾寒羊血液采样，用于检测羊的身体状况。

唐糖路过，看了一眼江燃的脸，好奇地问：“江兽医，你这脸是怎么了？”

江燃盯着不远处推着小车搬运饲料的林冬星，道：“被猫挠了。”

“你家还养猫啊？”

“嗯。”见林冬星走近，江燃不怀好意地说，“养了一只野性难驯的奶猫崽子。”

林冬星当然知道他口中的野猫就是自己，对于江燃的幼稚行径，她嗤之以鼻。

唐糖羡慕地说："实不相瞒，我也想养猫很久了，就怕它有些毛病，我处理不来，正好和你讨教一番。我听朋友说，猫养习惯了，都会爬上床睡，是这样吗？"

江燃本来就是在撒谎，想了想林冬星的行为。她好像有故意受伤爬上床的行为，当即点点头："是的，爱上床，拦都拦不住。"

林冬星听得面红耳赤，嘀咕："我哪里上过他的床了？"

又想起同居那几天发生的事情，她那是真的受伤，不是假意接近江燃好吗？！

唐糖了然点头，把这些事情记在心里的小本本上，她又问："我听说猫要是表达亲近，会用鼻子来蹭主人的脸，代表吻人，是这样吗？"

江燃认真想了想，说："我的猫没亲过我，不过她想不想亲我那我就不知道了。或许是心里想得很，行为上又不敢做。"

闻言，林冬星咬牙切齿，用口型威胁："给我滚！"

江燃看到了，对着唐糖浅浅一笑："不能再跟你说了，不然我的猫又得挠我了。"

江燃说完，带着一堆羊血样品试管走了。

看到江燃走了，唐糖才问林冬星："他把猫带农场来了？不然怎么挠他呢？"

"哈……哈哈，这谁知道呢？"林冬星做贼心虚，搪塞几句就避开了这个话题。

下班的时候，唐糖和林冬星一起走。江燃看到了，厚脸皮地把车开了过来，等着林冬星上车。

林冬星对江燃之前耍流氓的事耿耿于怀，自然不愿意上他的车。

唐糖好奇地问："你们不是顺路吗？你怎么不上江燃的车？"

林冬星正想解释，唐糖突然捂住嘴，说："我明白了，难道江燃脸上的伤是你……"

“不是不是！”林冬星怕唐糖看出来自己和江燃闹别扭，那只猫暗指的是她，急忙拉开江燃的车门，坐了进去，说，“那我们明天见，我先回去了。”

“诶？好吧。”唐糖嘀嘀咕咕，“林冬星为什么反应这么大？我只是想说，江燃脸上的伤是不是她家的猫挠的。”

江燃见林冬星主动上车，心情颇好，他大大方方地说：“算了，你早上的那一巴掌，我原谅你了。”

嗯？明明是江燃性骚扰未遂，怎么说成她的错了？

林冬星气不打一处来，冷哼一声，道：“江燃，我们打开天窗说亮话。明明是你想对我动手动脚，怎么又成我的错了？”

江燃不解：“我对你动手动脚？”

“嗯，你早上凑我那么近，不就是想亲我吗？”

原来是这样。江燃乐不可支。

林冬星涨红脸，问：“你笑什么？”

“我还当是发生什么事情，原来你是这样想的。”

“什么？”

“就你那长了一颗痘痘的鼻尖，睡眠不足眼皮水肿的脸，你觉得我亲得下去吗？”

“既然亲不下去，就离我远一点儿。”

江燃嗤笑一声：“是赵勤教我的，说追求女人，要近距离看脸以及养她。”

林冬星一时语塞。

片刻，江燃突然压低了嗓音，似笑非笑，道：“不过我很好奇……”

他的声音有些性感，调动了林冬星的注意力。

林冬星嗓子很干哑，忍不住问：“什么？”

“我在靠近你的一瞬间，你以为我要亲你，却不躲吗？”

江燃说完这一句，林冬星呼吸一窒。

她几乎是在瞬间想到了今早的情形，她看到江燃清俊的脸缓缓靠近，止于她的鼻息。两人呼出的热气交织，仿佛在深情亲吻，纠缠不休。

她当时为何没有逃呢？

直到江燃拿出钱，林冬星的理智才回归。

林冬星此番被江燃的唇舌给击溃，节节败退。

她要怎样说呢？怎样的解释才能逃开“她也对江燃感兴趣”这一事实？

“林冬星，”江燃勾着唇，慢条斯理地说，“你是不是喜欢我？”

就在这时，林冬星的手机突然接到了一个陌生的号码。她点了接听键，听到里面熟悉的女声，吓得脸色惨白。

她小声喂了一句，对方说：“呵，你还知道接电话呀？”

“妈？您回国了？”

林母说：“这么多年，你给我打过一个电话吗？林老头就是有本事啊，生出的女儿全随他的性子，连亲妈都不认了！”

林冬星最不耐烦她母亲说教，当年父母离婚，还有一个不为人知的理由——林母出轨了。

林母和其他人结婚，抛夫弃女，想来是混得不太好，这下又找上了成年的女儿。

林冬星问：“妈，您有事吗？”

“没事不能打电话吗？”林母气不打一处来，问，“这么多年没见了，你谈恋爱没？我这里认识一个朋友的儿子，家里很有钱，说是订婚就给一套五百万的婚房，给你们定个时间，见一见？”

林冬星原本对母亲的模糊依恋，在此刻被林母击得荡然无存。

她皱着眉头，道：“您也知道我们多年不见了？既然这么多年都没有见，以后也不要见了吧。当年是您抛弃我和爸爸的，不对吗？现如今还回来做什么？想把亲生闺女再卖个好价钱吗？”

“你怎么这样和妈妈说话！”

“我还能说得更难听一点儿。”

“喂！你这样是不孝顺！”

林冬星直接把她的电话挂断了，手指在拉黑键上犹豫了很久。

江燃听出来了，抿了抿唇，说：“林冬星，看来你当年和我说分手，是下了很大决心的。”

“什么？”林冬星闷闷地问。

“你妈妈是这样难缠的角色，要是我来对付，估计也得说分手。”

林冬星呆若木鸡，缓了很久才听懂江燃说的话。心里升起某个模糊的想法……他是不是知道当年分手的缘由了？

4

“你是不是……知道什么？”林冬星还是问出了口。

江燃闻言，不答话。就这样沉默地开着车，车外的风景随着光影落入车内，林冬星的脸一半暗一半明。

老实讲，林冬星的童年过得并不愉快。她从小被母亲灌输奇怪的价值观，母亲的家境优渥，当年被爱情冲昏了头才和乐天派的林父在一块儿。她在那个时代享受了自由恋爱的乐趣，又不肯承担后果。生活中的柴米油盐束缚住她那颗渴求真爱的心，渐渐地，她也爱攀比爱抱怨，将曾经歌颂的爱情唾骂到一文不值。

就这样，林母开始怨恨林父。怨恨这个给过她爱情的穷小子没有飞黄腾达，没有让她住上豪宅，没有让她扬眉吐气回娘家。

但是林父真的很无能吗？不见得吧。他只是一个普通人，领着稳定的工资，不酗酒不赌博，下班回家帮忙带孩子。

至少林冬星在林父这里感受到了满满的父爱，而在母亲那里，她只听到数不尽的抱怨：“不要嫁给像你爸一样没用的男人。”

“以后妈看着条件好的再让你谈，别自己傻兮兮地去谈恋爱。”

“想要恋爱，先问问人家家里有几套房！”

林冬星怎么也没想到，她从小耳濡目染的便是这些东西。她极力摆脱母亲灌输给她的价值观，像一只被厚厚茧子束缚的蝴蝶，在一线阳光照到的地方，“啪嗒”一声，绽放翅膀。

林冬星和母亲不一样，她不需要依附男人生活，所以她有资格选择爱情，也有资格选择亲人。

是林母抛弃她和林父的，那么就别回来了，该给的钱，离婚的时候早给她了，林家没欠林母什么。

林冬星毅然决然地按下了拉黑键，与此同时，江燃开口了：“我知道你妈是什么样的人，你以前和我分手也不是存心羞辱我的。”

缠了这么久的误会就在这一刻说开了。

林冬星心里说不出是什么感觉，不是松了一口气，也不是释怀。算遗憾吗？她也讲不清楚。

假如之前的分手是误会，那么他们现在是算久别重逢的男女朋友，还是陌生人呢？

林冬星的脑子很乱，她应付完自己母亲，如同打了一仗，浑身是汗。

她给林父通了气儿，林父说林母再招惹她，他会和林母说清楚的。长辈的事情就让长辈来处理，当年林母要是顾念一点儿林冬星，也不至于一大把年纪了还出轨，让父女俩在亲戚面前抬不起头。

下了车，江燃问她：“晚上吃什么？”

林冬星说：“在家里随便煮点儿什么吃吧。”

江燃颇不自然地道：“既然也没东西吃，不如上我家蹭饭？”

“啊？”

江燃避开她的目光，道：“我脸上被你打成这样，你总得给我个说法吧？不陪我吃一顿饭，给我赔礼道歉吗？”

可是这算她占江燃的便宜吧？林冬星这样想着，不知不觉地跟江燃上楼，走进他家。

江燃突然开了句玩笑，说："你这算不算过门？"

"什么？"林冬星如同惊弓之鸟，马上变得敏感警惕。她瞪着一双水汪汪的眼睛，看着江燃，亦喜亦嗔。

江燃看着她的反应，觉得十分有趣。

他慢条斯理地说："不过是……开个玩笑。"

有这样开玩笑的吗？林冬星脸颊红彤彤的，浑身燥热。

林冬星不过是跟他走进家门，怎么被说成"过门"了？

她才不想过江燃家的门呢！今天是个例外！

江燃做了几道家常菜。炖了一锅色香味俱全的土豆鸡肉以及糖醋里脊，还煮了一锅豆腐蔬菜汤。

他记得林冬星喜欢吃肉，于是把鸡肉都挑出来放到她的碗里。

这顿饭比起往常吃的饭，气氛和谐多了。

林冬星闷头吃饭，也不计较江燃夹菜的亲密行为。而江燃觉得他和林冬星的关系缓和许多，眼角眉梢都带笑，却毫不自知。

只是单纯看她吃饭香而心生欢喜罢了，绝对不是什么喜欢。江燃心里想着，没说出口。

吃完了饭，林冬星说她有消除红肿的药膏，可以给江燃上药。毕竟是她失手打了他一耳光，理应她负责。

江燃没拒绝，他得给林冬星上不随意动手打人这一课，而不是因为内心有所期待。

林冬星将药膏抹在棉签上，凑近江燃的脸，小心涂抹在伤痕上。一天过去了，脸上的痕迹有所消退，已不是很明显。

只是她做事认真负责，为了瞧清楚，脸就凑得很近。

她身上带着淡淡的身体乳香味，像是牛奶，又像是雪松。她的炙热鼻息这样近，仿佛下一秒便能吻上江燃的脸颊。

江燃的余光可以瞥见林冬星，看到她纤长的眼睫毛，既黑又浓，像一把小扇子，卷走他内心的阴霾。

这算是引诱吗？不谙世事的少女，给人涂药都不知道避让一些吗？

林冬星也有些害羞，她察觉自己离江燃太近了，下意识地要往后缩。

就在这时，江燃突然低语了一句：“抱歉，我忍不住了。”

“什么？”林冬星一愣。

她的手腕突然被江燃扣住，然后稍稍用力，林冬星被扯到了江燃的怀中。林冬星眨巴着眼睛，手足无措地看着江燃，越是无辜，越是撩人。

下一秒，江燃低下头以唇封住了她的唇。

客厅内的光线很暗，林冬星只能勉强半睁着眼睛，感受男人薄凉的唇在她唇瓣上辗转，撬开她的牙关，与之纠缠。

为什么吻她？江燃……疯了吗？

林冬星呼吸急促，脊背一阵酥麻，触电一般，难以招架。她迷迷糊糊，不知是忘记了，还是半推半就，她也没有抗拒江燃，予取予求。

只是，林冬星怎么也没有想到，仅仅是涂个药，居然就羊入虎口了。

江燃分明就是……有备而来，在他说出“过门”那句话的时候，林冬星就应该懂了。

5

这个吻也不知是什么时候结束的，林冬星捂着胸口，气喘吁吁。她的脸发烫，浑身像是被点着了一般。

气氛尴尬到了极点，林冬星连动都不敢动，全然忘了她现在还坐在江燃的腿上。

这个时候给江燃一耳光还来得及吗？

她咬着下唇，唇瓣上还残留着他的气息，淡淡的，不算太排斥。

林冬星打圆场，不想两人太尴尬，说：“一时冲动，我可以理解。”

江燃的眼神讳莫如深，叫人猜不透。许久，他慢条斯理地说：“蓄谋已久。”

“我……”林冬星微微张嘴，欲言又止。心里埋怨江燃不走她给的台阶，偏偏还要提起这件事。

她回过神，想到此时的姿势不妥当。像是被火烧到了腿，她心急火燎地从江燃怀中跳走，然后拎起包，逃之夭夭。

林冬星逃回家，用牙刷将口腔都清理干净了，这才长长松了一口气。

事后撇清关系算什么呢？明明接吻的时候她都没推开他。

江燃会不会想歪？会不会以为她还喜欢他？真的是丢死人了。

林冬星和江燃不是初次接吻，以前谈恋爱的时候也有偷亲过。

林冬星记得，那时候她正在教室里午睡。阳光正好，暖洋洋的一线光照在她的发间，林冬星睡得不沉，她只是享受这种闭上眼，懒洋洋地趴在课桌上的感觉。与此同时，教室里有人回来了。听脚步声是江燃。林冬星很懂得从细节分辨人。

她继续假寐，趁着同学都不在教室。两侧窗户全打开着，穿堂风灌入教室，吹得白色窗帘时不时触碰她的后脑，像是被人用手抚摸一样，舒服得很。

这时，林冬星突然感觉有人在靠近。对方放缓了呼吸，似乎不想惊扰到她。然后蜻蜓点水一般，在她的唇上印下一吻。

五分钟后，林冬星刻意地抻了一个懒腰，假装醒了。

她眨眨眼，做贼心虚地望着江燃：“江同学，你吃完午饭了？”

江燃点了点头，没和她多说话，似乎多讲一句就会暴露之前那个本该不存在的吻。

少男少女的心事犹如窗上的藤蔓，稍不约束，便会肆意地生长，将那扇窗封闭得严丝合缝，密不透风。只是偶尔落下的月光才得以滋生光亮，偶有回响。

不过那时是男女朋友，现在又算什么呢？

过了一个小时，林冬星洗完澡躺上床的时候，江燃给她发了一条信息："我会负责的。"

"嗯？"负什么责？林冬星还没来得及反应，江燃那边已经开始联系赵勤了。

江燃和赵勤说："今夜情人节，我犯下了不可饶恕的大错。"

赵勤惊讶，问："和林冬星的？"

"嗯，细节不方便说，我不太好意思。"别看江燃脸皮很厚，实际上他也就是一纯情男子。

这话听在赵勤耳朵里就不一样了，没想到江燃居然和林冬星那个了？怎么会这么快？

他震惊之余，赶紧给兽医同事群发消息："哇，江燃全垒打了！"

"什么？！"

"没想到江兽医看起来斯斯文文，脱下白大褂转眼就是禽兽啊！"

"先婚后爱的剧情，是不是热辣了一点儿？"

赵勤还没从这等八卦之事中回过神来，他干咳一声，问江燃："那个，你做完这事，林冬星没报警吧？"

江燃皱眉："为什么要报警？"

赵勤眼睛都亮了，说："没报警就代表她自愿啊，那就是你情我愿的事情！我觉得你也别搞追求那一套了，都生米煮成熟饭了，直接求婚吧！"

"这么快吗？"江燃皱眉。

赵勤猥琐地笑："这……你就不懂了吧？我问你，你干那事的时候，林冬星有没有抗拒？"

江燃回忆了一下那个吻，林冬星像一只无辜小兔子缩在他的怀里，说抗拒好像也没有。

于是他道："没有。"

"这不就得了，那肯定是喜欢！直接求婚吧。"

江燃想了想，说不准林冬星还真的就是嘴上说不要，身体反应却很诚实的类型，当晚便谋划起求婚一事。

而林冬星还不知道江燃这些花花肠子，她看着这条莫名其妙的信息，甜甜地睡着了。

第二天一大早，林冬星被门铃声吵醒了。

她穿着睡衣开门，一拉门，看到江燃捧着一大束玫瑰花，在她家门口单膝跪地。

林冬星吓得后退一大步，支支吾吾："你……干吗？"

江燃抿着唇，说："我想了很久，是时候担起我作为一个男人的责任了。林冬星，我们错过了这么多年，是时候好好珍惜当下了。我的信用卡密码是3427××，房子有一套，是全款买的。我妈性格温和，不会有婆媳矛盾，生孩子保大，丁克也好。所以，嫁给我吧，林冬星，你不会后悔的。"

林冬星沉默三秒，险些晕倒。

谁教的江燃，还没谈恋爱先求婚的？！

她关上门，深吸一口气，确认不是梦以后对着外头的江燃中气十足地吼："江燃，我是不会答应你的求婚的。"

"为什么？"江燃皱眉，看了看怀里赵勤起草的稿子，问，"是我台词没背好？"

"……不是。"啥？这还有稿子吗？

"那是因为什么？"

林冬星再次打开门，扶起江燃，说："都是成年人了对不对？不过是亲一下，有什么大不了的？现在可不兴亲一口就寻死觅活的，也没法律规定亲一下就得结婚呀。我觉得，我们那个吻只是个意外，没有其他深刻的意义。"

她说得轻描淡写，把江燃惹得十分不快。

江燃将玫瑰花放到一边，突然指着自己的唇，慢条斯理地说："既然亲一下也没什么大不了，那你就再吻我一次吧。"

林冬星呼吸一窒，要是她不亲的话，岂不是就得应了江燃的终身大事？可是亲的话……这算不算搬起石头砸自己的脚？

6

江燃那张俊俏的脸在林冬星面前放大数十倍，他饶有兴致地设下陷阱，就看林冬星敢不敢上钩。

真的要亲吗？可是……这好像不太好吧？都怪她要说那种话，惹江燃误会，也害得自己无路可退。

林冬星踮脚凑近，心一横，想着不过是一个吻。如她所说，这个吻也代表不了什么。

只是她的唇刚要碰上江燃，她突然败下阵来。

林冬星叹了一口气，说："江燃，我想了想，还是同意你的求婚吧。"

江燃挑了挑眉，问："你同意了？"

林冬星一脸视死如归的表情，片刻后，她说："现在我们又离婚了。恭喜你，江燃，你从前男友的身份转变为前夫了。"

林冬星说完，再次关上了门，徒留江燃在风中凌乱。

江燃抿了抿唇，给赵勤打了个电话。他想抽根烟，突然想起他根本就不会抽烟。

赵勤美滋滋地问："事成了？"

"成了。"江燃古怪地说，"不过又没成。"

"什么意思？"

"她和我离婚了。"

"嗯？"

"现在，我不是她前男友，而是前夫。"

赵勤沉默了很久，他觉得自己一开始蹚这一摊浑水就是一个错误的决定。今后，情场王子赵勤，再不管人间情事了。

林冬星总算送走了这瘟神，她已经为此耽搁太多时间了，急忙收拾好东西，出门坐巴士上班。

今天的事情太尴尬了，林冬星不好意思坐江燃的车。

不过在她等巴士的时候，江燃还是在巴士站附近停下车，喊她上去。

林冬星拒绝了，可江燃不肯走。

路人议论纷纷，说是小两口吵架，男的还霸占巴士车位不肯走，看来是要罚款了。

林冬星怕事情闹大，尴尬地上了车，指责江燃："你疯了吗？停在巴士车位上。"

江燃淡淡道："接送前妻，应该的。"

林冬星颇无语，说："你可别在农场里说我是你前妻。"

"知道，我们是隐婚，背地里的那种。"

虽然听起来不太对劲，可林冬星已经不打算纠正江燃了。

就这样，上班的时候，兽医部的同事终于忍不住了，问江燃："你和林冬星到底什么关系？"

江燃皱眉，说："我们是隐婚，保密状态，别对外说。"

众人恍然大悟，敢情折腾了好几天，最开始的猜测才是最靠谱的。

林冬星工作了一整天，到家的时候已经筋疲力尽了。

她洗完澡换上睡衣，正打算上床，哪知卧室的灯报废了，怎么按开关都点不亮。

林冬星本来想去搬金属小梯子换灯泡，走到仓库才想起那梯子被林父带走了，说要拿回去架着修剪树枝。林冬星踩凳子也够不着那么高的灯泡，思来想去，也就只能找比她高的男性朋友了。

问问钱少枫？不行，人家钱兽医家离这里这么远，总不能大老远跑来帮忙吧？那就找找隔壁的那位？林冬星想了想，要是让江燃进她家，会不会引发什么意外？算了，是她有事相求，就算踩着雷也得上。

林冬星按响了江燃家的门铃，很快，便有穿着白色长袖的男人开门。

江燃看了一眼林冬星的打扮，问：“你刚洗完澡？”

林冬星点点头。

江燃意味深长地说：“只穿睡衣，你确定不是想勾引我？”

林冬星很无语，别人穿那种吊带小黑裙才算得上是勾引好吗？

她看了一眼自己的长袖长裤小棕熊睡衣，问：“你觉得这套睡衣性感吗？”

江燃扫视她全身，直白地点点头：“性感。”

林冬星一时语塞，行吧，江燃反正不是一般人，一般人没他这么瞎。

她仰天长叹，平复完心情以后对江燃说：“我家灯泡坏了，你能不能帮我换一下？”

江燃没拒绝，他关好自己的房门，问林冬星：“你就只找了我一个人帮忙吗？”

林冬星不懂他这个问题究竟有什么必要性，她老老实实地回答：“只找了你。”

江燃勾唇：“果然，林冬星，你喜欢我。”

“什么？”林冬星难以置信，他这结论又是从哪里得出来的？

“危急时刻，你脑中第一个想到的男人，就是你喜欢的男人。莎士比亚说的。”

“莎士比亚没说过这种话，别造谣。”

“哦。”

“而且我找你，只是因为你家比较近。”

“啧，女人，真绝情，利用完我就抛弃。”

林冬星头疼欲裂，如果有下次，她宁愿摸黑睡觉也不要再和江燃有任何瓜葛了。

江燃比林冬星高了两个头，有他出马，很快就换好了灯泡。

毕竟江燃来帮她的忙了，林冬星也不能赶他走。于是客套地问：“你要不要喝杯茶再走？”

寻常人听到这话，都知道送茶就是送人的意思，可偏偏江燃不是寻常人。他全无离开的打算，立马应下了：“好的，我要温的茶水，茶不要泡太浓。”

江燃不但想留下，还敢提泡茶的要求。林冬星表面微笑，内心却似有万马在奔腾，她为什么要招惹这个男人呢？明明大家都能好好生活，井水不犯河水的，不对吗？

江燃慢悠悠地喝着茶，林冬星单手撑头等他喝完。好不容易一壶茶下肚了，林冬星看了一眼钟，晚上九点了。既然茶没了，那么人是不是也该没了？

她想说几句场面话，让江燃滚回自己家去。

哪知，江燃清了清嗓子，微微一笑，说：“冬星，给我续杯。”

闻言，再温婉乖巧懂事可人的林冬星也忍不住了。她迷人的笑容僵在了脸上……

7

又过了一个小时，江燃总算走了。临走前，还借用了一下林冬星家的厕所。

林冬星很无语，要是他知道憋尿对膀胱不好，还喝这么多做什么？他就不怕第二天睡醒眼皮水肿吗？不过江燃好像确实没有眼睛肿过。可恶，这一定是基因问题！

林冬星躺在床上，一时间没睡着。她想了想今晚江燃的怪异之处，他的视线好像一直都是盯着她的。

难道，江燃一晚上都在看她……身后的洗碗机吗？

林冬星是知道江燃家没买洗碗机，可他真的想要的话，她告诉他牌子不就得了？至于打量一晚上吗？

由此，林冬星得出结论：江燃这厮很傲娇，什么事都喜欢憋在心里，实属闷骚。不过，江燃好像从以前开始就挺闷骚的。

林冬星记得高中时有一次运动会，她跑女子八百米的时候摔伤了，没拿到名次，有部分女同学阴阳怪气说她拖班级后腿，不行还非要上，瞎逞能。因为各项比赛名次高的话，班级每个人能得到五十块的饭卡金作为奖励。这使得原本对运动会不感兴趣的高中生都积极了起来，一时间体育场热火朝天。

林冬星也不知道自己怎么就突然摔跤了，她第一时间居然感到愧疚，而不是感到疼痛。

这时，江燃走近她，道："你知道什么是替代感受吗？"

林冬星古怪地看他一眼，问："什么？"

"就是说，你主观的感受得不到重视，先第一时间考虑他人感受。"江燃说完，从身后拿出喷了双氧水的纱布，拍了拍林冬星的伤口。

新鲜的伤口被消毒水一刺激，疼得林冬星龇牙咧嘴，她发疯地喊："你干什么！"

江燃啧了一声，问她："疼吗？"

"疼。"林冬星眼眶发红，眼泪都要掉下来了。

见状，江燃放缓了手里的动作，无声叹了一口气，说："你第一反应应该是疼，而不是内疚。他们都是外人，代替不了你的主观需求。要记住，时时刻刻以自我为中心，别太在意他人的看法。"

林冬星有点儿感动："江燃，你是特地来安慰我的吗？"

"不是，纯属路过。"

江燃像个救死扶伤的大侠，帮助了林冬星，又挥挥衣袖离去，不带走一片云彩。

两天后，林冬星的前桌同学神秘兮兮地对她说："冬星，江燃是不是喜欢你啊？"

"什么？"林冬星吓了一跳，拍她，"别瞎说！"

同学眨巴眨巴眼睛，贱贱地笑着说："嘿嘿嘿，前两天运动会，你不是摔了吗？江燃听到了，连裁判都不当了，直接把手里的响板递给同学，跑过来找你。”

“嗯？”林冬星听完这句话，脸颊发烫，整个人无所适从。是悸动吗？她也不知道。青春期的少女本就难以捉摸，心事如月色般朦胧。

她后知后觉地想，原来那天并不是偶然，是江燃有意为之吗？

他不是恰巧路过，而是一路马不停蹄赶来，临近了，才装作气定神闲地路过，给她一点儿安抚。

不过，这位大侠今晚这么能喝，一喝就是一壶茶，是不是暗地里很能喝酒，还有酗酒潜质啊？这样的男人，绝不是良配。

林冬星就这样胡思乱想着，终于睡着了。

而另外一边，大侠江燃上了一夜的厕所，早起时，精神状况不太对，很明显没睡够。

第二天上班，林冬星照常坐江燃的车。

她想到昨晚江燃可能很会喝酒的事情，小心翼翼问：“你是不是很能喝啊？”

江燃怕昨晚以喝茶为借口赖在她家的事情被戳穿，于是点点头：“嗯，我一向能喝。”

没想到是真的！林冬星皱眉，平时居然没看出来！

“你隐藏得很深啊，我居然都不知道你这么能喝！那你平时是在外面喝，还是在家里喝？”

江燃以为她在说的是在家饮茶还是在外头的茶楼里饮茶，随即道：“都喝，一般家里喝得多一点儿。”

为了彰显他很博学，什么茶都略懂一二，譬如大红袍啊，碧螺春啊，他还轻咳一声，说：“我喝的品种比较多，基本什么都能来一点儿。”

林冬星震惊，敢情不只是喝喝啤酒？红的白的都能来？混酒喝了不是伤脑子吗？

林冬星问：“那你平时喝多了会打人吗？”

江燃蹙眉，这时察觉到不对劲了，问："为什么会打人？"

"我听人说，一般喝多了就打人，你是属于哪个类型？"

"我属于喝多了尿急型。"

嗯……林冬星居然一时无语。

她不想纠结于这个话题了，做结尾道："总之吧，能少喝就少喝一点儿，我不喜欢喝太多的男人。"

江燃不解，难道喝茶是林冬星的雷点？昨晚当着她面喝了那么多，岂不是引起她反感？

于是，江燃立马辩驳："其实我一般都不喝那么多的。"

林冬星摆摆手："别解释了，我也不喜欢撒谎的男人。"

到了溜溜农场，林冬星下车之前语重心长地对江燃说："虽然你学的是兽医，我也要奉劝你一句，喝酒喝多了伤身体。"

江燃回过神来，说："你等一下，是不是误会什么了？"

林冬星将手指抵在江燃的唇上，善解人意地摇摇头："嘘，不要出声。酗酒不是什么大事，作为你的同事，我不会对外说，败坏你名声的。"

就在这时，赵勤突然跑来，和江燃勾肩搭背，说："呀，小江！我昨天遇到了个可漂亮的相亲对象，好像快要成了。走，今晚我们再喝一杯？我还约了那个女孩哟！"

"我说了，别对我撒谎。"林冬星闻言，摇摇头，走了。

江燃欲哭无泪，他咬牙切齿地瞪赵勤，问："我什么时候和你一起出去喝过酒了？"

赵勤蒙了，挠挠头："我没说和你喝酒啊？就上次那个奶茶店，你还记得吗？"

江燃回忆了一下，好像是某次他给林冬星带早餐，顺便带了一杯奶茶，结果林冬星不喝那个奶茶，于是江燃带到农场，借花献佛递给了赵勤。

赵勤嗜甜，一喝奶茶误终身，一直说："这家的奶茶绝了，小江啊，你怎么知道我爱喝奶茶？你真是我亲兄弟！下次带我去，一定要请你喝一杯，就这样说定了啊，你要拒绝，我跟你急！”

江燃那时正在工作中，没心情理他，含糊地应了一声“是”。

于是……事情就发展成这样了。

8

晚上，林冬星和唐糖约好下班后一起购物，江燃只能独自回家。

赵勤见江燃正好没事，冒死约他：“既然林冬星有事，你也不用送人，和我出去喝一杯？”

闻言，江燃想起白天就是赵勤导致林冬星对他印象变差的，更不爽了。他蹙眉，咬牙切齿地问：“你在幸灾乐祸？”

赵勤愣住：“没啊，我这不是……顺口问问吗？”

不知江燃想到了什么招数，他突然勾唇道：“算了，我有空，陪你喝一杯吧。对了，你不是说有个感兴趣的相亲对象？这不就巧了吗，我正好有闲情雅致接送人，一起带来聊聊天吗？”

这本就是赵勤的原意，只是忽然听到江燃提起，配合着一张笑容灿烂的俊俏脸，却让他感到毛骨悚然。

赵勤报了地址，江燃真的开车去接了人。赵勤相亲的女孩名叫徐燕，在美容院做前台，平时很注重仪容打扮，当然也很会玩。她看上赵勤，不过是图他工作稳定，年龄和自己差不多，可以找个老实人嫁了。

江燃将人接上车，明明后座空着，她可以和赵勤坐一块儿，却非要坐副驾驶座。

徐燕一眼就看中了拥有漂亮皮囊的江燃，还有价格不菲的车，乐得和他亲近。反正她和赵勤只是相了亲，又不算男女朋友关系，此时有了更好的对象，自然是要把握住。

赵勤见徐燕上车，殷勤道：“你今天上班累不累？要不要先带你去甜品店喝一杯奶茶？”

徐燕瞥了一眼江燃，说："我最近锻炼身体，不吃糖，所以不喝奶茶了。"

江燃适时开口道："不吃糖吗？我本来还打算替赵勤尽一下地主之谊，带你去一家我比较喜欢的甜品店吃点儿东西。"

一听是江燃推荐的，徐燕也不想扫兴，她娇滴滴地说："虽然天天锻炼，但吃一点儿糖也不要紧的啦。对了，赵勤，开车的这位是？"

赵勤介绍："哦，他是我同事，也是一名兽医，叫江燃。"

徐燕朝江燃伸出手，落落大方地说："你好，我叫徐燕。"

江燃瞟了她的手一眼，说："知道了，我现在要开车，不方便握手。"

徐燕尴尬地缩回了手，当然，对于她这种身经百战的女子来说，越难追的男人越极品，好追的不是老实人就是"海王"。

赵勤见江燃不给徐燕面子，心里也有点儿不爽，打圆场道："江燃就是这个性子，你别太在意。"

"不会，毕竟才刚认识，认识了就熟了。"

江燃矜持地笑："不好意思，我不想和你熟。"

赵勤无语，这厮是来拆台的吧？

到了奶茶店，江燃根据自己的口味点了奶茶。

徐燕问他："江先生有没有推荐的口味，也给我点一个？"

江燃冷淡地开口："没有。"

赵勤拿来菜单，讨好地说："徐燕，要不我给你挑一个？"

徐燕摇摇头："不用，那我就点和江先生一样的奶茶吧。"

"你喜欢就好。"赵勤吩咐服务员上甜品。

赵勤想着已经开吃了，差不多要交流一下增进感情了，于是问徐燕："你平时有什么兴趣爱好吗？"

徐燕笑着说："插花或者舞蹈，我都挺喜欢的。那么赵先生呢？"

赵勤正想说他文学造诣挺高的，还没来得及开口，徐燕就径直问江燃："对了，那江先生有没有什么日常爱好？"

说这话的时候，她特意侧头，露出线条漂亮的侧脸。徐燕照过无数次镜子，知道这个角度最能显得她的脸型好看，姿势也最妩媚，很能勾男人的心。她可不信江燃不食人间烟火，不会上钩。

哪知江燃看都不看她一眼，像个尽职尽责的电灯泡，呆板地说："我没有什么日常爱好。"

啧，这江燃怎么和石头一样，咬都咬不动。

徐燕不死心，继续问："什么都可以，再无趣都行呀。"

江燃冷硬地回答："抱歉，我是真的这么无趣，别费劲问我的事情了。"

"无趣也好，至少不会天天沉迷游戏呀！"徐燕给自己找了一个台阶下。

徐燕三番两次向着江燃，赵勤眼睛都看直了，赵勤虽然单身了快三十年，可人到底不傻，自然是知道徐燕对江燃有意思。难不成，江燃说要来接人就是想搅黄他的事情？

咦，可是他哪里得罪江燃了？

江燃油盐不进，徐燕几番攻势下来，都找不到突破口。她破罐子破摔，直接说想要江燃的联系方式。

江燃看她一眼，意味深长道："抱歉，我已婚，刚离。"

徐燕呆若木鸡，没想到自己这一次赌错了。她还是要脸的，既然赵勤的兄弟泡不到，也不好意思和赵勤纠缠，找了个借口就离开了。临走前，奶茶钱都没付。

赵勤呆若木鸡，崩溃道："完了，我唯一的希望都没了。"

江燃问他："你就这么想结婚吗？"

赵勤叹气："我爸说了，我三十岁之前还不能结婚，就要回去继承公司了。"

江燃皱眉："你家是做什么的？"

"你知道赵泽南吗？"

“知道，国内知名企业家，电视上天天放。”

“他是我爸。”

“抱歉，打扰了。”江燃喝了一口奶茶，一时间无言以对。原来赵勤之前说家里用人对他有意思不是撒谎，而是他的家境真的如此。

撇去赵勤让人不爽的家境来说，他人还是很善良的，所以江燃决定给他提供一点儿温暖的关怀，友好地提醒道：“赵勤，你距离三十岁只剩下四个月了。”

赵勤胸口被刺了一剑，他真的后悔认识了江燃。

江燃抿了抿唇，接着问：“你家人对结婚对象有什么要求吗？”

赵勤说：“这倒没有，只说我喜欢就好。”

“四个月，我想是不够谈一场正常恋爱了。不过既然你对结婚对象没有要求，又没有女性喜欢你，不如换个方向思考问题，曲线救国。”江燃认真道，“你的视野太窄了，不能被一些社会规则束缚。你有没有想过，找不到结婚对象的问题不在你，而在于对方？”

“哦？愿闻其详。”

“换个性别吧，找个男的。”

“江燃，我赵某今日正式和你绝交，后会无期。”赵勤恶狠狠地说道。

9

江燃回家的时候，已经是晚上八点了。他想起林冬星和唐糖出门逛街了，也不知道回来了没有。他看了一眼林冬星所在的楼层，屋内拉着窗帘，瞧不出有没有光。连一丝光都不肯漏给他看，叫人怎么分辨她在不在家呢？

江燃想到从甜品屋里打包回来的葡萄蛋挞以及奶茶，正好可以以送礼为由登门拜访。

当时他点了奶茶和蛋挞，赵勤还奇怪地问他：“你不是不太吃甜食吗？怎么还点了这个带回家？”

江燃想了想，说：“给前妻。”

搞不懂当代年轻人爱称的中年男子赵勤抑郁了。

江燃拎起袋子往楼上走。按林冬星门铃前，他还打开手机前置摄像头，理了理两鬓的头发，调整了一个最帅的角度，倚靠在墙上。

江燃确认此时此刻的自己非常完美后，按响了门铃。哪知林冬星根本就没回家，按了几次门铃都没人开门。一时间，江燃对唐糖的不满情绪瞬间喷发，嘴里念叨：“男朋友不知道找，狐朋狗友倒是挺多。”

他怨妇一样点开手机信息，给林冬星发消息。

这时，远在KTV听唐糖嚎歌的林冬星见手机屏幕亮了，假借要接电话去了一趟厕所。不是她不捧场，而是唐糖的歌声太恐怖了，堪称魔音入耳。

林冬星看了一眼手机，原来是江燃给她发了一条信息：“你不在家吗？别自作多情，我并不是关心你，我也不在意你有没有回来。只是赵勤今晚给你买了点儿蛋挞，我觉得他的一番心意很难得，所以给你送一下。即使没送你回家，我也和赵勤出门吃了甜点，哦，还见到了他的相亲对象。许是我魅力太大，对方对我也很感兴趣，我以我是有妇之夫为理由拒绝了。顺便说一下，那个‘妇’并不是你，不要误会了。”

江燃长篇大论解释了他为何要发这条信息，傻子都能看出来，他十分介意林冬星还不回家。

林冬星想到江燃发黑的脸，有点儿想笑。她也不知道自己想到江燃便会嘴角上扬。令人愉悦之事，便是喜欢之事。

她浅浅笑着，给江燃发信息说：“蛋挞你帮我吃了吧，我陪唐糖在KTV唱歌，她晚上和同学有约，喊我来一起玩。”

江燃几乎是秒回：“朋友？男的女的？我问这些不是介意性别，只是单身女子深夜和许久不见的同学一起唱歌很危险，也很诡异。我说的是唐糖，不是你。”

林冬星一贯知道他嘴毒的性格，虽然有点儿无奈，但也没说什么。她客套且克制，给江燃回复信息：“我知道了，我会提醒她小心行事的。”

发完这句，林冬星就把手机塞回了口袋里。

她回到KTV，唐糖的麦霸时间已经结束，她唱嗨了，又被男同学骗着喝了几口酒，此时脸颊酡红，看似微醺。林冬星皱眉，总觉得她这几个高中同学有些怪，具体哪里怪，她又说不上来。

说起KTV，林冬星高中的时候也有来过。那次是班上同学叶兰的生日，她邀请了林冬星，还喊了其他学校的男生一起助兴。高中时候的孩子对男女情愫总是敏感。家长与学校越不让，他们越是好奇。如同苹果蒙上一层厚厚的皮膜，朦胧不清，倒显出红一块绿一块的媚态来，实质上它只是平凡无奇的苹果罢了。

那时候，少年哪懂这么多道理，怎样出格怎样来，仿佛只有叛逆才能彰显个性。

叶兰朋友少，人也单纯，而这些外校男生又热情，自然就混到了一处去。她生日那天订了个KTV包厢，林冬星作为她校内最好的朋友，推脱不掉，只能跟着去了。

唱歌的时候，她好几次发现这些男生不怀好意地盯着叶兰看，她想提醒叶兰，又见叶兰和他们相处融洽，开不了口。

直到有男生偷偷从书包里摸出几瓶啤酒，说：“喂，你过生日，不喝酒吗？”

他们都是未成年人，怎么可能让喝酒？而且KTV严禁自带酒水，能让他们用父母身份开包厢已经是睁一只眼闭一只眼了。

叶兰有一丝犹豫，而林冬星挺身而出，严词拒绝：“不好意思，我们不喝酒的。”

她拉起叶兰想走，少年们却起身拦住，嬉皮笑脸地说：“不喝就不喝咯，至于发这么大脾气吗？来，坐下继续唱歌啊。”

林冬星知道这么多人，她闹起来也不好看，只能被迫坐回沙发上。

期间，少年们偷偷在冰红茶里兑了酒水。林冬星见状，找了个借口去厕所。她掏出手机，给正在家里写卷子的江燃打电话："江燃，今天是叶兰生日，我和叶兰在MIKO会所唱歌。他带来的男同学有点儿不对劲，你能不能过来一趟，我有点儿怕。"

江燃刺了她一句："知道怕还乱跑？而且，那是你的事情，和我也没有关系吧？"

说完这句，江燃挂断了电话。林冬星咂舌，她也不懂江燃在发什么脾气，失望地回到了包厢里。

不过半小时，包厢门突然被打开，是江燃带了几个同班男同学一起来玩。

"叶兰，生日快乐。"江燃带了一个杯装蛋糕递给她作为生日礼物。

有了本班男生在场，外校的人老实多了，谁也不敢提酒的事情。

白炽灯的光很亮，打在江燃高挺的鼻梁上，落下一道白。他的唇廓冷硬，唇瓣窄又薄，是寡情的代表。江燃虽给人一种孤傲又清冷的感觉，拒人于千里之外，难以接近。可仍有人被他那种独一无二的气息所吸引，飞蛾扑火般追溯热源，无法自拔。

那时的江燃犹如披着披风的英雄，一下子闯入了林冬星的心。

想起这件事，林冬星笑了笑。她回到包厢，看到唐糖已经醉了，睡在沙发上。她蹙起眉头，说："抱歉，我要带唐糖离开。"

她正要走，唱歌的男同学突然拦住她说："别急啊，待会儿坐我们的车，一起走呗？"

"不用。"

"啧，这位小姐说话可真凶。"话虽如此，他却胆大地朝林冬星伸出了手，想抓住她。

就在这时，江燃突然冲入包厢，将林冬星搂到怀中，冷冷地说："你的狗爪想碰谁？"

男人见林冬星是有主的，讪讪一笑："没想碰什么。"

林冬星惊讶地看着江燃，问："你怎么知道我们在这里？"

"我听赵勤说的，你们下班去银河大厦逛街，之后还要来这家KTV唱歌。"

"所以你是特地赶来见我的？"

"不是，我来银河大厦买洗碗机，正好经过KTV门口，顺路而已。"江燃都不敢看她的眼睛，举止十分不自然。想来也是，要知道包厢号码，还得向前台问她的名字打听，怎么可能是顺路？

不过，江燃赶来的时机真够巧的，有苍蝇围着她乱转，江燃便像英雄一样从天而降。那一瞬间，无数酸甜往事涌上心头。少年时期如白杨一般的江燃与现在的他重合，竟让林冬星生出了久违的怀念之感。那是什么呢？绵长婉转、细腻缠绵，伴随心跳，如同火山喷发一般汹涌而来，浩浩荡荡地淹没了她的情感啊。是了，那叫怦然心动。

第九章

此生不能没有你

第四个吻，得逞。

①

江燃把唐糖送回家，车上就只剩下他和林冬星两个人了。

两人都不说话，车里气氛很冷。

林冬星偷偷瞥了江燃一眼，见他脸色发黑，也明白他是在生气。究竟是生什么气呢？她也说不准。

明明林冬星还觉得之前江燃挺身而出的时候很帅，想趁机夸夸他，可是看他冷着一张脸，又不敢开口了。

江燃瞟了一眼坐立难安的林冬星，道："你是知道有其他人，还和唐糖去KTV的？"

林冬星解释："我只是听她说带几个朋友，以为都是认识很久的人，就没想那么多。去了才发现原来是同学聚会，都很久没见过了。"

闻言，江燃的脸色好看了一点儿。他问："要是我没来的话，你打算怎么做？"

林冬星想到那男人肮脏的手缓缓接近时自己眉目间的厌恶，老实道：“我会给他一拳，我练过散打。”

江燃如鲠在喉。

他本来想借此教训一下林冬星，让她明白一个手无缚鸡之力的弱女子是奈何不了强壮威猛的男人的。可是现在好像是他想错了，林冬星教训几个男人还是没什么问题的。

江燃叹气：“即使你有能力脱险，也不该和不熟的人接触。”

“哦。”林冬星勾唇，“你是在关心我？”

“没有，只是觉得你这个人缺乏社会常识，顺口指点你一下罢了。”

林冬星顿了顿，问：“你说不该和不熟的人接触，那我们算熟吗？”

她给足了江燃暗示，要是江燃此刻说：“当然，我是你男人。”这种极其暧昧的话，她或许也能欣然接受。

可是江燃偏偏反其道而行之，微微一笑，道：“当然，我是你前夫。”

行吧。林冬星哑口无言。想来表白这种事，江燃还是不太会的。

她和他之间都只差一层薄如蝉翼的窗户纸了，只要江燃肯主动一点儿，她作为女生嘛，半推半就成其好事，也不是不可以的。

到家了，林冬星站在自家门口翻遍了包都没找到钥匙。

此时灵光一闪，突然想起早上穿鞋，顺手把钥匙给放鞋柜上了，也就是说，她被锁门外了。她换锁有给房东留过一把备用钥匙，想来只能明天联系房东了。

她待在门口驻足不前，江燃见状轻笑一声：“怎么？是太想我，所以舍不得回家？”

林冬星沉默一秒，说：“我被锁家门口了，我给唐糖打个电话，今晚住她家好了。”

江燃干咳一声，说：“唐糖？你没见她都醉成什么样了，还能安排你住宿？要不这样，我家客房反正也空着，我不介意你在我这里多待一个晚上。反正……你也睡习惯了。”

什么叫她也睡习惯了？林冬星无语。

不过很晚了，也没其他办法，去旅店的话，她也得进屋拿身份证啊。就算用江燃的身份证，还得让江燃也跑一趟。

林冬星叹了一口气，老老实实地跟着江燃进屋。

这天晚上，她躺在客房的床上怎么都睡不着。一闭上眼，就会想到江燃强硬地将她搂到怀里，揽住她腰的那只手修长而白皙。

她那时候怎么没反抗呢？为什么？为什么？林冬星害羞地用被子蒙住了头。

隔天早上，林冬星刚拉开门，就见到在外徘徊的林母。

她蹙眉，问：“妈？您怎么找来了？”林冬星说话都用敬语，很明显能看出她的生疏与客套。

林母皱眉：“怎么？你不欢迎我来？有你这样不孝顺的孩子吗？要不是你同事告诉我你家地址，我都不知道怎么找你。”

“哪个同事？你去我工作的地方找我了？”林冬星眉头紧蹙，她极其厌恶自己的生活被母亲打扰。

林母不以为然地道：“好像叫什么金灿灿？我是你亲妈，亲生母亲找女儿，还要理由吗？”

林冬星对林母却不客气，她的语气极其冰冷，问她：“你来找我，我爸知道吗？”

林母愣了一秒，她原以为只要自己声势够大就能糊弄过去，没想到林冬星会提起这一茬。

她不是没和林父问过地址，可那死老头子口风紧，死活不肯说，被她逼急了就说：“你别扯那没用的姻缘线，你心里打着什么算盘，当我不知道？你不就是想把女儿嫁个有钱人，让有钱女婿补贴你吗？”

林母嘀咕一句：“你说话怎么这么难听？”

林父冷哼：“你当初不就看上那人有钱才离开的？现在还想回来，想得美！我告诉你，冬星谈了新男朋友，人品挺好的，你别搅局！”

林母诧异一秒，问：“做什么的？”

“同一个农场，做兽医的。”

“兽医能有几个钱？现在大好青春，不挑个条件好的，难不成以后结婚了喝西北风啊？”

“人家工作很稳定，这你还不满意？”

“稳定有什么用？要是有钱了，雇个保姆不舒服吗？像我以前跟着你过的什么日子，你自己心里没数？”

“我是饿着你了还是怎么你了？反正我俩都没关系了，你也别来烦我！”林父见她不听劝，也只能赶人了。林父把林母关在门外之前，还说了句，“反正我告诉你，别去打扰冬星！你那一套犯不着用她身上！”

林母当然不会死心，她被第二任丈夫赶出门了，要是不扒着女儿过日子，老无所依可怎么办？

幸亏她从朋友那里打听到林冬星在溜溜农场工作，本想去堵人，哪知林冬星休假在家。她问林冬星的家住哪里，老王不肯说，嘀咕一句：“林老头都跟我讲过了，人孩子那么大了，做事能没分寸？你可别去添堵了，有事找老林！”

林母找不到林冬星，正想走，哪知刚出农场，就有个漂亮女孩跑过来问她：“阿姨，您是林冬星的母亲？”

“你是？”林母瞥了她一眼，问。

金灿灿知道林冬星家的破事，林冬星和她母亲关系不好。刚才看到老王赶人，想必是怕林母要是知道林冬星的住址，必定会闹上一场。

她坏心肠忒多，想了想，就说：“我叫金灿灿，是林冬星的同事。您千里迢迢跑来找林冬星真是辛苦，我知道她家地址，不如我告诉您吧？”

“那敢情好！”林母就这样根据金灿灿给的地址找上门来，她看到林冬星从邻居家出来，肯定就是和那个野男人同居了，顿时气不打一处来！

2

林母皱了皱眉，烦躁地问：“别说那些有的没的，我就问你，你是不是和什么野男人同居了？”

林冬星觉得好笑：“我都是成年人了，这些事应该轮不到您管吧？”

“你！是不是你男朋友教你这么和妈妈说话的？你喊他出来见我！”林母一副要把事情闹大的泼妇样子。

江燃原本在刷牙，闻言也出了门。

林母见男人出来，冷哼一声，问：“你就是林冬星的男朋友？”

江燃厚颜无耻地点了点头，说：“早该见面的，可惜错过了快十年。”

“什么十年？”林母不解。

“我是林冬星高中时期的男友，也就是您口中的野男人。”江燃不紧不慢地道。

林冬星一巴掌拍在自己脑门上，深吸一口气。她怎么忘记了房子里还有江燃？这厮听到声音就出来，说些有的没的，还真是喜欢添乱！这下可怎么收场？

林冬星长叹一口气，道：“算了，妈，我们找个餐厅坐下来慢慢聊吧！”

林母瞪了她一眼：“怎么就要去餐厅了？家还不让我进？”

见林冬星不为所动，林母对着江燃冷哼：“你要是有点儿脑子，也该请我这个未来丈母娘进去坐坐喝杯茶慢慢聊吧？”

江燃迟疑片刻，问：“林叔叔说他给我物色了许多丈母娘，也不知您是哪一位？”

“你！”林母被气得胸口发堵，可他这话也没什么差错，林母不好说什么。

林冬星趁机进屋披上外套，拉了林母到餐厅里讲话，江燃怕林冬星吃亏，也殷勤地跟了上去。

已经是中午了，林冬星点了一些小菜。

她开门见山，对林母道："说吧，您回来有什么事？"

林母嘟囔："我想女儿了，回来还不行吗？"

"没说不行，可这不是您的性格。"林冬星嗤笑一声，"我小时候是跟着您长大的，要是没什么好处，您不会回来的。"

"你可是我生的，当妈的和女儿讨点儿钱能算坏吗？"

"爸和您离婚的时候，国内的房子也是给您的，这还不够吗？我大学学费也是自己打工赚的，您摸着良心讲，我花过您什么钱？"

林母闻言，一句话都说不出来。

林冬星拉着江燃起身，对呆若木鸡的林母说："这顿饭是我请您的，要是再有下次骚扰，我就请律师起草断绝母女关系的公文了。"

"你！"

"要是还想我喊您一句妈，就别逼我了。"林冬星叹了一口气，转身离去。

走了好长一段路，林冬星才反应过来自己一直拉着江燃的手。她像是被烫着了一般，慌忙松手。

江燃勾唇，说："我还以为你会和以前一样听她的话和我分手。"

"我不会的。"

"你刚才那句话是承认你和我谈恋爱了？"

"没有，你还是我前夫。"

"那么……"江燃突然上前一步，抓住林冬星的手。男人的手指纤长，冰凉刚硬也有力量。他握住林冬星的手腕，哑着声音开口，"林冬星，我们复婚吧？"

"什么？"林冬星吓了一跳。

江燃说的复婚，是复合的意思吗？

林冬星难以置信地眨了眨眼，她注视江燃的眼睛，等着他一如往常那样，和她讲一句："我是开玩笑的。"

然而，等了半天，江燃都没开口。

他是来真的吗？真要和她复合？

林冬星舔了舔干涸的下唇，她犹豫许久，又不知该如何开口。是焦虑吗？毕竟错过了这么多年，彼此都不算熟悉了。是欢喜吗？心脏狂跳、呼吸不畅的感觉很强烈，让她有点儿不确定了。

见林冬星犹豫不决，江燃皱眉，郑重地说道："我是认真的。"

林冬星更尿了，她下意识地缩了缩脖子，对江燃道："我可以……考虑几天吗？"

"考虑什么？"

"我不知道。"

江燃不敢逼她，至少没有当场拒绝就说明她还是有同意的可能性的。

这样一想，江燃又感到满意，说："今天正好休假，要不这样，我有一个提议。"

"什么？"

"给我一个邀你约会的机会，和我独处一天，要是合适，你就答应和我谈恋爱。"

"啊？"林冬星抿了抿唇，这样一想，决定权是在她手中的，明显可行。

片刻，林冬星点了点头，说"好"。

江燃嘴角上扬，说："我回去洗个澡，换一件衣服。"

林冬星想起她昨晚衣服都没换，也说："那我去给房东打电话，先让她开门，我也得换一件。"

"女为悦己者容吗？"

林冬星被江燃一句又一句的情话吓得花容失色，听他这话还有调侃的意味，当即反驳："你才不是我要取悦的人！"

"是吗？"

“当然！”

林冬星甩开他的手，联系了房东。

两人到家的时候，房东已经在林冬星家门口等着了。

她进了家门，一下子遁到卧室里翻找衣服。现在天气还很冷，穿裙子明显不合适。林冬星翻出一条加厚棉裤袜，再找出一件象牙白毛衣长裙。她一直都是扎着长发很爽利的模样，此时散了头发，乌黑发亮的长发搭拢在肩膀上，倒显出几分甜美娇俏。

林冬星不爱化妆，平日里素面朝天。今天昏了头，翻出化妆品给自己上了妆，唇也抹了稍微艳丽一点儿的红，这样一打扮，显得她皓齿如月，烈唇如火，有点儿香港女星的气派。

化完妆，林冬星反应过来。

她算是为了江燃盛装出席吗？那么，她是不是真应了那一句“女为悦己者容”呢？她是不是……喜欢江燃？

林冬星说不出个中滋味，她抚了抚镜子里的自己，第一次感到迷茫。

她似乎不是不喜欢江燃，而是怕这么多年，两个人都变了很多。

万一，江燃喜欢的是记忆中的她而不是现在的她呢？到时候她该如何自处？

林冬星不敢赌，她怕他失望，怕他懊悔，怕他连同那份白月光一样的初恋记忆都被毁坏。

3

林冬星出门的时候，江燃已经倚靠在门边等了。

男生的衣服再怎么换，无非就是灰白黑三色，林冬星看不出江燃有哪些盛装打扮的地方，只知道他洗了头，还吹干了，发尾带着一股奇异的草木味，算不上香，闻起来很舒服。

林冬星问：“你想好去哪里了？”

“游乐园？”江燃的这个答案还真是没什么新意。

林冬星说：“我不敢玩很刺激的项目，估计去游乐园也是干看着。”

“怕才好。你听过吊桥效应吗？”

“什么？”

“吊桥效应，就是指一个人心惊胆战过吊桥，心脏搏动会不由自主地加快。假如这时候遇到另外一个人，他会把心跳理解成心动，从而滋生爱慕。”

“为什么聊到这个？”

江燃勾唇：“我只是想说，带你玩刺激的项目，可以增加我表白成功的概率。”

“不许用使诈的手段。公平起见，我们还是去看电影吧。”

江燃挑了挑眉，对她道：“你以为在公共场所我就不敢对你动手动脚吗？”

林冬星咬牙切齿地回头：“江燃，你真的很流氓。”

“过奖。”

“并不是在夸你。”林冬星翻了一个白眼，服气了。

林冬星事先没查过想看什么电影，她带江燃来电影院，能买到什么就看什么。这段时间《冰雪奇缘2》上映了，她喜欢迪士尼系列电影，于是到售票窗口买了两张票。

江燃抢着付了钱，嘀咕一句：“你看电影选择这个，真的不是很明智。”

林冬星疑惑地问：“此话怎讲？”

“我会忘记看电影，一直看你。”

“你今天的甜言蜜语攻势真的让我很不习惯。”林冬星已经不奢求自己能跟上江燃的脑回路了。

“口是心非。”

“没有！”

“出门前，我问过赵勤了。她说，女人说不要就是要。”江燃突然抿唇一笑，若有所思地看着林冬星，“很明显，你是被我的甜蜜炮弹打动了，爱我在心口难开。”

如果上天能给她一个机会，她一定会让江燃变回从前那副对她爱理不理的样子……

林冬星叹一口气，说：“江燃，你知道我最喜欢你什么样子吗？”

江燃问：“什么？”

江燃忍不住嘴角上翘，听林冬星的话音儿，看来她已经按捺不住想表白了。他已经能幻想到林冬星暗暗捂住扑通扑通跳动的心脏欲言又止的娇俏模样了。

既然如此，他就给她这个机会。

哪知，林冬星一本正经地说：“我最喜欢你闭嘴的样子。”

江燃皱眉想了想，他唇瓣紧闭的时候，唇峰很明显，看起来是挺英俊的。

电影开场，他们买好了焦糖爆米花就赶紧入座了。林冬星一边吃着爆米花，一边看着电影，很是惬意，一侧的江燃则有些心不在焉。

江燃不是讨厌电影，只是林冬星坐在旁边，莫名吸引着他的目光。

或许林冬星不知道，以前高中的时候，他也常常会看着林冬星。看她傻里傻气的样子，看她上课偷吃小饼干的样子，看她为了抄试卷而对他阿谀奉承的样子。

她总会笑吟吟地转头，喊他江燃。

无事献殷勤，非奸即盗。她有事相求，而有事的时候总是第一个想到江燃，这让少年的心又变得炙热了。

她在食堂吃饭的时候，特地坐在他的隔壁桌。吃一口红烧肉，抬头，一脸满足地朝他笑，问他：“江燃，你要不要吃一块？”

那时候，江燃家境贫寒，甚至一无所有，林冬星却依旧一步步地靠近他。

明明说了不要过来，她还是会忍受江燃冷冰冰的语气，朝他靠近。

就在触碰到他的那一秒，江燃心中被冰雪封印的心“啪嗒”一声开花了。他学会接纳这份感情，学会拢住少女冰冷的双手给她取暖。

江燃曾经……热烈地爱过少女时期的林冬星。

当年种种，江燃没忘过。林冬星的任何模样都在他的心中留下了难以磨灭的印象。他们相处的每一幕都是夜里最猛烈的毒药，在他辗转反侧的时刻，一次次要他的命。

他侧头，看着林冬星一边惊呼，一边往樱桃小嘴里塞爆米花，嘴角勾起若有似无的笑。

江燃顺着林冬星的手，抢握她指尖的爆米花，然后塞到自己嘴里。

林冬星一愣，瞪了他一眼。

见她不开心，江燃倒觉得很开心，然后继续做这样幼稚的行为。

林冬星低着头，呵斥他：“江燃，你究竟想做什么？”

江燃眯起眼睛，不答话。电影绚烂的色彩在他眼瞳中，像是绽放的烟花。林冬星一时看呆了，不知该继续问其他什么问题。

片刻，江燃突然轻声开口：“我想亲你。”

“什……”林冬星瞪大眼睛，望着眼前的男人，瞬间屏住呼吸。江燃这句话真的要了她的老命。

一言一语杀人于无形是什么滋味？想来也不过如此。

江燃说的话从唇齿间跳出，轻描淡写的一句，不动声色的几个字，却在她的心底掀起波澜，让她这颗心狂跳，怎么都不消停。

林冬星就这么傻呆呆看着江燃，也不知说些什么好，仿佛舌头都不是自己的了。

此时，江燃侧头，对着她的唇吻了过来。

江燃缓缓咬着林冬星的唇，勾出她的柔软舌尖，与之纠缠。

林冬星不敢呜咽，甚至不敢挣扎。她并不抗拒，只是觉得莫名害羞。

虽然他们坐在电影院最后一排，四周黑暗，没人注意他们，但也算是在大庭广众之下。江燃不该这样！

不该怎样呢？不该肆无忌惮地亲她。

只是亲吗？亲吻罢了，却不会让林冬星生气，想必，也算是喜欢了吧。

一吻作罢，林冬星气喘吁吁。她浑身燥热，心头涌起说不清道不明的暧昧情愫。

这算什么呢？作弊！小偷！流氓！还有……偷心贼。

江燃饶有兴致地看着她，说："这是……第二次忍不住亲你。"

林冬星气呼呼瞪他："还数着数，你难道还想有第三次吗？"

江燃默不作声，突然又亲了她一下："这是第三次。"

"你！"林冬星对于他的无耻行径目瞪口呆，这厮还要不要脸皮了！

"我还想有第四次，"江燃顿了顿，郑重其事地说，"和我交往吧，林冬星。"

4

在亲了她以后问她要不要交往？林冬星羞得眼睛都不敢睁开。

原本不睁开眼是最拙劣的逃避方法。而此刻，视觉的缺失反而能协助其他感官去感受江燃的存在。她能感受到他炙热的鼻息，也能感受到他吻过的唇，唇瓣上还残留着火辣辣的焦灼感。江燃的身上有什么味道呢？是男士香水的薄荷味？还是繁复的草木味？她细细辨别着，其余的一概不知。

这样掩耳盗铃的行为惹得江燃失笑出声。他压低了嗓音，舌尖微动的时候，口腔里还传出吞咽声，像是靠林冬星很近，显得亲昵。江燃呼出一口气，小声说："再不睁开眼，我就亲你了。"

林冬星吓得瞪大了眼睛，她呆若木鸡，对上江燃含笑的眼眸。她这样忸怩好小家子气，可江燃正在和她表白呀，适当害羞也合情合理吧？

明明看了这么多电视剧了，怎么临到头，轮到自己时倒手足无措了。

“你不喜欢我吗？”江燃问她。

“没……没有。”林冬星的舌头和牙齿打架，一不留神被绊了一下。

“那你就是喜欢我？”

林冬星又看了江燃一眼，耳根发烫。她舔了舔唇，小心翼翼地点了一下头。

算是喜欢吧，她从来不曾真正放下过江燃。

她记得很多从前的事情，此时此刻也能想到很多。

江燃是什么样的人呢？真要她说，或许一时半会儿也说不出口。

她记得江燃不喜欢上体育课，虽然体育课总会被其他科目的老师抢走；她记得江燃总会给自己顺手带零食，谎称是自己不爱吃的，直到她发现江燃平时只买那款薯片，很明显是他最喜欢的。

林冬星曾经问他是不是喜欢自己，江燃总是口是心非，想出很多话来搪塞他。

而现在，他看着她的眼睛，坦诚自己的心意，不再回避。

那么她林冬星是不是也应该给他这个机会呢？

她咬了咬唇，说：“我也有点儿喜欢你。”

“只是有点儿吗？”江燃逗她。

林冬星岔开话题，说：“先看电影吧。”

林冬星转过身，强迫自己专心致志地看电影。江燃则维持现在的动作，认认真真地看她。

原来，江燃说的“看电影是一个不好的决定”是这个意思？他看电影心不在焉，看她却兴致勃勃。

真是……流氓呀！林冬星吃着爆米花，愤愤地想。不知不觉间，她的思绪也被江燃带跑了，歪到爪哇国了。

江燃突然对她说：“手机给我一下。”

“嗯？做什么？”林冬星把手机递过去，她没设置太复杂的屏保，不太在意这些。

江燃看她平时手部的动作，也猜出七七八八，直接就解了锁。

江燃拿她手机第一件事就是给钱少枫发了一条信息：“我和林冬星交往了，她是我女朋友。哦，不好意思，我居然用她手机给你发信息了，没注意到。”

林冬星夺过手机，看着发出去的信息无法撤回，咬牙切齿道：“你在干什么呀？”

江燃耸肩：“如你所见，我在宣示主权。”

可是这样发信息，她看到回信会很尴尬的。

几秒后，钱少枫回了条消息：“那么恭喜了。”

江燃诧异，问：“他不嫉妒吗？”

林冬星扶额，说：“你以为全天下的人都喜欢我吗？”

“我以为我喜欢的人，全世界的人都觊觎。”

闻言，林冬星呼吸一窒。她张了张嘴，欲言又止。这时，电影放完了，四周的人都离席，人海潮潮。她就在这样的环境里，心跳不已。

“该回魂了，想什么呢？”江燃拉着她的手腕，带她走出电影院。

快晚上了，天都暗了。

江燃问她：“这是第一次请我的女朋友吃晚餐，我该请些什么？”

林冬星对于他口中那个“女朋友”一词还是很敏感，有些无所适从。

直到林父给林冬星打电话，开口第一句就是：“听说你和小江好上了？什么时候结婚啊？想办中式还是西式的啊？我这里有几个丈母娘备选，说能帮忙带孩子的，你俩婚后要不要小孩？”

林冬星感到头疼，毅然挂断父亲的电话。

她盯着江燃，问：“是你把交往的消息发出去的？”

江燃也注视着她的眼睛，说：“既然交往了，就要光明正大清清白白。难道，你馋我的身子，却不想对我负责，只敢和我谈地下恋？”

“我不是这个意思……”

“那你是什么意思？”江燃动了一点儿肝火，问，“不肯曝光我们的关系，也不愿意让我喊你女朋友，你不是玩我，又是什么呢？我看起来就这么好骗？可以被你耍得团团转？”

“我什么时候不肯说我们的关系了……”林冬星做贼心虚，声音越说越弱。

“既然没有，那就证明一下。”

“什么？”

江燃低下头，凑近她，慢条斯理地道：“既然当我是你男朋友，那就主动亲我一下。”

“亲……亲？”林冬星惊悚地看着他。

江燃挑眉：“不然呢？你连男朋友都不敢亲，还叫承认我们的关系吗？”

听起来好像是这个道理。林冬星看着男人近在咫尺的脸，心脏一阵狂跳。她是否已经做好了和江燃恋爱的准备？她看着他，心跳会加快，偶尔还会浑身触电一般酥麻。这些能算是喜欢江燃的信号吗？很明显，是的。

她只是还没做好准备而已，只是还有点儿紧张。林冬星手掌抓了又放、放了又抓紧，掌心满满都是热汗。

林冬星踮起脚尖，将唇凑上江燃的唇。她吻了男人薄薄的唇，然后腰就被人扣紧了。江燃将她抱到怀里，加深了这个吻。

过了很久，江燃松开了林冬星，满心满眼都酝酿着深情，他挨着林冬星的耳朵，饶有兴致地说：“第四个吻，得逞。”

什……什么？江燃这个梗就过不去了是吧？！

她将脸缩到江燃的怀里，感受他的体温。然后红着脸，将双手触碰上江燃的背，被迫拥住了他。

那么，欢迎回来，江同学。

5

这个拥抱持续了多久，林冬星都没了印象。

她只知道江燃的怀抱很暖，周身都充盈着他的气息，让人心生安全感。

江燃带林冬星找了一家小饭馆。

这顿饭吃了很久，变成男女朋友关系后，林冬星仿佛就忘记了日常是如何和江燃交流的，说几句话都磕磕绊绊，时不时冷场。

他们回了家，林冬星进小区之前，江燃突然又从身后抱住她。林冬星想躲，却被后者扣住瘦小的手腕，瞬间带入了怀中，锁死了。

声控灯早知人间事，一瞬便熄灭了。四周漆黑到伸手不见五指。黑冷的环境下，总能将儿女情长放大。

林冬星没有抗拒温暖的怀抱，贪心地接受这一切。她的脊背紧贴江燃的胸口，感受他源源不断传来的体温，以及扑通扑通的心跳。

时间就此静止了，服务世上所有恋人。

林冬星感受着江燃的体温，低头看着腰上的双臂，一时间面红耳赤。

“怎么了？”她问。

江燃闷闷不乐：“要分开了吗？”

“对呀。”林冬星看着这样过分黏人的江燃，语气也忍不住变得柔软许多。

“为什么？”

“因为人晚上必须要睡觉。”

“那好吧。”江燃松开怀里的林冬星，临走前，认真地说，“希望科学再进一步，发明出让人不睡觉的机器。”

林冬星回家后回想今天的事，没想到她就出了一趟门，男朋友有了，甜甜的恋爱也有了。想到江燃，她嘴角也是带着笑的，心生欢喜。

林冬星去洗了个澡，她本想再敷个面膜，没料到门铃在这时响了。

大晚上的，谁会来她家？林冬星疑惑地去开了门，原来是江燃。

江燃敲开林冬星的家门，一本正经道："冬星，我没有洗发水了，你能不能给我一点儿。"

林冬星想到昨晚在江燃家过夜的时候，明明就有刚刚拆封的洗发水。她迟疑地问："我记得你家还有满满一整瓶。"

江燃愣一秒，矢口否认："没了。"

"怎么会没有……"林冬星嘀咕一句，不过还是给他挤了一手洗发水。林冬星等着他走，江燃似乎是很失望，盯着掌心不说话。

林冬星问："是太少了吗？"

"不是。"江燃回过神来，托着那摊洗发水，回了自己家。

半小时后，原本打算上床的林冬星又被一阵门铃声阻止了，她拉开门，看着穿睡衣站在家门口的江燃，问："又怎么了？"

"我觉得我家里有蟑螂。"江燃面无表情地说。

林冬星叹了一口气，扶着门，问他："你是想我去你家帮忙打蟑螂？"

江燃点点头。片刻后，他不自然地指了指林冬星的家，犹豫着说："或者我在你家待一会儿也是可以的。"

林冬星看了一眼手机，说："大哥，现在是晚上九点，该睡觉了。"

"你不必担心，我没那么早睡。"江燃善解人意地说。

林冬星被噎了回去，她是想说，她九点就得睡了啊。

江燃在林冬星家又喝了一壶心爱的茶水，硬生生坐了一个小时。

林冬星打着哈欠说："差不多该睡觉了。"

"好的。"江燃应了一句，站起身。

林冬星原本以为他会自己开门回家，哪知江燃像一条尾巴似的跟在她身后。林冬星扶额："江燃！这是我睡觉的房间！"

江燃如梦初醒："哦，那我睡觉的房间呢？"

林冬星终于是时候展现她的散打技能了，她将江燃赶出门外，并且把门上了锁。

江燃站在门口，看着赵勤给他发的恋人守则，其中有一条便是：“恋爱嘛，关系处得差不多了以后，当然就是同居了。”

江燃抿唇，心想：明明他觉得关系差不多了，该同居了，怎么林冬星还不愿意？

思前想后，江燃懂了，原来林冬星是在害羞。

于是，他笑着给林冬星发了一条信息：“你不想我去你房间睡，那你想和我睡吗？”

“不想。”林冬星秒回。

江燃非常不爽地回了自己家，今日完。

这一晚，林冬星夜不能寐。她总是快睡着了，又翻出手机来看，反复猜测江燃那句“睡觉”的含义。

没想到江燃是这种人，他到底是因为喜欢她才和她恋爱，还是饥不择食？

第二天，两个人都睡得不好。江燃开车带林冬星去吃早饭，吃饭的时候，林冬星问他：“你昨晚那个想法，是一直都有，还是偶尔才有？”林冬星是在问恋爱第一天就邀请女孩子共眠这件事。

而江燃理解成了去别人家借洗发水这事。为了将此事说得特别正常，不暴露自己是因为思念林冬星才借口拿洗发水来看她，江燃道：“这种事情很正常的，我认识的同学之间都会做这种事。”

“居然很正常吗？”林冬星难以置信，难道是她思想太保守了？

江燃点点头：“是的，难道你没有过吗？”

林冬星皱眉：“我还真的没有过。”

“可能女孩子这种事情做得比较少，在我们男孩子这里，还是很普遍的。”他大学住宿舍的时候，室友常常不买洗发水，直接找他借。室友之间关系好，这些东西从来都不计较的。据说女孩子们因为偷用化妆品都会大打出手，想必很忌讳别人用她的东西。这样一想，林冬星肯将自己的洗发水借给他用，想必是很亲密的行为了。

随之，江燃一笑："不过我觉得，我们关系这么亲密，所以你愿意做这种事情，挺好的，我很开心。"

"你别误会，我没有愿意啊！"难道江燃还误以为她是口是心非？

"不愿意吗？即使我是你的男朋友也不愿意？"江燃愣了一秒，他没想到林冬星会这么小气。

"才刚刚开始谈恋爱啊，这些事情要循序渐进的。"林冬星红了脸，说。

"哦，这样。"江燃了然点点头。他还真不知道，用个洗发水还要想这么多。难怪赵勤说女生都是最复杂的生物。

江燃也决定迁就林冬星，说："你放心，我不会有下次了。"

"嗯……"林冬星默默点头。

"我一定会买足洗发水，不会乱用你的。"

"什么？"

"你刚才不是在责怪我用你的洗发水吗？"

"啊？啊！不是！"

"那是什么？"

"没什么……"

江燃一笑："女人总是口是心非。"

林冬星不反驳，叹了一口气，行吧。

第十章

情敌来一个打一个

已经路过三个加油站了，我还是不能吻你？

1

虽是过完了年，凛冽冬日却还未完全过去。

林冬星在更衣室换好工作服的时候，唐糖惊喜地发现又多了几只处于妊娠期的母羊。冬季本来就是母羊易孕的季节，只是今年冬天太冷了，她们还想着等再过半个月进行小尾寒羊的人工辅助交配，或是直接由兽医部门进行人工授精。

林冬星协助唐糖将受孕的母羊分开饲养，这样可以防止羊群冲撞或挤压引起流产。

羊舍注重防寒保暖，林冬星和唐糖将门窗都挂上草帘。挂到一半，唐糖突然神秘兮兮地说："冬星，我听说江燃快结婚了。"

"什么？"林冬星手一抖。

"他正挨家挨户发喜糖呢，都快发到羊舍来了。没想到你前男友速度还挺快，恋爱都没听他说起，转眼就要结婚了。"唐糖感慨，"你别灰心，不就是男人吗？旧的不去新的不来，我最近觉得江燃人品也不是很好，情商特别低，以后肯定不是良配。”

“啊……我觉得还好吧。”林冬星叹了一口气，江燃不会是因为恋爱成功，所以给每个员工发喜糖庆贺吧？感觉这是他能做出来的事情。

唐糖挂好手上的东西，拍了拍林冬星的手背，语重心长地道：“冬星啊，你就是太善良了。”

“善良？”林冬星丈二和尚摸不着头脑。

“对啊，不然你为什么到这个时候还要帮江燃说话？他要是对你没意思，之前献殷勤做什么？怀里有新婚小娇妻，手上还联系初恋白月光吧？”

林冬星放弃和唐糖交流，她最近小说看太多了，脑袋里想的东西奇奇怪怪的。

门外，江燃带着一包喜糖还有一份羊血化验报告过来。他说完小尾寒羊的健康状况后，把糖塞到唐糖手里，说：“这个给你。”

唐糖看着手里包装袋上大大的“囍”字，问出声：“你快要结婚了？”

江燃挑眉，看了林冬星一眼，说：“结婚估计还得我女朋友同意。”

“那你发什么喜糖？”

“喜糖不就是用糖庆贺喜事的意思？最近刚谈恋爱，是一件喜事，我觉得有必要让同事们也祝福一下。”

“好像是这个道理，不过你也太不厚道了。明知道羊舍由两个人在管，却只给我一个人带糖。你是想借机羞辱林冬星，让她后悔莫及吗？”唐糖发现了什么了不得的事情，鄙夷地望向江燃。

江燃皱眉，正要开口讲话。林冬星以迅雷不及掩耳之势捂住他的嘴，干笑：“他知道我不喜欢吃糖，所以才只给你带了一份。”

江燃冷着脸盯着林冬星，林冬星无声警告：“别说话！”

见江燃乖了，林冬星才放心。幸亏他没有当着唐糖的面说她是他女朋友，否则也太丢人了，不过是谈个恋爱，搞得整个农场人尽皆知。

江燃好像懂了点儿什么，给完糖后，再没说什么不妥当的话。

叮嘱完一些羊舍饲料的事，临走前，江燃当着唐糖的面对林冬星道："对了，刚才唐糖的提议我觉得挺好的，我们毕竟是有基础的恋爱，不如择日结婚吧。"

闻言，唐糖一脸呆滞："你俩是男女朋友？"

林冬星扶额，一句话都说不出来了。

下班后，为了防止今天农场的奇葩事情再次发生，车上，林冬星和他约法三章："以后不要擅自在工作的地方提起我们的恋爱关系，工作是工作，恋爱是恋爱，我不希望工作和私生活混到一块儿，明白吗？"

江燃说："好。"

难得他这么配合，林冬星继续道："还有，不可以在大庭广众下亲我。"

江燃不满地问："那车里行吗？"

林冬星乍舌，唯唯诺诺不知道说什么好。她也没有想得这么细致，毕竟都是没什么恋爱经验的人，只能摸瞎往前走。

江燃又大着胆子问："我可以吻你了吗？"

林冬星义正词严拒绝："不行。"

"什么时候可以？"

"再等等。"

"冬星。"

"嗯？"

"已经路过三个加油站了，我还是不能吻你？"

林冬星面红耳赤："你说这些话都不害臊的吗？"

"这是人类对于喜爱事物所产生的本能，我只是遵从天性。"

"呃……"

"你要是同意的话，我还能遵从一下无时无刻不想黏着恋人的天性，譬如晚上住你家。"

林冬星深吸一口气，咬牙切齿地说："江燃，你想都别想！"

"哦。"江燃冷哼，"明明恋爱前我们就有同居经历，恋爱后却不能将其正当化。由此可见，谈恋爱还不如不谈。至少不谈，我还能多占一点儿便宜。"

还能这样算吗？林冬星目瞪口呆，问他："你谈恋爱就是想多占我便宜？"

"恋爱了就不能算占便宜了。"

"那叫什么？"

"情不自禁。"

这人歪理真多。

到了住宅小区，两人刚上楼，林冬星就看到一名男子在她门前徘徊。

她上前问："你是？"

男人看起来和江燃差不多高，穿着白色羽绒服，瞧上去清清爽爽。

他见到林冬星，伸出手，惊喜地说："你就是林冬星吧？和照片上没什么差别。你好，我叫王钰，是阿姨介绍我过来的。"

林冬星皱眉，问："我妈？"

王钰点点头，说："她让我主动一点儿，请你吃一顿饭。"

"算是相亲吗？"

王钰尴尬了一秒，轻笑："也……不算吧。"

"不好意思，我有男朋友的。"林冬星这时候就知道江燃的重要性了，她急忙推他出来。

江燃帮着搭腔，道："对，她是有夫之妇。"

"江燃，你闭嘴！"林冬星吼他。

哪知，王钰半点儿都没被影响，依旧微笑着说："那又有什么关系呢？反正还没结婚，不是吗？如今这个时代，男女还没结婚就不算什么。而且，我只是想请你吃一顿饭而已。"

"我为什么要和你出去吃饭？"林冬星对于陌生人还是很有戒备心的。

“你还记得黑熊贺卡吗？”王钰说完，从口袋里摸出一张贺卡递给她，“你在意大利读书的时候，每年圣诞节都会给我写信，不是吗？”

2

林冬星看着这张画了黑熊的贺卡，一下子想起来了。她在意大利读大学的时候，每个月都会收到一张从法国寄来的陌生贺卡。贺卡上写的是中文，祝她当月快乐，询问她的近况。

林母和她提起过，说朋友的儿子在法国读书，想认识一下她，会给她寄信。起初，林冬星无视这张贺卡，到后来，她见自己即使没有回信，黑熊贺卡每个月也会如约而至，在异国他乡的林冬星渐渐被这封温暖的信件打动，甚至偶尔还会期待贺卡的到来。

圣诞节的时候，林冬星决定按照贺卡上的地址给黑熊贺卡的主人回信：“黑熊先生，你好。我不知道你为何每个月都给我寄信，不过我很谢谢你每个月的关心。我很好，也祝你身体健康。”

新年的时候，林冬星收到了回信：“林冬星，你好。我给你寄了一年的信，终于有了回音。我是一个不会轻言放弃的人，幸好等到了你……的信。祝你身体健康，顺便，新年快乐。（先生喊得很对，一下子就猜中了我的性别，想必你一定如林阿姨所说的那般聪明伶俐。）”

黑熊先生克制而礼貌，虽然林冬星不知道他的动机，可是对这个男人，她实在是讨厌不起来。如今见到了真人，记忆接踵而来，让她有一瞬间的恍惚。说不开心是假的，林冬星惊喜地道：“原来是你？”

王钰抿唇笑：“你想起来了。”

“我记得我离开意大利以后，还给你写过最后一封信，没想到现实里居然见面了。”

“本来就是现实里一直知悉的人，是我怕打扰你的生活，现在突然想起了，特地来见你而已。”王钰看了一眼江燃，问，“你的男朋友叫什么名字？”

林冬星给他大大方方介绍：“江燃，也是我农场的同事。”

王钰一直是温文尔雅的形象，此时礼貌伸出手，道：“幸会。”

江燃冷着一张脸，握了一下他的手，点头致意。

无论是不是林冬星从前就认识的人，江燃都觉得对方来者不善。

林冬星想着王钰也来家里了，她便邀请他进屋，说：“既然来了，吃一顿饭再走吧？”王钰点头，没有拒绝。

吃饭时，林冬星和王钰聊起一些国外的事情，一旁的江燃说不上话，默默喝水。他倒不觉得自己比王钰差，也不会有什么自卑心理。只是见林冬星一直在笑，心里有点儿不是滋味，难不成王钰讲话比他还有意思?

想了想，是挺有意思的，王钰就是个笑话。

等林冬星去厨房里拿水杯，王钰突然将视线转向江燃。他微微一笑，看似平易近人，说出来的话却犹如刀子：“如果江先生和冬星是最近才开始谈恋爱，那算起来，我认识她比你早一些。”

江燃淡淡道：“哦，我是她初恋男友。在谈恋爱之前她还暗恋过我一段时间。”为了让这番话听起来更有杀伤力，江燃没经过林冬星允许，自行捏造了后半段。

“是吗？”王钰笑眯眯的，显然没往心里去。

一顿饭吃完，没等林冬星提，王钰就很知分寸，自己走了。

林冬星哼着歌收拾洗碗机洗好的碗筷，江燃阴恻恻地问：“你很开心吗？”

“开心呀。”

“因为你的黑熊先生来了，所以你很开心？”江燃不知为何有些动怒，他握住林冬星的手，迫使她放下手里的工作，认真与自己对视。

男人眼底的冷意让人心惊，林冬星木讷地张唇，小声问：“江燃，你发什么疯？”江燃突然将她搂到怀里，下颚抵在她的发顶，闷声闷气地说：“抱歉，我只是在吃醋。”

他突然这么和她讲话，叫她诚惶诚恐，连脾气都没理由发了。

“吃什么醋？”她不明白，她只是和素未谋面的黑熊先生王钰吃了一顿饭，而且江燃也在场，并没有背着他偷偷摸摸和其他人私会。

林冬星自认自己这次避嫌避得很到位，也不能说为了谈一次恋爱，她就要杜绝所有的人际交往。

“我不喜欢你和其他男人聊天。”

林冬星蹙眉，试图和他说心里话：“我不可能永远不和其他异性讲话，譬如工作上的同事，或者游戏好友。世界上的人不是男人就是女人，总不能讲几句话就吃醋吧？”

“只和我说话不行吗？”

“不行。”林冬星觉得这是一个错误的观念，江燃过于束缚她了。

“是因为你的黑熊先生来了？”

“江燃，你在说什么？”

“如果不是因为他，你为什么会和我在这里争论呢？起初选择我，是饥不择食。现在你真正感兴趣的人来了，所以急着抛下我。”

“江燃，你就是这么想我的？”林冬星也沉下脸，说，“你如果是这样想的，那你对我一点儿信任都没有。我想，我们没有谈恋爱的必要了。”

“冬星……”江燃皱眉，余下的话也不知该如何说出口。

林冬星挣脱他的怀抱，推他出自己家，说：“晚安，江燃，明天见，我有点儿累，想先睡了。”

“好，晚安。”江燃落寞地垂下头，像一只淋湿了的大型犬，失魂落魄地回了自己家。

林冬星叹了一口气，也不知道该说些什么好。她知道这件事或许是自己不对，如果江燃和其他女性聊天，她应该也会吃醋吧？

临睡前，林冬星的信息提示音响了，她点开一看，原来是江燃发给她的语音。江燃在那头冷冰冰地说：“林冬星，我现在要加全农场的普通女性同事的微信，我们只会聊普通的日常，问候普通的生活。如果你介意，马上给我回复，限时半小时。”

林冬星一看，那是一个小时之前发的消息，早就过时了。

她问：“你把她们都加了？”

江燃几乎是秒回，说：“我本来想加，后来挣扎了许久，我还是做不到像你一样，抱歉。”

3

江燃这夜没睡好，早上六点，他起床给赵勤打电话：“赵勤，你醒了？”

被电话吵醒的赵勤深吸一口气，哭号道：“大哥，我家保姆都没你起得早啊！”

“你习惯一早醒来就炫富的？”

“印象里，这还是第一次。”

江燃没见过这么不靠谱的人，觉得难以沟通。他想了想，说：“昨晚我和林冬星吵架了。”

“看出来了。”赵勤打了个哈欠。

江燃好奇地问：“你是怎么知道的？”

“你喊她名字的时候，加了她的姓。”

江燃被噎了一下。

赵勤起床了，一边摸索衣物，一边问：“究竟是怎么回事？”

“林冬星和她的青梅竹马相谈甚欢。”

“你吃醋了？”

江燃梗着脖子，说：“她竹马样样不如我，不必吃醋。只是她这个行为不太好，我想帮她改改。”

“你是太平洋警察吗？”

“什么？”

“管得还挺宽。”

“你认为我不该生气？”

“该生气，一般恋爱中的男女就应该主动和异性保持距离。这样吧，你直接和她冷战得了。”

江燃谦虚好学，问：“什么是冷战？”

“就是一整天不理她，让她反省自己，思考问题的严重性。”

“这个好。”江燃说完就挂断了电话，他做足了准备，一定要让林冬星吃到教训。

江燃在家吃完早饭，出门时，刚想和林冬星说今天不乘车了，哪知林冬星已经独自去赶巴士了，没等他。

没想到冷战的套路，还是林冬星玩得登峰造极。

江燃好胜心强，也不肯服输，既然要战，那就战到底。

而林冬星这边，实在是不知道江燃怎么了，大早上就板着一张脸。她想说今天不坐车，和唐糖约好去吃早饭，江燃也没给她个正脸。

是生气了？因为昨天的事情生气吗？昨天吵架的事情，林冬星睡一觉就忘了，没想到江燃还记得。这男人气性还真大啊。

林冬星和唐糖一到农场就开始忙碌，早上需要给羊舍的小尾寒羊添加饲料，还要清洗水槽，加水。连续忙了三四个小时，才有喘息的时间。两人清理过外衣，见午饭时间差不多了，约好一起去食堂吃饭。

前两天，江燃都会高调地坐在林冬星旁边，这次却很冷淡地待在兽医部门的固定餐位上。

唐糖屈起手肘，捅了捅林冬星：“你和江燃吵架了？”

“你怎么知道？”林冬星吃了一口饭，含糊不清地问。

唐糖撇撇嘴：“江燃那个臭脸摆着，谁不知道呢？发生什么了？”

“没什么。”林冬星不太喜欢把私人的事情跟别人说。

饭吃到一半，赵勤突然来林冬星这桌，给她递了一碗红烧狮子头。这菜是食堂阿姨的拿手菜，一般来晚了都抢不到，还会有养殖员早早来食堂蹲守狮子头。林冬星诧异地问：“怎么给我这个了？”

赵勤不自在地说："江燃之前点的，他说和你冷战，不方便送，让我端给你。我任务完成了，先走了。"

林冬星咬了一口狮子头，瞥了一眼不远处的江燃。即使在生气，这家伙关心人的习惯倒还没变。

唐糖看了一眼，调侃："哟，一块肉就把你收买了？不过这样看起来，他人还是可以的。"

"嗯。"林冬星难得没反驳。

下班的时候，下起了雨。林冬星没带雨伞，想了想，江燃和她冷战一整天，信息都没发一条，很显然不会来接她了。

林冬星换好回家的衣服，淋着雨小跑到农场外的巴士站台等车。

这时，有车的鸣笛声响起。车主摇下窗，原来是王钰。

他对林冬星友善地笑："我听你妈说你在这里工作，所以过来看看。怎么在门口等巴士？下雨了，要不我送你回去吧？"

林冬星看了一眼天色，说："那就麻烦你了。"

王钰点点头："不麻烦的，上车吧。"

林冬星上了车，车内开足了暖气，比外头舒服多了。她喟叹一声，理了理被雨水打湿的发梢。王钰通过后视镜看林冬星，与她开玩笑："怎么湿成这样？我听说你男朋友也在这家农场工作，他没送你回去吗？"

林冬星不喜欢在外人面前讲江燃坏话，便说："可能是他们部门下班晚一点儿。"

"你们吵架了？因为我吗？"

"不是因为你。"

王钰勾起嘴角，自说自话："那就是承认吵架了？"

林冬星哑口无言。

"我是异性朋友，看他的样子是喜欢吃醋的。假如是他说我坏话，你和他同仇敌忾，那么就不会吵架了。除非，他说我不好，而你反驳？那么，你心里是不是也觉得我挺好的。"王钰见林冬星不讲话，顿了顿，说，“不过是开个玩笑。”

这一路，林冬星没再和她的黑熊先生讲话了。

一直到她下车，王钰才开口：“冬星。”

“什么？”林冬星回头，望向雨幕中的车窗。

王钰笑了一声，说：“假如是我，就算是生气，我也会送你回家，不会让你淋雨的。”

“嗯，谢谢你。”

“走了。”王钰说了这样一句没头没脑的话，便开车离开了。

林冬星独自一人上楼，只见她家门口站着浑身湿透了的江燃。

林冬星诧异地问：“怎么湿成这样？你不是有车吗？”

江燃沉默一秒，垂下眼睫，他落寞的样子像极了被遗弃的大狗。缓了好一会儿，才启唇：“我在老地方等你，可你没来。我怕你在羊舍门口等，所以跑过去找你，可是你早离开了。”

林冬星想起来了，她以为江燃今天不会接她下班，所以直接去了巴士站台，没想到江燃在停车的地方等她。

林冬星有点儿愧疚，她问江燃：“我碰到王钰了，所以坐他的车回家了。我家里有蜂蜜姜，要不要取出来给你泡一点儿暖身子？”

江燃点点头，没拒绝。

他跟着林冬星进屋，接过林冬星给的浴巾。干爽的浴巾盖在头上，他缓慢地擦拭湿漉漉的头发，视线紧紧追随着在厨房里忙里忙外的林冬星。

怎么有种快要失去她的感觉呢？江燃不再看林冬星了。

等到林冬星把姜汤端到江燃面前，江燃突然拉住她的手腕，不让她走。

林冬星不解地唤他：“江燃？”

江燃说：“我不喜欢你不理我，也不喜欢冷战。”

林冬星看着他仍旧湿漉漉的头发，心头一动，某种酸楚的情绪在她胸腔里蔓延。

而此刻，江燃抬头，望着她的眼睛，小心翼翼地询问：“那么，冷战这么久并且不想让战事继续蔓延下去的我，能否先丢盔弃甲，向你求饶呢？”

“可以。”林冬星忽然低下头，吻住了江燃发冷的唇。

她也不知道为什么要这样做，只是这样的举动或许能抚慰一下受伤的江燃。

这件事并不是江燃的错吧？

明明是她还没意识到恋爱是不允许任何外人插足的，明明是她还不够敏锐。江燃给予林冬星的安全感，被她当作一把能伤害恋人的利刃，全无顾虑地刺入江燃的胸口。

他说得没错，情人原本亲密无间，自成堡垒抵御世界。她不该摧毁这一面墙，放任王钰伤害她的心上人。

既然江燃不喜欢她接触王钰，那么也不是什么无关紧要的事情，她为何不应允他呢？

林冬星的爱人，本该被她偏爱，被她庇护的，任何人都没有资格责难他。

4

对于林冬星突如其来的吻，江燃也是挺震惊的。

倒不是不喜欢，只是没想到，他的小姑娘比他想象中更加勇敢。江燃本着男儿本性，想加深这个吻。林冬星却气喘吁吁，偃旗息鼓了。

两人的隔阂在这深情一吻中不攻自破。

林冬星后知后觉地反应过来自己做了什么，脸上烧得厉害，她结结巴巴地赶江燃回家：“快点儿回去洗澡吧，别待会儿着凉了！”

江燃不依不饶，问她：“洗完澡，我能来你家吗？”

“来我家做什么？”

“想见你。”

江燃是这么黏人的性格吗？她拿他没办法，无可奈何地点了点头。

江燃迅速回了家，他洗了热水澡，犹豫着待会儿该如何装扮。既然是深夜约会，那么做某些亲密事的可能性还是很大的，他决定勾引林冬星。

而另外一边的林冬星正在回想当年的江燃，好像高中时期，江燃并没有缠着她不放的习惯？

等到林冬星也洗完澡准备煮晚餐了，门铃响了。她拉开门，见到江燃的打扮，一时语塞。江燃勾起唇角，问：“被我迷住了？”

林冬星嘴角一抽，不语。

直到江燃也走进厨房，她终于憋不住了，打量着江燃这一身装扮。江燃上身穿着笔挺的黑色西装，就连衬衫的每个细节都一丝不苟地熨过了，毫无褶皱。非但如此，他还打了领结，不知道的人，还以为是哪本言情小说穿越过来的霸道总裁。

林冬星想了很久，问：“江燃，你穿这样一身，不冷吗？”

江燃看了一眼自己身上穿的西装，老实摇摇头：“不冷。”

“你穿这一身来我家，有什么企图？”

“你没看出来吗？我今日是有备而来。”

“有备而来？”

江燃冷笑道：“我西装上衣只系了一个纽扣。在我弯腰脱鞋的时候，你可以从我外套敞开的部分隐隐窥见我近期锻炼过的腹肌轮廓。本来我想不穿衬衫的，这样你能更加清晰看到我的腹肌，可是‘犹抱琵琶半遮面’的感觉更好，有了一层衬衫遮掩，你的遐想空间也就更大一些。”

“我为什么要遐想你有几块腹肌？”

“你先别忙，我还没说完。”

林冬星头疼地揉额，问他：“还有什么？”

“还有我这手腕上戴了最贵的腕表，上面有钻，灯光照耀下，可以方便你看清我腕骨的轮廓。我上网查过了，这个部位是最性感的，女生都很喜欢。”

“抱歉，我对这个没啥兴趣。”

“既然如此，我也准备了其他招数。”

“还没说完？”

“你注意到我的领带了吗？”

“来邻居家吃饭还打领带，很难让人不注意吧？”

“注意到就好，”他伸手比画喉咙给林冬星看，“我打领结的部分正好是喉结下方，打紧一点儿，这样一说话，你就会注意到我这里。不是有句话说得好吗？男人喉结缓缓滚动，是性感毒药。”

“你要是不说，我还以为你领带打这么紧是想勒死自己。”林冬星叹气，问他，“你都看了什么杂书？”

“《霸道总裁狂追妻之三千九百个吻》，我还差一百章我就看完了，这书是赵勤推荐的，他说追女生要投其所好。”

“别看了，真的，有辱斯文。”

“是吗？”江燃皱眉，如果不讨女孩子喜欢，这书会是排行榜上第一名吗？

林冬星没理他，她自顾自在厨房做了三道菜，一个是糖醋鱼，另一个是炒豆芽，还有一大海碗的黄瓜汤。林冬星一个人吃都是这样从简的，江燃也不是什么外人，所以没必要每次都做一大桌子菜。

她给江燃盛了一碗饭，指了指他的西装外套说：“脱了吧。”

江燃没想到林冬星会对他提这种令人害羞的请求，他皱了皱眉头，问：“不能吃饭以后再脱吗？”

“不行，就现在！”林冬星看他绷着西装吃饭实在是碍眼。

江燃拿她没办法，脱去西装外套，宠溺地问：“那衬衫要脱吗？”

“为什么要脱衬衫？我只是看你被西装外套束缚住，饭碗都不好拿。”

“这样啊……”江燃颇失望，而林冬星完全不懂，她关心他，他为什么会感到失望？

林冬星的厨艺不算好，只是江燃对于吃心爱女人亲手做的饭菜这一事实感到愉悦，于是他难得地吃了一大碗饭。

吃完饭，林冬星想去床上待着了，于是琢磨着该如何赶客。

而江燃自信满满，他认为林冬星吃完饭还不让他走，是因为他穿西装的样子太过迷人，所以想让他留下来。

刚恋爱就留下来过夜，很显然是不合适的。可是林冬星这样要求的话，也不是不可以破例。江燃轻咳一声，说："我知道，你现在觉得很害羞，有些事情不好意思提。"

林冬星想了想，赶走江燃是挺难以启齿的，如果他有这个自觉，能自己离开，那再好不过。

于是，她点点头："对。"

"我真的不会介意，你想什么就直说吧。我们交往了，有某些想法总是藏着掖着，不太好。"

"真的什么都可以说吗？"

"真的。"

"你不会介意吗？"

"我是男人，不会介意这些事情的，我会负责的。"

"负责倒不必了。"林冬星觉得他说得太夸张了，只是离开她家而已，还谈到负责上面。

"你不想我负责吗？"江燃脸色隐隐发黑，问，"你只是玩玩的？"

"什么？"林冬星皱眉，说，"我只是觉得时间不早了，你该回去睡觉了。好了，站起来，转身，离开我家。"

江燃闻言，愣了一秒。

等他回过神的时候，人已经被林冬星赶到屋外了。

江燃站在林冬星家门口思考很久，轻蔑地笑了一声。他算是明白了，林冬星赶他走，不过是因为他太性感，会让她把持不住。

女人的心，他都懂。

第十一章

失忆也爱你

我不会喜欢你这种类型的女人，所以你不要趁我失忆企图接近我，趁机上位。

1

几日后的一个下午，林冬星轮完班，在家休假。

她躺在床上，还没睡够午觉就被一阵急促的电话铃声吵醒了，是赵勤打来的电话，对方焦急地说："冬星！快来人民医院！"

"怎么了？"林冬星睡得迷迷糊糊，问他。

"江燃出车祸了！"

"什么？你等我，我马上过来！"林冬星心头一跳，一想到江燃出车祸的画面，她便手脚发凉。

江燃可是祸害，祸害遗千年，他不会出事的！

林冬星咬住下唇，汗如雨下。她这样想着，心里只有满满的焦虑，却没有难过。她不敢难过，那情绪像是诅咒，会让事情往不好的方向发展。她必须抑制住自己的胡思乱想，现在什么都还不清楚，到医院再说。

林冬星刚到人民医院门口就撞上了赵勤，她急不可耐地问："江燃怎么样了？”

赵勤支支吾吾一阵：“人没什么事，就是头部撞到车窗，有个血窟窿，现在已经在缝针包扎了，就是……”

“就是什么？你倒是说啊！”

“医生说他好像受惊过度，有失忆的症状。”

“你是说……失忆？”林冬星皱眉，想着这个小说里才会出现的词，陷入了沉思。

赵勤扯了扯林冬星，给她做实验：“不信你看。”

赵勤清了清嗓子，盯着江燃的眼睛，问：“你知道我是谁吗？”

“不知道。”江燃包扎好伤处，冷冰冰地瞥了一眼赵勤说。

林冬星不信邪，指了指自己，问：“那你知道我是谁吗？”

江燃抿出一丝笑，整个人都变得柔和了：“我老婆。”

“看起来不像是失忆。”林冬星扶额。

医生写完病历，指着林冬星说：“既然是家属，那就带回去吧！我们看过脑部CT了，没有内部损伤，都是外伤。至于记忆障碍，或许只是惊吓过度，暂时不需要留院观察，记得过几天来医院拆线，有什么事情也可以第一时间来医院和我们沟通。”

有些私人医院动不动就要病人住院，赚住院费，不如眼前这个医生牢靠，有什么说什么。

既然医生说没什么事，那林冬星也不深究江燃如何失忆这一事了。

林冬星作为江燃的女朋友，男朋友受伤了，自然要帮着照顾一下。他俩都和老王请了几天假，正好有实习生过来，能顶替一下林冬星的位置，毕竟羊舍少不了人。

林冬星带江燃回了小区，到家门口的时候，她问江燃：“还记得自己家在哪里吗？”

江燃宠溺一笑，道：“我老婆真爱说笑话，既然是夫妻，家难道不是在一起的？”

林冬星深吸了好几口气，才暂时压制住想要暴打江燃的心。她冷淡地摇摇头，说："你记错了，我们早就离婚了。"

"为什么离婚？"

林冬星哪里知道男人这么难骗，她临时想了个借口，说："因为你不孕不育，而我又实在想要一个孩子。"

"孩子比我还重要？"

"我家有皇位要继承。"林冬星搪塞过去，从江燃口袋里摸出他家钥匙，给他开了门，"好了，你该回去休息了。"

话音刚落，她想起现在江燃刚刚出事，没准儿生活不能自理，抛下他一个人回家真的不是什么好选择。

于是她叹了一口气，也跟着江燃进他家门。

江燃回头，狐惑地看她一眼："你过来干什么？"

"我觉得你还需要别人照顾，所以过来看看。"

"别骗我了。"

"嗯？"

江燃抿唇一笑："你以为我失忆了吗？"

"不然呢？"

"我没有失忆。"

"真的？"难道江燃想起来了？

江燃得意地说："你分明就是我老婆，我们结婚还没三个月，正是新婚燕尔的时期，晚上都会抱在一起睡，你当然得回我家了。没想到你这么爱开玩笑，还说我是你前夫，难怪婚后我们每天都能保持新鲜感。"

"不、不是……你想太多了！"林冬星话都没说完，突然被江燃公主抱抱了起来，他的臂力惊人，很明显是锻炼过的，小臂上满是健硕的肌肉。

江燃把林冬星抱到腿上，掐住她的下颚，说："我还记得，每天回家你都会给我一个吻。"

林冬星无语，这哪是失忆，这分明是记忆错乱了！

她双手抵住正要进攻的江燃，对他说："江燃，你……你是不是该洗澡了？我看你刚刚出了那么恐怖的车祸，是时候把晦气洗洗冲进下水道里！快，快去吧！迟一秒都会被厄运反噬的！"

江燃饶有兴致地看着她，问："你确定要我去洗澡？"

"当然啦！"

"那好，这是你说的。"

"嗯？"她说了什么不该说的吗？为什么感觉江燃的语气比之前献吻还要阴森恐怖？

江燃解开自己的衬衫纽扣，说："我受伤了，医生说不能沾水，劳烦老婆帮我洗了。"

林冬星欲言又止。原来在这里等着她呢！

"你也不想我伤势加重吧？沾了水万一发炎怎么办？所以，帮帮我吧？"江燃就像个恶魔，拿着他的三叉戟，道貌岸然地笑着。

"我突然觉得洗澡驱除霉运的说法也太不好了，都是什么封建迷信思想，不可取！"林冬星矢口否认。

江燃轻笑出声，那短促的笑容酥麻撩人，诱人犯罪。他看了林冬星一眼，似笑非笑地说："好了，不逗你了。其实我根本不记得你是谁，只是看那个男的心急火燎地把你拉过来，一定是我什么亲密的人，所以盲猜了个妻子的角色。"

"啊？"林冬星呆若木鸡。

江燃的脸色瞬间变冷了，他睥了林冬星一眼，若有所思地问："所以现在告诉我，你是谁？"

好乖乖，这厮玩真的啊？是真失忆了？

林冬星舔了舔下唇，顿时手足无措。

江燃什么都不记得了，也不记得她了吗？她突然感觉这事比刚才江燃喊她老婆更加棘手了……

②

林冬星试探性地说："我是你女朋友？"

哪知，江燃闻言，轻轻笑出声："别开玩笑了。"

"嗯？"

他慢条斯理地道："我不会喜欢你这种类型的女人，所以你不要趁我失忆企图接近我，趁机上位。"

这一瞬间，林冬星好想打人。然而她毕竟是很有耐心的温柔女性，她深吸好几口气，挤出一个笑容来："那你喜欢什么样的？"

"我喜欢温柔、知性、漂亮的，身材也要好的。"江燃思索了半天，郑重其事地说。

也就是说他在讽刺她不温柔不知性，还不漂亮，身材也说不上好？没想到江燃失忆后性质这么恶劣啊。

林冬星兴致缺缺，勉强地笑："那么，像我这种平凡的女人打算先回家吃饭了，江先生慢慢整理伤口吧。"

江燃伸手触摸了一下头上包扎的伤口，问林冬星："你就这么把我抛下了？"

林冬星挑眉："不然呢？我既不是你的女朋友，也不是你的家人，孤男寡女共处一室恐怕不好吧？而且留下来陪你，我也没什么好处？"

江燃抿唇："你想要好处？我可以给你一个上位的机会。"

敢情当江燃女朋友这事儿还是他施舍给她的？林冬星顿时气结，拉开门就走，连再见都没说。

呆立在原地的江燃皱眉想了很久，也不知道为何林冬星气性这么大。凭江燃作为男性的直觉，他猜出了背后的原因：她肯定是为了吸引我的注意力。

江燃冷笑一声，孤傲地关上了门。就凭她这种手段也想吸引到他的目光？那未免也太低端了。

江燃虽说是失忆，却也不是什么都不记得。他记得父母，也记得学业还有工作的事情，只是同事的脸在脑子里就变得格外模糊。他打电话给他妈报了平安，关于他和林冬星恋爱的事情之前忘记和家人说了，以至于现在失忆后，家人也没提起这档子事。

晚餐时分，白桐来拜访江燃。她提了一大袋水果，见江燃打开门，忧心忡忡地问："江燃，你的伤好些了吗？"

江燃皱眉，打量她："你是？"

白桐愣了一秒，小心翼翼地答："我是你的大学同学白桐，你该不会是失忆了吧？"

江燃欲言又止，含糊了一句："只是有些记不清以前的事。"

既然是同学，来者是客，他将她拦在门外也不太好。

江燃让开一条道，打算将白桐放进家门。与此同时，对面的房门开了，林冬星正出门倒垃圾。她看到白桐提着礼物殷勤进门，有些不爽。难道她是想乘虚而入，破坏她和江燃的感情？不行，她不会让白桐得逞的。

情急之下的林冬星没去倒垃圾，而是凑到了江燃面前，说："突然想起还有些医嘱没告诉你，方便的话，请我到家里喝杯茶慢慢说？"

江燃冷淡地瞥她一眼，问："你是来做客的？"

林冬星厚着脸皮点头。

"那你手里提的是什么？"江燃问。

林冬星反应过来，窘迫地回答："垃圾。"

"别人做客都是送水果，你送垃圾？"

林冬星突然不是很想踏入他家家门了，如果给她一个机会，她一定会选择光速消失。

不过情敌近在眼前，林冬星也要厚脸皮一点儿捍卫自己下半生的幸福。否则等江燃失忆时铸成大错，恢复记忆后，她是原谅他呢还是不原谅他呢？林冬星暂时不想自己头顶一片青青草原。

于是她硬着头皮继续说："我来你家，就是想看看你有没有什么垃圾要我顺手带下去丢的。”

这次轮到江燃语塞了，他怎么都没想到林冬星一个柔弱姑娘家为了接近自己，居然想出了如此蹩脚的理由。他长叹一口气，心中感慨，怪只怪他这遗世独立的皮囊太过俊美，一般的女子都把持不住。

江燃难得有些同情心，对林冬星说：“我知道你很想来我家，那你先下楼丢了垃圾，再来我这里做客吧。”

这话说得林冬星臊得慌，白桐在一侧暗自发笑。白桐算是明白了，现在的江燃可是真的失忆了，那不就是说，此番接近他是最好的时机？只要他还没结婚，哪有什么不能亲近的？

林冬星生无可恋地点了点头，迅速冲下楼丢垃圾。她的自尊心差点儿被戳出几千个窟窿，她想着江燃恢复记忆了，一定要让他好好吃一次苦头。

林冬星咬牙切齿地跑下楼的样子有些可爱，逗得江燃发笑。白桐见他那寒冰似的眉目瞬间化开，眉头便紧紧蹙在一起。她小心翼翼地问：“你记得她吗？”

江燃遗憾地摇摇头：“不记得了，她是谁？”

白桐发狠道：“她是你前女友。”

“前女友吗？”江燃呢喃自语。

“你可别被她的样子蒙蔽了，当初她嫌贫爱富和你说分手的时候，你伤心死了，到了大学还总是郁郁寡欢。”

“是这样吗？”江燃闻言，果然将嘴角的笑容慢慢收敛了。他拧了拧眉心，痛苦地说，“我不记得那么多事情了。”

白桐温柔地笑：“慢慢来，我会陪你想起来的。”

江燃瞥她一眼，不置可否。

没多久，林冬星就跑回来了。她怕江燃锁门，所以这趟丢垃圾的路跑得心惊胆战、气喘吁吁。毕竟江燃算计人手法娴熟，没准儿就会做出支开她，再锁门会美女的事情。

江燃见她扶着膝盖，汗如雨下，还调侃了一句："你就这么急着见我？"

林冬星不想让他气焰太嚣张，于是矢口否认："不是，我只是丢了垃圾得快些跑，以免垃圾追上我。"

江燃突然不想和她继续聊这件事了。

白桐和林冬星一起进了房间，江燃作为东道主，独自去厨房里泡茶。

白桐私底下和林冬星说："你不觉得江燃和你在一起以后就多灾多难了吗？"

"你是什么意思？"林冬星见她挑衅正宫娘娘的模样还挺有趣的，便多看了她几眼，问她下文。

"没什么意思，就是觉得江燃和你在一起不太合适，趁他现在什么都不记得了，我觉得你应该离开他，以免给他带来二次伤害。"

林冬星的目光突然变得很冷，她兀自发笑："白小姐，我觉得你这话说得不对。是江燃选择要和我在一起的，不是我逼迫的。只要他喜欢就好了，外人没资格为他做判断。"

"是吗？"白桐眯起眼睛，若有所思地说，"那么，你敢不敢和我打个赌？"

"赌什么？"

"江燃现在什么都不记得，所以你不能用从前的情感道德约束他。我也想趁这个机会倒追他，我希望你不要使用什么卑鄙手段。要是他没有你从前给他留下的初恋印象，仍再次喜欢上你，那我无话可说，我会退出。要是他失忆期间喜欢上我，也希望林小姐不要给他心理压力，放过他。"白桐下了最后通牒，"因为对于现在的他来说，你完全就是个陌生人。强行将他绑在身边，真的好吗？"

林冬星一愣，哑口无言。确实，她现在对于江燃来说，是个彻头彻尾的陌生人。如果他确实不喜欢她，那也没必要强行在一起，否则她会陷入对从前热恋的回忆中，对江燃的漠视与冷淡感到不满，江燃也会因为没有那些甜蜜回忆作为基础，无法理解为何和她结下姻缘。最好的办法就是证明江燃即使在失忆过程中，也会对她产生喜欢的情绪，否则他们的恋人关系就是没有意义的。

林冬星犹豫两秒，艰涩道："好，我答应你。"

白桐无非是想气气林冬星，她知道在道德上自己并不占理。哪知林冬星这么爽快地答应了，她欣喜若狂，想着江燃没有那些对前任的执念，必定会很快被她攻下。

这时，江燃泡好茶端到桌上。他有一套青花瓷茶具，不知入价多少，但肯定不是凡品。原来江燃每次来她家品茶都能品很久，是真的嗜好吃茶吗？她还以为那是江燃想逗留她家的借口呢……

林冬星想博取江燃的好感为自己加分，于是在品茶的时候不懂装懂："我觉得你泡的这个茶味道很好。"

"哦？怎么好？"江燃挑了挑眉，饶有兴致地问她。

林冬星没品出个所以然来，信口雌黄："这茶一看就是上好的茶叶，茶色浓郁，入口先是苦涩，后有回甘，香气四溢，很适合雨后在阳台慢慢品，感悟人生。"

江燃翘起嘴角，慢条斯理地道："我倒是不知道，超市里十块钱的红茶茶包，你也能喝出那么多东西。"

林冬星一口血涌上喉头，她平时给江燃泡的都是林父送来的大红袍，敢情江燃就拿这玩意儿搪塞她？

林冬星干干一笑："难怪我喝出一股廉价味……"

"你又错了。"

"什么？"

江燃慢悠悠地道："实际上我给你泡的是上好的龙井茶，我只是想看看你那番见解是真是假，所以才诈一诈你。"

林冬星一时语塞，看来她在江燃心目中的形象已经落到了井底。

白桐在一侧姿态优雅地喝茶，见他们打完一场眉眼官司后，这才掀开茶壶盖子，窥探一眼，浅笑嫣然，说：“红茶茶包的颜色不会是这个样子，很明显是龙井茶。据说龙井茶的茶品分为‘香浓、色绿、味甘、形美’这四绝，我见茶壶里的茶叶形似雀舌，扁平而长，也能猜到这是龙井茶了。”

“你对茶叶也有了解？”江燃问。

白桐微微一笑，点头：“我爷爷就是开茶园的，我会去帮忙摘茶。”

这两人像是遇到了知己，一下子话便多了。林冬星不懂茶，她渴了就直接牛饮，如同牛嚼牡丹，哪里还会去品。她垂眉敛目，继续喝茶。明明白桐和江燃的聊天对话并没有什么出格处，听在她的耳朵里却多了几分刺耳。

是她太敏感了吗？不喜欢江燃接触异性？好像都不是。她只是觉得有些无能为力，她和江燃的距离好似没由来地越来越远了，也再没资格用恋人的身份去束缚他了。

林冬星很自卑，她不觉得自己身上有什么闪光点能让江燃再爱上她一次。之前不过是老天眷顾罢了，没了那些光环以后，她不过是江燃人生里最不起眼的一个普通路人。

这次夜谈会，他们相谈甚欢，林冬星却郁郁寡欢。

江燃送白桐下楼，回来时，见林冬星正摸钥匙开门。他看着小姑娘伶仃瘦弱的手脚，想起是林冬星来医院看望他，并且细心地将他带回家的。或许是某种不知名的情愫作祟，他的心脏竟然有一瞬间不适。

江燃皱眉，忽地开口：“你等一下。”

“什么？”林冬星回头，看见江燃还吓了一跳。她还以为江燃会把白桐送到巴士站，没想到也只是送到楼梯口，这么快就回来了。

江燃折回家，从冰箱里翻出一袋水果，递给林冬星：“今天谢谢你送我回来，这些给你，当作谢礼。”

“不用这么客气。”林冬星本能地想拒绝，她对江燃也产生了一丁点儿陌生感，无法和从前一样接受他的好意。

哪知她诚惶诚恐不肯要东西的模样反倒引起了江燃的反感，江燃将袋子强行挂在她手间，冷冰冰地说：“我不像你，来看望别人提的还是一袋垃圾。我麻烦了你，自然要给点儿好东西作为谢礼的。”

他这话呛得林冬星哑口无言，林冬星提过水果，说了声谢，转身回家。她一边走，一边愤愤地想：“要是能借这次失忆甩掉江燃这样一个大祸害，那真是再好不过了！”

3

江燃养好头上的伤都是半个月后了，他还是没有恢复记忆，但是并不影响正常上班。于是老王号召农场的大家重新给江燃办一次接待会，当然还是一个人交一百块的聚餐费。按照人头数，他从每个人头上坑十块，也能赚好几百块了。

赵勤许久没见过江燃，看到他第一眼就给他来了个拥抱，问：“你想起什么了没有？”

江燃茫然摇摇头，并且嫌弃地将赵勤的手掰下来，说：“我不但什么都没想起来，甚至还不想让你触碰。”

赵勤悻悻地缩回手，摸了摸鼻子，说：“你这脾气坏得很，也就林冬星能忍你了！”

“林冬星？”江燃嘀咕了一声。

赵勤愣一秒，好奇地问：“你不会连林冬星都忘记了吧？”

江燃扶额：“确实没什么印象。”

“你疯了吗？当初为了追她，你干了多少缺德事，你一件都不记得了？你俩甚至还在农场里发喜糖了，你都忘了？”

“喜糖？我们结婚了？”

“十有八九结过，上次她还说你是她前夫呢！”

“前夫？我是被她扫地出门的那个？”

赵勤点点头："应该是的。"

江燃怎么都没想到，林冬星居然还有嫌弃他的资格，不应该是他面对林冬星的痴心妄想，僵持许久并且不为所动吗？怎么看起来他好像才是主动的那一方？

江燃皱眉，反驳："是你记错了，我绝不可能追那种女人的。"

赵勤不以为然地说："你以前也是这么说的。"

"后来呢？"

"后来死乞白赖地把人家追到手了。"

江燃对过去的自己产生了那么一丝丝的鄙夷感。

晚上，除了值班的两个同事没来，其他同事都参加了接待会，一群人围着桌子吃晚餐。老王这次点的是全鸭宴，重头戏是那砂锅里炖的党参老鸭。林冬星为了展现自己温柔体贴的一面，给江燃舀了一碗汤，柔情备至地说："快来喝一口，补补脑子。"

江燃伤到的位置就是头，讲句补脑无可厚非。但这话听在江燃耳朵里就不是那么一回事了，他在想，他究竟哪里得罪林冬星了，至于说话这么损？

不过他还是鬼使神差地接过了林冬星端来的鸭汤，小口抿了抿，喝下肚去。鸭汤的味道很不错。

兽医叶无风最近也刚回来上班，他从家乡带了点儿土特产过来，是些糖腌紫薯干，口味偏甜，他不爱吃。这种甜食一般都是女孩子比较喜欢吃，他想着农场里也没谁比较熟，于是找上了林冬星。

他温文尔雅地唤林冬星："冬星，你过来一下，我有东西给你。"

叶无风算是溜溜农场的前辈了，以前林冬星有不懂的事情也是咨询的他，所以对叶无风天生有种敬重的感觉。此时见他喊，林冬星便立刻放下碗筷，跟过去问："叶兽医，有什么事吗？"

这一幕恰巧被江燃看到，他无端地蹙起眉头，问一侧的赵勤："叶兽医和林冬星很熟吗？"

赵勤是溜溜农场的八卦小王子，他猥琐地笑着说：“你是不知道，当初林冬星好像想对叶兽医下手来着，后来没成。她还对隔壁农场主感兴趣，不过人家是已婚男子，所以林冬星放弃了。”

“她这么渣吗？”

“那时候单身嘛，所以很正常。”

“那么现在呢？你不是说她和我有关系吗？”

赵勤上下打量了江燃一番，不怀好意地说：“你不是都不记得和她的关系了吗？既然你都不记得她了，对她也不感兴趣，那今天这顿饭不就是散伙饭吗？人总不能在一棵树上吊死吧？人家多方面发展不是合情合理的事？”

江燃冷着一张脸，气不打一处来。敢情林冬星对他这么殷勤，是想和他吃完这顿饭就撇清关系，然后拍拍屁股走人？凭什么她想来就来想走就走？

于是，江燃趁着林冬星拿糖腌紫薯干坐回位置的时候，风轻云淡地说：“既然我们有男女朋友身份，夫妻之实，你就应该好好履行义务，按照规则办事。”

男女朋友关系不假，夫妻之实是什么鬼？

林冬星一脸惊悚地看着江燃，舔了舔下唇，说：“你既然什么都不记得了，这男女朋友的关系是不是也应该不作数？”

林冬星真的是出于好心才问这么一句，她不想没有感情基础绑架江燃一定要和她谈恋爱。哪知江燃会错了意，以为林冬星想趁着他失忆，尽快脱身上岸。

他气不打一处来，连连冷笑：“原来你是打着这样的算盘。”

“什么算盘？”

“你想趁我失忆，抛下我，私会情郎？”

这都哪儿跟哪儿啊？江燃昨天还见了那个白桐呢……

林冬星气不过，开口便道：“你昨天不也和那个白桐聊得很好吗？哪有半点儿男朋友的样子？”

这话一出，她的脸顿时发烫，尴尬得要命。

江燃闻言，似笑非笑问：“所以……你是吃醋了？”

“我怎么可能吃醋？你要和谁讲话那是你的事情，我不会吃醋的。”林冬星像是毫无感情的机器，生硬地否认暗潮汹涌的情愫。

江燃的心情好上许多，眉目不再被霜雪覆盖，有了一丝儿人情味。他声音放缓许多，说：“我昨晚翻看了我的手机，可以确定你和我确实有恋人关系。只是我现在失忆了，所以不太记得之前的事。不过，我深思熟虑很久，还是决定给你一个追我的机会。大胆地上吧，冬星，别爱我在心口难开，我不会怪你行为举止太过流氓的。”

林冬星一时语塞，她突然产生了怯意，觉得和江燃分手也不是那么难的一件事？否则她时不时被江燃这样呛一句，一定会英年早逝的……

而另一边的江燃却没有其他想法，他心情颇好，觉得自己总算没有对不起过去的那个江燃。虽然他不记得林冬星，可在一群女孩子里，最打眼的那个却是林冬星，可能是他护林冬星惯了，此时看她的目光都带了点儿情人眼，可见，爱情的影响力还是很大的。

4

夜里下了雨，林冬星和江燃家住得近，人家也都知道他俩的关系，所以对于江燃和林冬星一道坐出租车回家一事心照不宣。

天将黑不黑，雨水砸在地面溅起无数水花。两人一到楼下，急忙伸手遮住头往楼上跑去。

林冬星开了楼梯灯，瞥见江燃家门口站着一个女人。竟然是被雨水打湿了的白桐，她的头发都滴着水，手上提了两袋便当盒，朝江燃歉意一笑：“我猜你伤还没好，一个人在家做饭肯定不方便，所以带了两份快餐给你送来。”

江燃无视了楚楚可怜的白桐，清了清嗓子，道：“现在手机这么方便，我要是想吃什么可以直接下单点，你不必这样大老远送来。”

白桐愣了一秒，她还以为这番湿衣加送饭的计谋无懈可击，哪知江燃就是不领情，也激不起他的同情心。旁边还有林冬星看笑话，白桐气不打一处来。她咬了咬下唇，想了个别的法子安抚自己——至少她难撬墙脚的男人，一旦得手后，其他女人也不好挖走，所以忍一忍就算了。

她涵养颇好，脸色从白到青，再从青到红润，深吸了好几口气，继续说：“我有些冷，方便在你家洗把脸吗？洗完了，等雨停了，我再去搭车。”

江燃缄默不语，不置可否。因为他和白桐清清白白，不过她是给他送餐淋了雨，贸贸然赶她走，似乎也有些不近人情。

林冬星却不爽白桐提出的请求，她径直接过话茬，说：“白小姐不介意的话，还是来我家洗吧？都是姑娘家，我还能准备一套换洗的衣服给你。”

林冬星都这样说了，白桐还强求要去江燃家就显得太不矜持了。她吃了哑巴亏，暗地里瞪了林冬星一眼，故作柔软地笑：“那就麻烦林小姐了。”

“不麻烦的。”林冬星笑得很甜，这种奸计得逞的感觉真好。她那双杏眼像是天上的星星，狐黠的笑意很是可爱，暗自撩人却不自知，惹得江燃连看了好几眼。

白桐淋了雨在江燃门口等了好一会儿了，她还特地摆了许多个姿势，看哪个比较楚楚可怜。然而腿都站酸了，好不容易把江燃等来，结果他还不吃这一套。白桐灰头土脸地跟着林冬星回家，她简单地洗了个澡，用吹风机将她的外套吹干。

她才不想穿林冬星的衣服呢，更不想看这个女人洋洋得意的那张脸。

出浴室后，白桐打算去找江燃，却被林冬星叫住了：“我想过了，我不打算和你打那个赌。”

白桐咬牙切齿地回："你出尔反尔。"

林冬星微笑："我只是觉得既然我也喜欢江燃，那我就该据理力争，而不是将他拱手让人。要是他恢复记忆，知道我放弃他的话，他一定会伤心的。"

白桐被她这句话噎得无话可说，她本来就没什么和林冬星争的立场，就连江燃读大学被林冬星伤透了的时候，心心念念的人也只有这个初恋情人，她根本无法插足。所谓赌约，不过是个绮丽的梦，她只是不甘心为何林冬星处处压她一头，所以想和她赌这一场罢了。

白桐仍不死心，说："可是江燃和你在一起，就没发生过一件好事。凭什么你想走就走，想回来就回来？当初你不要他，和他分手。他都忘了你这么多年，为什么现在还要回来抢走他？"

林冬星喝了一口刚泡好的绿茶，说："他要是不喜欢我，也不会回来找我了。被我伤得那么深，还是选择和我在一起。你说，这样的男人，真的会喜欢上你，不留恋前任吗？为了防止你被他这种对前任念念不忘的男人伤害，我劝你趁早收手吧。"

白桐知道她说的话在理，此时也没了较劲的心思。她咬了咬下唇，垂眉敛目："今天打扰林小姐了，这份快餐你交给江燃吧，我先回去了。"

"现在就走了吗？不留下喝口茶？我觉得绿茶还挺配你的。"林冬星笑意盈盈，望向白桐的眸子里充满嘲讽。

白桐一直以为林冬星是比较好拿捏的角色，此时见她神色淡淡，没想到还有这样的手段。那句绿茶，可不就是在暗讽她吗？白桐脸上青一块白一块，连再见都没说，摔门就走了。

出门的时候，她撞见想来拜访林冬星的江燃。江燃问："现在就回去了？"

白桐听到他的声音，趁机红了眼眶，告状："嗯，林小姐似乎不太欢迎我，所以我把快餐留给她，先回去了。"

江燃瞥了一眼女人发红的眼眶，了然点头："你是该回去了。"

“什么？”

“看你眼睛发红流泪，是不是有过敏性鼻炎，对动物毛发过敏？那么就该避免接触过敏源，平时也少来我家还有林冬星家，我们本来就是在农场工作的，免不了身上携带动物毛发。”

“我不是因为这个才哭的……”

“那你是因为冬星给你洗了个澡，太感动所以哭的？”

白桐被他一噎，顿时连话都讲不出来了。她能说什么？和江燃告状吗？江燃只是失忆，又不是傻子，未必会帮着她讲话吧？

白桐如同泄气的皮球，半句话都不想讲了。她刚要走，却被江燃喊住了：“你等一下。”

白桐以为他开窍了，心生窃喜，打算诉苦。于是，她娇滴滴地问：“怎么了？”

江燃从口袋里翻出一百块，塞进她手里，说：“下次别给我送饭了，你买的菜也不一定合我胃口，还不如我自己点餐比较省心。这次出于同学情面，我给你一百块，下次未必有这么多钱了。好了，你走吧。”

白桐捏着这笔钱，呆若木鸡。她突然觉得，自己不和江燃在一起是正确选择。这个男人好像没她想象中那么温柔体贴，毒舌得要命！

江燃按响了林冬星的门铃，见她开门，面不改色地说：“我看白桐送的快餐还挺好吃的，想来你家讨口饭吃。”

林冬星很无语，她明明听到江燃说白桐买的菜不合胃口，怎么一转眼就改口了？！

5

对于江燃的殷勤，林冬星也是有些疑惑的。他不是失忆了吗？那又为何对她格外钟情，特地黏上她？

江燃和林冬星在外面吃过晚饭，其实吃快餐也吃不下，江燃只是想找个借口和她说说话而已。

林冬星开门见山地问："江燃，你是不是完全不喜欢我了？"

江燃张了张嘴，欲言又止。他该怎么说呢？明明对于白桐都能厉声拒绝，为何却无法对林冬星说出真心话呢？他怕伤了林冬星的心？可笑至极，他何时有怕的时候？

林冬星也很无奈，这种感觉太奇怪了。明明眼前的人是心上人，是她朝思暮想的男人，可此刻她却连碰都不敢碰，生怕冒犯了他，得罪了他，惹得江燃厌恶。

原来她也有这般慎言慎行的时刻，林冬星还以为自己一生坦荡磊落，做不来遮遮掩掩的小女儿情态呢！

江燃垂下眼睫，无端显出几分可怜来："我虽然不记得你，可是我对你还有印象。你能不能给我一点儿时间？让我想起来？"

"嗯……"林冬星第一次词穷到这种地步，两人相顾无言，气氛尴尬起来。

"你对我来说是很重要的人。"

"为什么这么说？"林冬星心生窃喜，有一瞬间，她还以为江燃想起了什么。可一抬头，她与他对视，望着江燃那如同寒潭一般死寂的眼眸，她侥幸燃起的希望之火又一次熄灭了。那不是深情的眼眸，也不是爱一个人的神色。

"我看到我以前在手机备忘录里写下很多有关你的事情，我想，你对于我来说，一定很重要。"

"原来是这样。"林冬星淡淡地答了一句，很快又转头，瞥向其他地方。

江燃见林冬星一惊一乍的样子，不知为何，心口有一些抽疼。他没由来地想伸出手，将林冬星拥入怀中。明明只是突如其来的一个想法，他却不由自主地这样做了。

等到林冬星被熟悉的男性气息覆盖，被一具炙热的身躯拥入怀中，她的茫然尽数被驱散，心尖悸动，心猿意马。此时她才后知后觉反应过来，惶惶然问："你……怎么了？"

他不喜欢她，不记得她，却情不自禁地抱她吗？

江燃很尴尬，然而林冬星香香软软地依偎在他怀中，他不忍放手，厚着脸皮说："我只是想做些以前做过的事情，从而刺激自己恢复记忆。"

"是这样吗？"林冬星呢喃自语。

江燃认真点头，从鼻腔里轻轻哼了一声："嗯，是这样。我有个想法，我们可以做些从前做过的事情，没准我就能想起什么了。"

"譬如？"

"吻你。"

"不可能，你闭嘴！"林冬星想到江燃连失忆都想要占她便宜，气不打一处来。她挣脱江燃的桎梏，面红耳赤地将他推到门外去，赶他回家睡觉。

关上门的一瞬间，林冬星背对着房门气喘吁吁。她的耳尖升温发烫，想到江燃的亲昵举止，她鼻尖沁出热汗，脊背酥麻。她算是完了，就连江燃失忆了，也能分毫不差地掌控她的心绪，林冬星这辈子算是栽在了他的手里。

而此时，被关在门外的江燃莫名生出一股嫉妒的心绪。他失忆了都对林冬星感兴趣，那从前的他肯定能仗着男女朋友关系对林冬星为所欲为……啧，该死的车祸，为什么要让他失忆呢？

6

翌日，林冬星和江燃都休了一天假。

江燃半夜给林冬星发信息，说他晚上头疼，总是想到从前的事情，希望林冬星能给他一些刺激，让他想起过去的事情。

江燃沉默了半晌，又说："我说的刺激，只是想你亲我一下。"

林冬星愣了一秒，脸颊发烫，抑制不住咳嗽："这不太合适吧？"

江燃那双极其诱惑人的丹凤眼微微上挑，睥了林冬星一眼，说：“对于我来说，被亲一下是挺吃亏的。但是你毕竟是我女朋友，我怕你一直压抑思念我的情绪，不利于身心健康发展，所以牺牲一下，让你亲一口好了。”

“不必了，倒也没有这么思念。”林冬星当机立断地拒绝。开什么玩笑？她又不是变态，还能天天想着吃江燃豆腐？

见林冬星拒绝得这么果断，江燃更不爽了。难道他比不上失忆前的自己，一点儿诱惑力都没有？

江燃浑身上下都散发出一种“生人勿近”的气场，问林冬星：“你是不是心里有其他男人了？”

林冬星丈二和尚摸不着头脑，回答：“没有呀。”

“那为什么不会对我见色起意？”

“……因为我不是变态？”

江燃想到了什么，脸色多云转晴，好看了许多。他抿出了一丝笑，了然道：“我懂了，你不过是害羞而已，怕我对你会有坏印象。”

“不，你真的想多了……”反正和江燃掰扯不清楚，林冬星已经放弃了。

林冬星想帮江燃恢复记忆，于是两人打算回高中母校看看。

学校正在上课，不让外人参观，即使是已毕业的老学长学姐也不行。

林冬星急中生智，在校外的面馆里点了两碗色香味俱全的香辣米面，她还大方地加了钱点了两碗豪华款的，在白花花的米面上码上一排皮薄肉厚的叉烧五花肉片，瞧上去猪肉丰腴，米面软乎白润，很是可口。

江燃拿勺子舀了一口汤喝，很是爽口，然而他不太爱吃酸辣口味，所以微微蹙起眉头。

江燃问：“为什么来这里吃面？”

林冬星说：“以前我们读高中的时候，我生日那天，你在这里给我点了面庆生。”

“点的米面吗？为什么？”

“因为是米制成的面，平时一日三餐都离不开米，你觉得这样就能让我每天都想到你。”

江燃啧了一声，吐槽：“没想到我以前还做过这么幼稚的事情。”

“幼稚吗？还好吧。”

想到从前，林冬星嘴角噙笑。她忘不了当初的江燃是怎样怀揣着心事，一路隐忍到放学后才请她来面馆吃面，祝她生日快乐的。

那天要不是江燃提起，她连自己生日都给忘了。

对于江燃来说或许是稀松平常的一件小事，可对于林冬星来说却是一桩格外重要的事情。

那天面馆里的人很少，沸水烧得热气腾腾。店外下着丝丝缕缕的雨线，缠绵交错，将来往的行人锁入店中。

江燃问林冬星冷不冷，林冬星傻乎乎地摇头。要是不冷，她呵什么手呢?

江燃记起林冬星的父母出差了，家里没人，没准连生日都不会给她办。于是擅自给她点了一碗米面，看着女孩矜持地吃面，假装不在意，顺口一说：“生日快乐。”

林冬星呆若木鸡，没想到江燃将她的生日记在了心上。

她看着故作风轻云淡的江燃，不由自主地抿出了一丝笑。

那天那时那年少，心事如诗风正好。

7

尽管那天吃面的回忆特别美好，江燃还是想不起什么事情来。不过托失忆的福，他平时只要嚷嚷个“头疼脑热”，林冬星便随叫随到。

江燃额头上的伤口已经拆线了，抹了药膏，疤痕已经逐渐淡化了，后来又被柔软细碎的刘海遮挡住，平日里根本瞧不出有受过伤。

许是车祸的阴影逐渐消散，他偶尔也能想起一些人和事，不过还是模模糊糊的，并不十分清晰。

这天下午，林冬星所在的羊舍发生了一件事，她饲养的母羊在分娩时，由于产道狭窄而胎盘过大，母羊难产。

林冬星也是有经验的养殖员，一见情况不对，她就去喊兽医来给母羊做剖宫产手术了。做手术一定要快，否则等胎儿窒息而死，它在母羊体内就会发生自溶或是气肿，到那时再手术，可能也会让母羊死亡。

刻不容缓，唐糖在林冬星的指示下跑去找江燃。其他兽医有别的养殖动物要管，只有江燃是专门负责羊舍的，找他正合适。

可江燃是今年刚刚入职溜溜农场的，不知道他有没有给母羊做手术的经验，林冬星捏了一把汗。

等到江燃来的时候，她偷偷问了一句："你有把握吗？要不要我喊叶兽医来搭把手？"

江燃闻言，冷笑："你是不相信你男朋友的能力吗？"

林冬星窘迫地说："我不是这个意思，就是随口问问。"

"你放心，你男朋友不输给任何人。"这句话讽刺意味十足。

林冬星也很后悔自己居然问了这样招人烦的问题，甚至还质疑江燃的能力。如果江燃不优秀，老王这样挑剔的主儿也不会聘请他来上班。

"那就拜托你了。"林冬星诚恳地说。

"嗯。"江燃淡淡道，"取眠乃宁肌肉注射，按照每100千克1.5毫升体重的标准，将其侧卧，手术的部位记得剪毛消毒，再用0.25%的普鲁卡因液进行局部麻醉。"

养殖专业还要学点儿基础的知识，并非完全是如何饲养动物。所以这些事情，林冬星都会做，也能根据江燃的安排井井有条地进行。

江燃消毒过手，和林冬星一样穿上一次性防护服，戴了手套与口罩。江燃操刀，林冬星负责在切口处塞入纱布吸收羊水，还要牢记纱布块数，以免遗留在母羊腹腔之内。等他们准备取出小羊时，却发现胎儿因为卡位过久，已经窒息而死，没能救回来。这种时候也没办法了，只能尽量保全母羊。一场手术下来，两人都筋疲力尽。

好不容易缝合好腹腔，涂上碘酊，再用绷带包扎好。接下来就是注射破伤风抗毒素还有青霉素一类的药品了，这些工作可以留给唐糖去做。

江燃满头都是汗，他闭上眼深吸一口气，嘱咐林冬星："切记不要让母羊咬伤口，术后三天每天都要做一次静脉输液，还要肌肉注射青霉素以及链霉素，每天两次，连续七天。这个我会帮忙安排的，还有术后的二十四小时禁止饮食，可以从少量清水还有嫩草开始，逐渐增量。其他事情，我每天都会来羊舍和你说的，不用太担心。"

一旦涉及专业知识，江燃就像变了一个人似的，再不会有嬉皮笑脸的时候。他认真而负责，做好每一件事。

这样的江燃，眉宇间仿佛多了一丝成熟男性的魅力，让林冬星有些无所适从。

林冬星催促他："先把手套口罩还有防护服放入无菌袋吧，快去洗个澡。"

"嗯。"江燃专注地做了几小时手术，此时精力不济，他忙好事情以后，不再和林冬星多说，径直去洗头洗澡。

溜溜农场有专门给兽医洗漱的浴室，是为了应付各种小手术的清洁室。男女浴室就挨在一起，等江燃前脚进了洗漱室，后脚林冬星也跟来了。

林冬星带了自己的衣服还有吹风机，原本想好好洗个热水澡，哪知洗到一半，浴室的灯突然熄灭了。

是停电了吗？这里黑灯瞎火的，浴室外又是一大片镜子，让她有些瘆得慌。而且农场里总有些因饲养不当而死亡的动物，据说还能听到一些稀奇古怪的声音，像是动物的鬼魂发出的。

林冬星是无神论者，自然不会相信这种事情，可她一个女孩子家，难免怕黑。她身上的泡沫还没冲去，也不能马上穿衣服去看电闸。

正当她一筹莫展的时刻，浴室外突然响起了江燃的声音："冬星？"

"江燃！"她惊喜地回应他，"我这里没电了，你能不能帮我看看？"

“嗯，我也诧异怎么这一条路都是黑的。估计是跳闸了，你等我去开一下电闸。”

“好。”

等了两分钟，江燃又绕回来，说：“估计是电路烧坏了，得明天找维修工来修。”

“这样啊……”林冬星胡乱冲了泡沫，拿起一侧的浴巾擦干身上的水渍。

“你怕黑吗？”江燃居然还没走，他站在门边问。

林冬星老实说：“有点儿怕。”

“不用怕，我在这里等你。”江燃放缓了声音，尽量去安抚林冬星。

林冬星愣了一会儿，听到江燃说的这句话，心尖微微发颤。许是在害怕的环境里，女性都很感性，她居然有那么一丝怦然心动的感觉。

林冬星点了点头，开口道：“谢谢你。”

江燃嗤笑：“谢什么？我不是你男朋友吗？这是分内之事。”

这时，林冬星突然发觉，有个男朋友守护在身边，似乎也不赖。

好像知道了江燃就在门口，林冬星穿衣服也从容不迫了。有个这样的煞星在，哪路妖魔鬼怪敢近她身？保不准会被江燃收了去！这般想着，林冬星嘴角微微上翘，心情格外愉悦。

林冬星不想让江燃多等，湿着头发换好衣服出浴室。江燃拿手机屏幕照她的脸，见她发丝呈深黑色，满是水渍，不满道：“天气这么冷，不吹干头发小心头疼。”

“这里没电了，用不了电吹风。”

“来兽医部门的办公室吧，我帮你吹。”

“是不是不太好？还有其他同事在呢。”

“都几点了，早下班了。放心吧，没人。”

林冬星反应过来，的确，现在已经是下班时间了。

她也不想感冒，所以听江燃的话，拿着装脏衣服的袋子与吹风机去了兽医部门。

江燃信手将她的吹风机插上电，招呼林冬星拿张凳子坐过来。

竟然是江燃亲手帮她吹湿漉漉的头发吗？林冬星有些害羞，细声细气地提议："要不然我自己来吧？"

江燃很坚持地说："不用，快过来。"

林冬星老老实实地坐在凳子上，她能感受到暖洋洋的风以及江燃那双白皙纤长的手在她发丝之间穿动的触觉，这种感觉很难讲，有点儿温馨，也有些暧昧。

特别是办公室里没有人，江燃亲昵的动作就很容易让她产生绮丽的幻想。

不知是错觉还是事实，林冬星甚至察觉脖颈也掠过了江燃冰凉的指尖，她与他肌肤相亲，像一对完美契合的恋人。

林冬星启唇，想打破这份沉静，说："你今天的剖宫产手术做得很专业。"

闻言，江燃轻轻地笑了一声："你只会这样夸人吗？"

林冬星被他那短促的笑闹了个脸红，不知他是在嘲弄她，还是有些宠溺地反问她。

林冬星小声问："不这样夸，还哪样夸呢？"

"你倒不如说，我男朋友真是十全十美，不但很会照顾人，工作也出众，看着很想嫁。"江燃一本正经地说出这话，他怕林冬星听不清，还特地俯身凑到她的耳边说。那呵出的气，酥酥麻麻的，引得林冬星浑身战栗。

这厮真是妖孽啊！偏偏说这样的话，让她怎样接呢？明明他连记忆都还没恢复吧？没有感情基础，也能一口一句男朋友吗？这个江燃呀，不知是他天生纵情风流，还是她魅力实在大，即使他失忆了也能说出这么撩人心弦的话？

这样一想，林冬星又无端生出一股子闲气来。她细细嘟囔道："即使不记得我，也想我嫁给你吗？你这话还真是不知道有几分真。"

江燃被林冬星呛了一句，生起了闷气。他确实不太记得从前的事情，尽管这几天想起了许多，记得林冬星是他高中同学，还是初恋，然而恋爱的细节还是一团糨糊，完全想不起来。

他不是那种会将就的人，若不是真的对林冬星心动不已，他不会说出这样戏谑意味十足的话。

可是，林冬星并不信他。

因为他失忆了，所以林冬星将他完全抛弃了，再也不信他所说的话。这一点让江燃很受伤。

他关了吹风机，冷淡地道："差不多吹干了，我们回去吧。"

江燃的语气徒然变了，林冬星也不是傻子，怎么可能感受不出来呢？只是她那话并没有说错吧？

她又无法分辨此时的江燃究竟是什么样的一个人。

小两口又闹了脾气。

8

母羊术后护理离不开人，唐糖和林冬星轮班。

由于江燃是负责手术的兽医，有他陪着看护比较保险，不会出什么大的纰漏。只是两人闹了矛盾，已经一整天没讲过话了，晚上值班还要一起待在羊舍，不可谓是不遭罪。

到了夜里八点，农场没值夜班的养殖员都回家了。偌大的羊舍，只留下江燃和林冬星二人。

林冬星给母羊添加了少量的水与嫩青草，把监控摆到隔离母羊所在的羊圈，然后拿起手机去休息室睡觉。她的手机里开着监控视频的小程序，羊圈有什么动静也能看个一清二楚，一有什么事，林冬星就能马上赶过去。

说值夜班，完全不睡是不可能的。母羊情况稳定的话，养殖员也能稍作休息。

老王盖了一栋楼作为养殖员与兽医们的休息室，里面配备了洗漱室，还有一张单人床。

母羊已经入睡了，看起来很安稳的样子。林冬星对江燃说："不然去休息一两个小时吧，熬夜很累的。"

江燃还不想英年早逝，于是点头同意了。两人都带了一次性的小方巾以及牙刷，上休息室去小睡。

二楼的灯坏了很久，老王平时犯懒，都没喊人来修。夜里还是有些凉，昨天下雨，今天台阶上就结了一层薄薄的霜。

她太关注脚下的路了，结果脚下一滑，一下子滑到了江燃的怀里。由于用力过猛，江燃直接被她当成了肉垫，压在地上。

好巧不巧，林冬星的唇直接亲上了江燃的。她整个人都发蒙，唇瓣上火辣辣的，不知是臊得慌还是怎样。

这种感觉很难说好，好比你刚和朋友吵架说再也不来往了，结果下午又拿巧克力厚脸皮地求人和好一样。

她和江燃正闹别扭呢，这样暧昧的举动又算什么呢？

江燃被撞得够呛，幸好他只踩了两步台阶就摔下来了，不是从高处跌倒的，身上没受伤。

江燃看着傻乎乎的林冬星，调侃道："我知道你很喜欢我，但是也没必要趁值夜班擅离职守偷亲我。"

"瞎说什么？"林冬星被他这话吓了一跳，面红耳赤地爬起身。

她一秒都不敢多留，支支吾吾说了句："我先去休息了。"

随后，林冬星落荒而逃。

见林冬星欲盖弥彰的古怪样子，江燃情不自禁地抿出一丝笑。他伸手抚上自己的唇，似乎还能感受到柔软的触觉，心尖微颤。

一瞬间，他仿佛想起了什么。在昏暗的电影院，他将心上人圈在怀里，柔情备至地亲了一下又一下。

借着电影屏幕的光，他好不容易才看清了对方脸，原来是林冬星那娇小可人的脸蛋。她微微喘气，眼眶潮红，生怕被江燃欺负，白皙纤长的手指捏着他的衣领，要放不放。

江燃垂下眼睫，嗤笑一声，低语："这姑娘还真是要命呢。"

9

林冬星跑回休息室关上门，江燃明明没跟来，她却以防万一先上了锁。

倒不是怕他，只是刚才那一吻来势汹汹，林冬星压根儿就没做好准备。她这样莫名其妙地献吻了，在江燃眼中，是不是有些放浪不羁了？

毕竟她对江燃来说还只是一个陌生人吧？

林冬星洗了把脸，再拉上窗帘，不让一丝月光漏入屋内。她就这样满腹心事盖着厚毡子睡着了。

等到林冬星睡醒的时候，已经是五小时后。她太累了，连闹钟的声音都没听到。林冬星暴躁地抓了一下头发，见视频里江燃正忙上忙下地给母羊做检查，她急忙穿好鞋子，拿起手机下楼。

就在林冬星要拉开门的那一刹那，她突然意识到，江燃是不是想让她多睡一会儿，所以没过来喊她起床值班？

江燃偶尔也会展现一下男子柔情吗？

林冬星的嘴角上扬，连她自己都没意识到，一说到江燃，她的心情便会很好。

为了犒劳江燃，林冬星特地把包里的便当盒拿出来。她做了一些红豆糕，馅儿柔软起沙，夜里可以垫肚子，不能当正餐。

她怀揣甜糕，凑到江燃面前，喊他："出来洗个手，我请你吃红豆糕。"

江燃不假思索地洗净了手，从林冬星那里接过红豆糕，好奇地问道："你还会做这个？"

林冬星笑说："我好歹也是独居多年的大龄少女，怎么可能不会做点儿小吃？"

“那看来我后半生有口福了。”江燃只是轻描淡写的一说，却在林冬星心里激起了千层浪。

他这话什么意思？是指他余生想让她多多指教吗？

林冬星浑身发烫，那股酥麻感直击全身。她故作矜持，支支吾吾：“谁说要给你做一辈子吃的？讲这话也不害臊。”

江燃噙笑：“我说有口福可不只是吃你做的东西，未免太给自己脸上贴金了吧？还是说，你心里就是这样想的，故而脱口而出？”

“你……”论耍无赖，林冬星真的不是江燃的对手。她选择吃哑巴亏，老祖宗说得好，能吃是福，那能吃亏也是。她作为普通人是斗不过江燃这种人间妖孽的，她打不过还躲不过吗？

林冬星给江燃吃了两块糕，很迅速地将便当盒盖上了，省得他吃多了甜糕话也多。

哪知，即使林冬星盖上甜糕，江燃也还是有话说，他挑了挑眉，意味深长地道：“只给两块就不给了吗？哦，我明白了。你不让我吃饱也是有目的的，你只想让我吃上一点儿，之后心心念念个不停，顺道也把你惦记上。为了再次吃你做的甜糕，唯有娶你回家，等你洗手做羹汤了。”

“你胡说什么呢？”她明明只是想尽快跳过甜糕这件事，让江燃别逗她了。

“不用狡辩了，我懂你的心思。”江燃缓缓道。

林冬星没想到江燃失忆了还能没脸没皮到这种地步，真是让人大开眼界。可见人的不要脸程度是天性使然，和后天的记忆或是生活环境没什么太大关系。

第十二章

你是我情之所向

难道除了我，你这辈子还想嫁给别人？

1

林冬星和江燃待到了早上，等同事来上班他们就可以回家休息了。江燃的车还在修，两人坐巴士回家。

林冬星昨晚补过觉，所以并不怎么困。可江燃一晚上没睡，上车坐在她旁边，转眼便睡着了。

江燃不止日常霸道，连睡觉的时候也十分霸道。他侧头靠在林冬星肩上，压得她肩膀酸疼。要推开他吗？这个想法在林冬星心中只转了那么一瞬，便被她打消了。

江燃昨晚都好心没闹她起床，林冬星又为何要折腾他呢？就当报答他好了，暂且让他靠一下。

这时，江燃口袋里的手机眼看就要掉出来了，林冬星怕他手机摔碎了，伸手去接，哪知刚一碰到，手机屏幕就亮了。屏保是个女人的照片，林冬星仔细一看，竟然是江燃偷拍的她吗？看照片里的着装，分明是前两天趁她上班调配小尾寒羊饲料的时候偷拍的。

江燃居然也会做这样偷偷摸摸的事，林冬星嘴角微微上扬，一时间不知该说些什么。

不过，那时的江燃应该还记不起从前的事情吧？林冬星一直以为江燃失忆后就会将她完全忘了，可现在看来，没准儿还真有一见钟情这件事。

那么，可否让她自恋地想：江燃其实仍然很喜欢她，被她迷得神魂颠倒呢？

四月出头，春意萌生，乍暖还寒。林冬星觉得有些冷，不自觉地瑟缩了一下。她伸手将车窗拉上。靠近车窗的一刹那，她看到有一对母女过马路，手里提着包装精美的蛋糕。

说起蛋糕，林冬星就想到了，过两天不就是她的生日吗？

她此前还轻描淡写地和江燃提起过，不知道失忆后的他还会不会记得呢？没想起来也是正常的，林冬星在心里默默提醒自己，要是江燃没送她生日祝福，她也不要生气。他们之前说好了生日一定要一起过，要是没有也不用强求。思及此，林冬星心里有些空落落的。

好巧不巧，林冬星生日那天早上感冒了，直接跟老王请假，在家中休息。而江燃被老王外派到较为偏远的农场交流小尾寒羊的养护经验，虽说是在本市，可一趟忙下来，今晚估计是回不了家的。

林冬星躺在床上，给唐糖发信息："唐糖，要是你男朋友忘记了你的生日，你会生气吗？"

唐糖正在农场午休，看到林冬星的信息，立马回复她："怎么？江燃忘记你生日了？所以说，男朋友都是靠不住的，不如靠好闺蜜。你生日是哪天来着？提早和我讲，我一定凌晨送你生日祝福。"

林冬星看着这条信息陷入了深思，犹豫很久要不要把唐糖拉黑。最后，她的理性占了上风，本着同事之情，还是留唐糖一条命吧。

在唐糖这里找不回场子，林冬星决定去寻林父要点儿安抚。她给林父发了一条信息："亲爱的爸爸，你知道今天是什么日子吗？"

林父删删改改好久才发过来："你怎么知道今天是我和你阿姨的恋爱纪念日？不说了，你爸我刚买了一套西装，忙着赴约呢，下次聊。"

林冬星深吸一口气，回忆了无数儿时的事情，确认自己不是垃圾桶里捡来的，这才放下了手机。

原来她在其他人心目中也不是很重要嘛，大家都有自己的生活，她不过是芸芸众生里的一粒尘埃。人在生病的时候总多愁善感，林冬星也变得幼稚了许多。

林冬星一整天都在等江燃的信息，万一江燃临时想起她的生日，给她发消息呢？又或者知道林冬星感冒了，特地打电话询问状况也行。

什么都没有，未免对她也太不上心了吧？林冬星一肚子怨气，午餐还有晚餐都是随意炖了一锅红豆粥草草了事。

林冬星期待到晚上十点，江燃还是没有回来的踪迹。她吃过药，感冒好多了。临睡前再看一眼猫眼，楼道里没半个人影，江燃今晚是真的不回来了。

他是工作狂吗？平时这么黏她，关键时刻连条信息都不发，男朋友当得一点儿都不称职。

林冬星已经幻想到婚后她忙里忙外，江燃却一直忙工作的事情，不对她嘘寒问暖，甚至日常交流也很少的生活。这样的生活她才不要过呢！能趁早分最好了，省得婚后成一对怨偶。

林冬星闭上眼，胡思乱想。此时窗外狂风暴雨，风吹入窗户，传来一阵呜咽声。

阳台门没关，林冬星怕雨水倒灌入卧室，急忙跑去关阳台门。就在这时，她看到有人闪入楼道口，瞧样子有些像江燃。

不会吧？下这么大雨还回来吗？

林冬星的一颗心怦怦乱跳，心尖尖泛起了一丝甜意，像被浓稠滚烫的糖浆包裹，微微一触就要裂开糖衣。她怕自己是自作多情，不敢多作他想，可嘴角却抑制不住上扬的弧度。

2

林冬星猫腰藏在门边，她透过那个洞去观望江燃上楼的情况。没过多久，江燃停在了她的家门口。

林冬星心生雀跃，她现在是百分百确定江燃是为她而来的了。高兴归高兴，女儿家的矜持还是要守住的。

等江燃按下门铃，林冬星数了三秒，这才拉开门，假装迷迷糊糊地问："你怎么回来了？这么迟来找我，有什么事吗？"

她看了一眼江燃手上提的蛋糕，嘴角疯狂上翘，欲盖弥彰地补充了一句："我都要睡了，还被你吵醒了。"

江燃浑身淋了雨，他将手上定做的生日蛋糕递给林冬星，说："我总觉得今天很重要，早上醒来看了一下手机日历，原来是你生日。所以大清早就去订了蛋糕，等晚上交流会回来再取。还有，你的头发没有被枕头压乱的痕迹，很明显你还没睡。而且你扎着马尾呢，杵着马尾睡，不硌人吗？明明是为了等我才迟迟未睡，不必狡辩了。"

林冬星被江燃一噎，很想朝他大吼："大哥，今天是我的生日欸！就不能让我好受一天吗？"

她本想给江燃甩脸色，可看着江燃那被雨水压得软塌塌的黑发，以及深一块浅一块的西服外套，又有点儿心软了。林冬星捧着蛋糕进屋，对江燃说："你先回去洗澡吧，我把蛋糕放桌上，待会儿一起吃。你晚上吃了吗？还是说，为了我的生日急急忙忙赶回来，还什么都没吃呢？"

江燃微微抿唇，道："还没吃，回来得有些匆忙。那我先去洗澡好了，待会儿见。"

"嗯，我给你煮一碗面，你先去洗澡吧。"林冬星乖巧点头，她刚想关门，见江燃待在门口不走，又小声问，"怎么了？"

"如果我不记得今天是你生日，你对我的印象会大打折扣吗？"江燃突然问了一句没头没脑的话。他那浓密的眼睫微垂，浑身湿透了，地上还留有一摊水渍，这样的男人，在狂风暴雨的天气里显得格外落寞可怜。

林冬星有点儿心疼，尽量放柔了声音，反问他："怎么突然这样问？"

"我只是觉得失忆已经罪大恶极，要是再忘记你的生日，那么我在你心目中仅有的好印象都没了。我想不起太多从前的事情，万一遗漏了什么约定，你也不告诉我，只在心里默默做加减法，对我来说不公平。"

林冬星听得有点儿蒙，原来江燃也在小心翼翼地守护这段感情。林冬星怪他想不起事情，怪他狠心，却忘了江燃也可能是担惊受怕的那一个。他许是对林冬星还有很深的爱慕情绪，却知道自己已经不是原来的自己，无时无刻不在担心被她撇下。

他是……傻子吗？

林冬星的整颗心脏都发酸了，像是浸泡在橘子水里，那刺激的液体裹住了心脏，酸酸涩涩的，将她的心脏表皮都泡得发胀失色，隐隐还有些疼痛。

林冬星没由来地叹了一口气，她突然将手贴上江燃冰冷的脸颊，指尖温柔摩挲着。她深情地望着江燃，说："我一直很喜欢你，只要你还喜欢我，我会陪你到恢复记忆的那一天。"

"我知道了。"江燃轻轻牵起嘴角，流露出一丝不易察觉的笑。

他得到了林冬星的安抚话语，愉快地回家冲澡。

林冬星把蛋糕摆到桌上，拆开纸盒，将蜡烛点上。林冬星只点了一根蜡烛，橘黄色的火光在草莓奶油蛋糕的正中央跳跃闪烁。二十岁以后，林冬星就不爱用写上年龄的蜡烛了，她知道自己老了一岁又一岁，岁月不饶人。

等到江燃换了一身衣服来她家的时候，林冬星已经煮好了两碗农家米酒素面。素面很软绵滑溜，可当成是长寿面。汤底是农家酿的米酒再加上一些糖霜，吃起来别有风味。

林冬星在心里许了个愿，保佑她和江燃平平安安，然后吹灭了蜡烛。

她刚睁开眼，江燃就把白色奶油涂抹在她的唇上。林冬星吓了一跳，还没来得及反应，江燃突然靠近，吻上了她的唇，顺势舔去了甜腻的奶油。很难说这个吻到底是什么滋味，有点儿甜，也有点儿羞怯，林冬星心口小鹿乱撞，缓和好久才和江燃对视。

“你为什么把奶油抹我脸上？”林冬星嘟囔了半天，只能抱怨出这样一句话。

江燃轻笑一声：“如果不这样做，我就找不到吻你的借口。”

“嗯？”林冬星呼吸一窒，又不知该说些什么了。她只觉得此时的江燃有些不一样，可具体说是怎样不同，她又讲不上来。

吃面的时候，江燃突然漫不经心地说了一句：“你以前生日好像也很喜欢吃面。”

林冬星被吓了一跳，心里嘀咕江燃怎么会记得以前的事情。她后知后觉地反应过来，问他：“你想起从前的事情了？”

江燃但笑不语。等了很久，他继续说：“要是我想不起来，你打算怎么办？”

“还能怎么办呢？又不能和你分手。”

江燃恨得咬牙切齿，掐住她的脸：“林冬星，你胆子还真大！作为你的初恋男友，我被你始乱终弃过几次了？”

这话一出，林冬星明白他是真的恢复记忆了。没准儿就是回来的路上，江燃淋雨被雷劈了，所以瞬间开窍。她松了一口气，嘟囔道：“我开玩笑的，真的。”

江燃的脸色稍稍好看了一些，两人明天还要上班，随意聊了几句，吃了蛋糕便分开了。

林冬星一晚上担惊受怕，生怕江燃一觉醒来又忘事儿了。

隔天早上，林冬星出门碰见江燃第一句话就是：“记得我是谁吗？”

江燃一本正经答：“我太太。”

“不要脸。”好吧，她安心了，江燃没有忘记事情。

“要脸怎么娶太太？”江燃饶有兴致地逗她。

江燃换了一辆车，早上还是他捎上林冬星一起出的门。

江燃恢复记忆的事情很快就传遍了整个溜溜农场，大家像观摩猩猩一样将兽医部门围了个水泄不通。

到了办公室，江燃臭着一张脸对众人说：“你们干什么？”

召集大家来看江燃的罪魁祸首赵勤伸出一根指头，指着自己说：“你知道我是谁吗？”

江燃瞥他一眼：“耍猴呢？还要给别人讲讲我对你的了解？譬如你是资深死宅、单身至今这种事情？”

赵勤急忙捂住江燃的嘴，左顾右盼，悄声说：“你这人嘴是真的损。”

他怕其他人听了去，急忙遣散众人：“不就是失忆吗？有什么好看的？快去做事，小心我跟老王举报你们！”

同事情居然如此脆弱，大家骂了赵勤几句就各自散了。

午休的时候，同事们无聊，举行了“第三届溜溜农场金鸡杯五子棋大赛”。头两届的冠军可以指使一名同事做事，上一次的冠军是赵勤，他就指挥唐糖给他打了一星期的饭。第七天的时候，由于赵勤婆婆妈妈太挑剔，唐糖就不是打饭，而是打人了。所以说，要求不能太过，否则可能发生人命官司。

这次大赛有江燃这匹黑马加入，没想到他下棋技艺竟然如此了得，两三下就杀出重围，挑战赵勤五子棋之王的权威。战况惨烈，赵勤悔棋三次都不得胜，最后诞生了江燃这颗冉冉升起的五子棋新星，他是当之无愧的棋王。

赵勤被他王者的光辉灼伤了眼睛，大着胆子问：“江燃，你可以指定一名同事，和他提要求了。”

江燃淡淡扫了一眼林冬星，慢条斯理地开口：“什么要求都可以吗？”

“当然，这是我们溜溜农场金鸡杯的规矩，只要是冠军提出的要求，就是让我们倒立洗头都行。”

“那么，我选择林冬星同志，让她答应我一个要求。”

众人推搡林冬星上前，等江燃发号施令。

江燃轻咳了一声，轻描淡写道：“我想要林冬星答应我的求婚。”

“哈？”众人一脸蒙，林冬星也呆愣原地。

那个……也没说可以利用五子棋比赛抓压寨夫人的呀？！

3

林冬星被江燃突如其来的一记绝杀吓得够呛，她面红耳赤，在同事们的起哄下，暗暗瞪了江燃一眼。

哪知江燃脸皮厚若城墙，完全不理会林冬星求救的目光，反倒是一直品着塑料杯里的菊花茶，好似能将那黄澄澄的茶水品出个什么花样来。

这厮真的是太狡猾了！

赵勤唯恐天下不乱，语重心长地帮腔：“冬星啊，时候也不早了。到底答应还是不答应，你说个话啊！我们还得去上班呢，耽误不起。”

林冬星轻咳一声，支支吾吾：“也没说不答应……”

江燃知道不能把人逼得太过，要是惹恼了林冬星，使得她当众拒绝他的求婚，那就没戏了。

于是江燃击掌，驱散众人，说：“好了好了，我未婚妻都已经答应了，大家就别围观了。她脸皮薄，再这样看下去，恐怕都不敢来上班了。”

林冬星一脸蒙……你等会儿，我什么时候说我答应了？

她还没来得及说话，就被江燃拉出了食堂。

林冬星咬牙切齿地说：“一口一句未婚妻，毁我清誉！”

江燃低低笑出声，他的嗓音清冷，尾调低沉，带着年轻人惯有的慵懒与散漫："怎么？我喊未婚妻不对吗？难道除了我，你这辈子还想嫁给别人？"

林冬星无语。虽说她没有嫁其他人的心思，可是被江燃这样硬生生逼成未过门的妻子也太奇怪了。

为了不落下风，她含糊其词地说："那我也说不准呀……"

哪知她话音刚落，江燃就脸色森然地将她逼至墙角。江燃左手曲肘抵住墙面，居高临下地睥着林冬星，冷笑道："你这个始乱终弃的女人，别想再次逃开了……"

江燃似乎又想起了林冬星此前的不良记录，忍不住开了口。他的语气太过幽怨，那眼神满是占有欲，就算林冬星是鬼，也是他的。

林冬星被他一本正经的说话态度吓了一跳，此时左顾右盼，发现自个儿被江燃困在怀中，进退两难。男人炙热的呼吸落在她的鼻尖与眉梢，似软绵绵的雪絮，又不若霜雪那般寒冷。她和江燃近在咫尺，仿佛只要朝前靠近一寸，林冬星就能被江燃拥入怀中。男人的怀抱一定如焰火般温暖吧？林冬星莫名冒出了这样的想法来。

自恢复记忆后，江燃患得患失的毛病就严重了。他总有顾虑，也可以说是对自己不够自信，明明他那样好，为何还会担心呢？他就这么怕被她丢掉吗？林冬星迷茫地想。

林冬星的心又软得一塌糊涂，她轻声开口："我没说不想和你结婚，就是……有点儿太快了，你给我一点儿时间考虑。"

江燃的脸色好看很多，轻轻点了下头。他松开林冬星的一瞬间，和她说："晚上有空的话，陪我回家一趟吧？"

林冬星一个激灵，结巴道："这……算是见家长吗？"

江燃调侃她："丑媳妇总得见公婆。"

"你说我丑？"

"嗯，丑到只有我喜欢你了，好好珍惜我这种只关注心灵美的男人。"

如果有可能，林冬星好想撕烂江燃的嘴，哼！

下班后，江燃和林冬星回家分别洗了澡换了衣服。他们约好七点在门口碰面，江燃早已细心地买好了礼物，让林冬星提着带回家送他母亲，以免空手去拜访家长留下不好的印象。

江燃的父亲很早就过世了，他一直是跟着母亲长大的。他的母亲知道江燃有了女朋友，一直嚷嚷着要见林冬星一面。

江母知道林冬星晚上会来做客，一早就和街坊邻里炫耀，说儿子带了女朋友回家，还是学生时期的初恋女友。她的想法很开明，从来不管束江燃，所以江燃打小便很有主见，做事也比一般人沉稳，无论学业还是工作都很自觉，稳扎稳打地前进。

一听门铃声响起，江母急忙去开门，笑着问："你就是冬星吧？我是江燃的妈妈。你们快进来，饭都做好啦！"

林冬星头一次见江燃的母亲，她心里还有些惴惴不安，生怕被未来婆婆讨厌。哪知江母是这样的随和温柔，她暗暗松了一口气。

江母为了儿子的婚事愁白了头发，江燃从小就很有个性，不愿意的事情怎样说都没用。江母想给江燃介绍对象，他又不愿意。好不容易托中间人介绍了个相亲饭局，她以死相逼才把江燃骗过去。也真是巧，正好遇到了林冬星，还是他初恋，那可不就是天赐姻缘，看对了眼吗？所以江母哪儿有挑剔林冬星的份儿，甚至怕城里姑娘瞧不上江燃，她还能再退让。

如今见林冬星是个礼貌可爱的小姑娘，也松了一口气，待她更加殷勤。

江燃洗碗的时候，江母朝林冬星招招手，偷偷带她上楼去看江燃的房间。

林冬星也很好奇，所以没有拒绝。她进了江燃的房间，环顾四周，发现这个房间几乎没什么其他摆件。就一张床，一张书桌，桌子底下是用绳子绑好的厚厚试卷，卷子上还放了个盒子。

林冬星想看看那盒子里都装了什么，江母先她一步，拿出盒子，说："这是江燃的鞋盒。"

“鞋盒？为什么要存着？”

江母微笑：“他读高中的时候，我们家里的条件不好，所以阿燃也很节俭，鞋子几乎都是穿到破才换。然而高三的时候，他的鞋子破了个洞，我想替他补一补，他却不肯。头一次跟我要了钱，说买一双新鞋。明明有了新鞋，旧鞋却不肯扔，一直放着。我想，他可能也不是嫌弃鞋子破洞了，而是有其他什么原因吧。”

林冬星呆了一秒，望着江母的脸，脸颊有些烧红。她好像猜出了什么，甚至也知道她和江燃的高中往事。

江母觉得有趣，继续补充：“我想他肯定是在意你会知道他的家境情况，所以才急于换一双鞋，毕竟平时都是穿统一的校服，能看出差别的就只有鞋子了。”江母轻轻握了一下林冬星的手，说，“他能找到你这样的女孩子，我很高兴。我希望你俩能好好在一起，我会祝福你们的。”

林冬星点了点头，笑着回应江母的善意。另一边，她魂游体外，似乎能看到江燃从前的样子，高中读书的时候，他一贯不在意衣着，某天却因为喜欢上林冬星，头一次感到窘迫，甚至局促不安。他的回力帆布鞋已经好久没换新了，鞋尖磨损严重，隐隐有些要破洞的趋势，在亮堂的灯光下格外显眼。江燃将脚趾往回蜷缩，生怕脚趾会戳出一个洞来。他头一次跟母亲要了钱，说换一双鞋子，并且心中发誓，想着一定要拿到奖学金交给母亲补贴家用。

江燃洗完碗，上楼找林冬星。江母住的地方离海边近，他想带林冬星出门走走。

林冬星与江燃并排走在海边。月亮从云间钻出来，照亮天地，海浪在月色下泛起点点银光。

白月皎皎，将江燃的脸映衬得愈发深邃，鼻梁上清浅一道白，凹入眼窝，如鱼肚底鳞，五官都显得立体而神秘。

他突然停了下来，转头看林冬星。

林冬星见他目光如炬，吓了一跳，开口问：“怎么了？”

江燃只盯着她笑，摇摇头："没事。"

"那你看我做什么？"

"只是想问你一件事。"

"嗯？"

"如果你不回答，我就当你是默许了。"

"啊？"林冬星呆了一秒，江燃却不肯继续往后说了，似乎在暗暗谋划些什么。

这人呀……林冬星心跳加速，她被迫与江燃对视。平时没注意，此时才发现他那双瞳并不是纯黑，而是有些偏灰，仿佛世间尘埃都沉淀在其中。不得不说，他这双眼格外迷人，随时都能让人沉醉其中。

大概过了五分钟，江燃狡黠地笑着说："你愿意嫁给我吗？"

还没等林冬星开口，江燃就突然凑近，拽住她的手腕，大力扯入怀中。电光石火间，他凑上去，以唇封唇。

吻到了？

林冬星的世界在一瞬之间寂静，随之炸裂、毁灭。夜色动人，也足够撩人，使得她呼吸急促，半晌也开不了口。他不让林冬星说话，以霸道的方式逼她就范。

怎……怎么突然就亲她了？！这个……流氓！

江燃松开她的唇，慢条斯理地说："好了，时间到。既然你没说话，那就是默许了。欢迎成为我的太太，林冬星。"

林冬星头疼地扶额，她怎么会没猜到江燃的诡计呢？居然趁她不备，对她下手，也太狡猾了吧！

不过，林冬星对于"嫁给江燃"这件事似乎也不太排斥。那么就当可怜可怜他，半推半就地答应好啦！咳咳。

（全文完）

番外·校园日记

1

高中时期，林冬星和江燃是同桌。

他们学校食堂的菜比较一般，最出名的就是筒骨拉面。一般阿姨只煮一锅，卖个七八份就没了，很难抢到。

等林冬星点餐的时候，拉面已经没了。

食堂人声鼎沸，为了趁课间快点儿抄完试卷，啊不对，是和同学们进行试卷方面的学术交流，她端着餐盘，随意找了个位子坐。哪知，她正对面的人居然就是江燃。

林冬星觊觎他的试卷很久了，总算找到一个套近乎的机会。

哪知，她还没来得及出声讨好，视线已经被江燃面前的那碗面给吸引了。

江燃点的面量太足了，他还拿了个小铁碗，将面夹出来吹凉分食。一夹起那面条，独属于筒骨肉汤的香味瞬间充盈鼻尖。

林冬星口齿生津，不动声色地咽了咽口水，她不算饿。可想吃和不饿可以并存，并不矛盾。

江燃夹了一筷子面，放到小碗里，吹凉，咬到嘴里。他吃面很秀气，小口喂到嘴里，没有发出声音。他低头，垂下长长的眼睫毛，如蝴蝶振翅。

吃了两口，江燃突然皱眉，说：“剩下的给你，我饱了。”

林冬星听到他的话，有点儿忸怩：“我没有说我想吃。”

两秒后，林冬星又问：“你修仙吗？吃这么点儿就饱了？”

“如果你不虎视眈眈地盯着我的面，或许我还能多吃一点儿。”

林冬星又羞又窘，脸蛋红了。

江燃将面推过去，换了双筷子给她：“别矫情，不吃就倒了。”

林冬星反正脸皮厚得跟城墙似的，有吃的就吃。她接过筷子，左顾右盼，趁着没同学注意的时刻，夹了两筷子面放到餐盘里，小心翼翼地吃着。

江燃嘴角微勾，不知在笑什么。

他吃饱了以后就把脏碗放到收餐盘的区域，回到教室里继续刷题。江燃上次的模拟考试考了全年级第一，班主任讲起他脸上都有光，直说江燃是个天才。

林冬星吃饱喝足后回教室，看到江燃奋笔疾书有些惊讶，自言自语道：“我以为天才是不需要做题也能拿满分的。”

“那是超人。”

“所以，天才也和我们一样，努力刷题才能拿高分？”

江燃抬头看她，嘲笑道：“也不太一样。”

“哦？”

“我不刷题，也比你考得好。毕竟傻子和我，是不一样的。”

林冬星有点儿后悔，她为何要馋江燃的那碗面，要是她不馋的话，他俩的关系就不会好到这种可以随意损她的地步。

2

高二的时候，林冬星找江燃要了手机号码。那个时期，大家都是用诺基亚翻盖手机，基本功能就只有发短信和打电话。

林冬星对江燃有些好感，初次给他打电话，着实紧张了一番。

那天她鼓足勇气给江燃打了电话："江燃，你睡了吗？"

"在刷题，有事？"电话那头传来江燃略微失真的声音，叫她安心。

"家里没人，我有点儿害怕，你能不能陪我说说话？"

那头没出声，没同意也没拒绝。

很久之后，江燃才问："怕什么？"

怕什么？林冬星突然哑口无言，她能怎么说？其实只是一个借口，就想听听江燃的声音？

"我在刷题，很忙。"

林冬星默不作声，她以为江燃要挂电话了。

哪知江燃说："要是你害怕的话，通着电话，有事喊我，我回你，手上先写题。"

"好。"

五分钟后，林冬星没话找话："江燃，你知道宋香香是三班班花吗？我听别人说，她好像对你感兴趣，每次你上体育课，她就说要去厕所，结果绕远路来操场看你。宋香香长得这么好看，你看不上她吗？"

"只要好看，我就得看上？那你好看，我是不是还得看上你？"

这比喻……林冬星有些脸红。

江燃有些不耐烦，看来林冬星如此话痨的原因是作业太少了。

半晌，林冬星反应过来，呆呆地喊："江燃。"

"嗯？"

"你是说，你觉得我好看？"

"丑。"

“哦。”林冬星有点儿自卑了……

江燃抿了抿唇，说：“宋香香比你更丑。”

诶？林冬星愣了，一句话都说不出口。

电话那头传来试卷翻动的沙沙声以及圆珠笔的笔尖戳到桌面的笃笃声。

林冬星能想象出来，此时的江燃端坐在椅子上，一手撑头，一手执笔，孜孜不倦地写着试卷。他的眉眼很好看，被细碎的刘海稍微遮掩住，仅仅留出一丝缝隙，透过那些缝隙，能看到底下那双狭长的凤眼。

她不敢喊他，这时，心底深处好像有什么在悄然滋生，缓缓变化，“啪嗒”一声，就着贫瘠的土地，悄悄开出了花。

在此之后，又没话题了。可林冬星不想挂电话，于是她刻意接通着，等江燃挂。

就这么过了半小时，她发现江燃也没挂断。

林冬星不怀好意地笑：“江燃，你是不想挂我电话吗？”

话音刚落，那头的电话就挂断了。

林冬星无语。

那天晚上，其实也没聊什么实质性的话。林冬星就是觉得她和江燃的关系不一般了，有了质的变化。

3

高二上学期，迎来了高中时期的最后一场运动会。高三学生统一不参加校运动会，大家都得全力以赴，为高考做准备，时间就是金钱。

老师本想请江燃去参加百米跑，然而被他拒绝了。他称自己学业繁忙，无法再兼顾短跑特训。

老师游说许久无果，只能放弃。

直到这天，江燃在走廊上远眺，瞥见操场上某个渺小的身影——她扎着马尾，穿着运动短袖短裤在跑步，是林冬星。可能是跑累了，她慢了下来，拖拖拉拉地往前走，毫无半点儿飒爽英姿，可以称得上丑。

江燃鬼使神差地，目光一直追随她，直到林冬星变成了一个几不可闻的小黑点儿。

他去办公室找老师，装作随口一问："运动会短跑选手需要特训吗？"

体育老师见是江燃，热情回答他："放学后训练一个小时，五点到六点，六点能回家吃饭，晚上七点照常来学校上晚自习。"

他说了这些，满怀期待地补充上一句："每天就一个小时，维持半个月，比完赛就完事儿了，不耽误学习。"

"哦。"江燃闷闷打断他的话，说，"我也参加。"

"诶？"老师惊讶，想追问，却发现少年已经逃跑了。

从此之后，林冬星训练时，身侧总多出一个人，那是江燃。

林冬星气喘吁吁，任凭风灌进喉咙，干裂地疼，也哑着声音问："江燃？你也参加校运动会？"

"刷题太多，无聊，所以放松。"他酷酷地说完这句，一溜烟地跑远了。

林冬星只能费力去追，没力气时，扶着膝盖，上气不接下气地想：可恶！这还是人吗？不光学习有脑子，还是体育健将？！

她还没休息够，眼前就多了一瓶水。

江燃晃了晃瓶子，说："休息五分钟后，就能喝水了。"

"谢谢。"她咕咚咕咚，一饮而尽。

"喝水也这么丑。"

"难道你累了喝水能好看……吗？"林冬星刚反唇相讥，目光却落在了江燃仰头喝水的喉结上。

江燃的脖颈间覆盖着一层薄汗，被灯光一照，皮肤雪白，仿佛有光。他喝水时，喉结微微突起，上下滚动，姿态优雅又性感，的确好看。

好吧，是她错了，这人做什么事情都很好看。

江燃是全年级第一，在校内很有名。学生时代，分数就代表魅力值，所以江燃的小粉丝不少。有爱慕者直接带纯白毛巾与矿泉水，一下课就堵在短跑终点线，等待江燃训练完成的时刻。

女生的心思直白又热辣，只消一眼就能察觉所思所想。

体育老师怕这些情窦初开的女孩们做出什么有辱校风的事儿，逐一警告，这半个月不让与比赛无关的学生接近训练场。

这两天，少了场外翘首以盼的江燃的追求者，林冬星还有些不习惯。

她嘀咕一句："没了你的小粉丝，冷清不少。"

江燃一记眼刀飞过去，不悦道："你喜欢，你请她们来，我不奉陪。"

"你就这么讨厌女生吗？"

"那你是什么？"

林冬星无语，对哦，她也是女生。

片刻，江燃嗤笑："对，我讨厌女生。和你接触，因为你是粗野的男人。"

又来了，幼稚鬼。

林冬星撇了撇嘴，双手压腿，继续做拉伸动作。

这时，不远处突然蹿过来一女生，她一路小跑，看见江燃就像是馋猫见到秋刀鱼一样，眼睛发亮，一看就知她是前几日的爱慕者大军里的漏网之鱼。

女生在江燃面前乖乖巧巧站定，对江燃说："你是江燃同学，对吗？"

江燃扫她一眼，下颚微抬，不屑道："有病吗？不知道我是谁还找我？"

女生没想到江燃是个刺头儿，眼眶一下子热了。她结结巴巴，继续说："我想和你交个朋友，我是……"

“哦，别介绍了，我有朋友了，一个就够。”江燃怕她不信，特地将林冬星朝前推了推。

“朋友不行，那就女、女朋友……”

“我喜欢从朋友做起，日久生情发展成恋人关系。很明显，你对我而言就是陌生人。再多说一句，就是性骚扰，我喊老师了，信不信？”

他的话再直白不过了，林冬星完全成了靶子，被他的小粉丝日日夜夜拿箭矢射个千百回。

卑鄙！林冬星叹了一口气，拍拍女生的肩，怜悯她，说：“他就这个性格，你别放在心上。”

被心上人强硬拒绝了，还被心上人的“现女友”假惺惺地安慰，不可谓是不丢脸。

女生的眼泪“唰”的一下，当场就流下来了。她拍开林冬星的手，跺脚道：“要你假好心！”

语罢，推了林冬星一把，直接将她推到了地上，扭了脚踝。

林冬星倒吸一口凉气，痛楚一下子涌上心头，硬生生逼出了两行清泪。是真的疼，撕心裂肺的疼。

江燃的眉头一下子蹙起来，他拽住企图逃之夭夭的女生，冷硬地逼迫她：“给我道歉！”

女生咬住下唇，倔强地一声不吭。

江燃平静地看着她，他的眼神变冷，充斥着不合年龄的成熟与深沉，目光在对方的脸上盘桓许久。几秒以后，周遭静下来，呼吸声也清晰可闻。

江燃笑了，笑容残忍，一字一句道：“给我道歉，不然我把你腿也扭断。”

不知为何，女生蓦地一抖，如临大敌。她急忙低头，郑重其事地对林冬星说：“对不起，我不应该推你。”

“滚。”江燃松了手，那人便像老鼠见了猫似的，一溜烟地跑远了。

林冬星也没什么想说的，本来就是女生犯的错，要她一句道歉没占她便宜。

江燃伸出手，问："能站起来吗？"

"不能，疼。"林冬星疼到虚脱，说话时，进出肺腔的气儿牵扯到胸肋，也会隐隐作痛。

"我背你。"

"啊？"

"少废话，上来！"

江燃蹲下身子，让林冬星攀着他的肩膀爬上来。待她搂紧了他的脖子，江燃手里使劲，拖住她的腿部，直接站了起来。

林冬星的视野一下子变得开阔，她没想到，江燃就比她高了一个头儿，看到的东西就能多上许多。这么近的距离，她能嗅到江燃身上不知名的草木香，还有隐没在发间的汗味，不难闻，带着少年特有的气息，阳光爽朗。

她的前襟直接贴在了江燃的背上，衣料本来就薄，几乎是肌肤相亲。思及此，林冬星的耳垂升腾起浅浅的躁意，喉咙有些渴。

尴尬吗？是有点儿。讨厌吗？那倒没有。

为了掩饰尴尬，林冬星没话找话："江燃，看你背人的动作如此娴熟，看来不止背过我一个女生啊。"

江燃的脸上堆积起伪善的笑，说："我把人从背上丢下去的功夫也是一流，你想试试看吗？"

"那还是不要了……"突然发什么脾气啊，林冬星悻悻地想。

"我就背过你。"

"什么？"

"好话不说第二遍。"

"哦。"

"我说，我就背过你。"

林冬星笑嘻嘻地说："我听到了啊，啧啧，你说第二遍了。"

"呵，所以这不是好话，现在我要把你丢下来了。"

此言一出，吓得林冬星赶紧搂住了江燃的脖子，勒得他够呛，咳嗽两声，喊："松开，蠢货！"

一路小打小闹，一百米的距离走了半天才走到操场门口，体育老师就站在那儿。

江燃人未到，声先至："老师，她脚崴了。"

体育老师扼腕长叹："明天就运动会了，怎么把脚伤了？这可咋办，还能不能上了？"

林冬星没逞强，心虚地笑："老师，我恐怕要弃权。"

"行吧。"体育老师也没多劝，反正三班这次也没几个人参加，重点班的其他科目老师都不支持自己的学生去参加运动会，少了就少了。

"那我也不参加了，我好像也伤到手了。"江燃这话一听就是假的。但参加运动会全看学生意愿，对方撂挑子不干了，谁也没办法逼迫他们上阵。

体育老师啧了一声，挥手赶人："去去去，都回家去，少在训练场碍眼。"

"好。"江燃大大方方地把林冬星背出了学校，找了个僻静的角落，检查她的脚伤。

林冬星的脚踝细瘦伶仃，许是平日里伙食不好，一点儿多余的肉都没有。江燃的目光在她白润的脚腕骨上停滞一瞬，避开眼去，轻轻揉捏，听她抑扬顿挫地叫，连连喊疼。该！让她逞能！幸亏没伤到骨头，也就是肿了，需要冷敷。

江燃跑到附近的药店买了冰袋和药水，先给林冬星擦上药水止痛。

闹了这样一出，谁都甭想回家了。虽说受了伤，可林冬星一想到自己方才趴在江燃那宽厚的肩膀上，脸颊便一阵阵发烫。她是不是有点儿着了江燃的道了？

4

高中时期，林冬星和江燃都没有明确表白过，属于朋友以上恋人未满的状态，两人都知道，想要正式在一起，肯定是要高考过后。

某天周日，林冬星约了江燃出门一起买卷子。正是炎炎夏日，林冬星很心机地穿了一条裙子。到了见面的地点，林冬星兴奋地朝江燃跑去，裙摆微微摇曳，似翩翩起舞的小蝴蝶。

江燃不动声色地打量了一下林冬星，说：“以后别穿裙子，很丑。”

林冬星听闻十分失望，面如菜色，她不死心地问：“真的很丑吗？”

江燃不出声，置若罔闻。

林冬星追问：“真的真的很丑吗？”

江燃不耐烦回答：“你这裙子，穿了还不如不穿。薄成什么样了，风一吹就走光！”

“你是怕我走光吗？”林冬星翘起嘴角。

江燃又不说话了，冷峻的脸稍露愠色。

林冬星知道他一直都是口是心非的性子，也不多说什么，两人一起来到书店挑试卷。

等江燃独自在书店里翻阅试卷的时候，林冬星偷偷摸摸地跑出门，给他买了一杯红豆奶绿。昨夜看了一首诗，方知红豆也有别的含义。红豆，亦称相思子，旧时情人之间互赠的信物，更有王维的诗句作：“红豆生南国，春来发几枝。愿君多采撷，此物最相思。”

也不知林冬星胡思乱想了什么，当她捧住温热的奶茶时，一颗心变得十分慌。林冬星往日都是浑浑噩噩度日，混得一天便是一天，如今遇上了江燃，才觉得生活时而也会有甜如蜜糖的时刻，江燃那么好，她想努力追上他。

新华书店不能带饮料和食物进去，所以林冬星把奶茶寄放在柜台，等一下付完账再来拿。

她走到二楼的高中资料区，看到江燃正背倚玻璃窗，翻动试卷。

他穿了一件纯白如鸽羽的白短袖，阳光照入他的发间，穿透每一根发丝，浮现几缕亚麻色。

不知为何，林冬星的心底悄然出现“光之子”这个词。真要说明的话，她总觉得江燃像是日光，不需要多久，便能从遥远的宇宙，抵达浮尘遍布的地表，亦能以迅雷不及掩耳之势挤入她那一望无际的荒芜的心原。

江燃抬眸，对上林冬星的视线。他皱眉，不悦地问：“看什么？”

林冬星笑了笑：“看你。”

“傻子。”他厌倦骂蠢货这个词了，换了词，喊她傻子。

反正蠢和傻，这两个特质，林冬星都有。

林冬星被骂了也不恼，她知道江燃没坏心，就是死鸭子嘴硬，骂两句掩饰尴尬。

她跟着江燃去柜台，对方很有绅士风度，两摞试卷都自己一个人扛。

片刻，林冬星想到了什么似的，将红豆奶绿塞到江燃的手里，说：“给你的。”还特意补充了一句，“是红豆的哦”。

江燃没拒绝，接过奶茶。没一会儿，他轻启薄唇，叼住了吸管。

林冬星看着他喝奶茶，心生一股莫名的满足感。她傻傻地笑，看着江燃的喉结上下滑动，蕴含某种青涩少年特有的性感。她突然耳根泛红，紧张地避开眼去，不与江燃对视。

“你今天很奇怪。”江燃下了结论。

“有……有吗？”

“有，更蠢了。”

“哦。”

他们忙完了试卷的事情，沿着河坝的路朝家的方向走。两个人的影子一高一低，被拉得好长好长。

时间说早不早，说迟也不迟。

林冬星还想和江燃多待一会儿，然而江燃却想回家了：“我还有一套试卷没做完。”

“不愧是学霸，天天心里想着学习。”

江燃一笑：“呵，不想作业，难道想你吗？”

林冬星脸上发烧，她也不是这个意思。

江燃知道，他的家境不太好，唯有考上好的大学，才能有一份好工作，到时候，他和林冬星才算是真正的未来可期。

这一路，林冬星都快到家了，江燃还没掉头回去。

林冬星欢欣雀跃地说：“江燃，你送我回家吗？”

“不是，顺道去买东西。”

“买什么东西？”

“不用你管。”

一直到林冬星家门口，江燃的东西还没买到。

她微微一笑，看着不远处星空下的少年。月光与繁星点缀，他的那双眼眸满是对人世间的冷淡与漠然。其实也不是的，那双清冷的眼不过是伪装，不过是保护自己的铠甲。江燃他啊其实很温柔呢。

“走了。”江燃背对她挥了挥手。

“明天见。”

“谁想见你？”

“可我……想见你。”林冬星嘻嘻一笑。

江燃脚步一顿，默不作声，然后走远了。

5

一到午休时间，江燃就在刷题做试卷。

能偷懒就偷懒的林冬星表示很震惊：“江燃，你很喜欢学习吗？”

“我有自尊心。”

“什么？”

他瞥林冬星一眼，冷冷道："每次都考第一的人，名次一旦掉下来，很丢脸。我的自尊心不允许我犯这样的错误。"

他这话意有所指，说的就是林冬星没有自尊心，都不在意自己成绩差，反倒一副既来之则安之的学习态度。

不是她的错，是题目真的太难了，她脑子笨，学业真的跟不上。

但林冬星也没有自暴自弃，俗话说得好，笨鸟先飞，勤能补拙，她还是很勤奋地在看书的。

林冬星看江燃做题，明明是很难的题目，他却能心算，省略好几个步骤。

她觍着脸问："江燃，我成绩差，你成绩这么好，能教我补上不擅长的科目吗？"

江燃很果断拒绝："不能。"

江燃这个人不经夸，一旦说他好，他就马上和你对着干。

片刻，他说："你自己做题，实在不会的题目可以让我看看，一题五块钱，允许赊账。"

好吧，他还黑心。

林冬星也拿出试卷做题，然而数学题太难了，她觉得跟看无字天书似的，昏昏欲睡。

江燃斜她一眼，无奈地呼出一口气。这么笨的人还真是生平罕见。

趁林冬星趴在桌上睡着了，他在她的卷子上写下答案。出教室上厕所之前，又觉得那样偷偷摸摸地帮忙写题的动作太温情，补上了一句话："蠢货。"

少年们的心事总这样密不透风，明明谁都知道，却依旧守口如瓶，坚守着某些莫名其妙的缘由，不敢逾越雷池半步。

放暑假的前一天，座位上，林冬星正在整理书包。临近放假，有用的东西得带回家，留在学校不安全，可能被损坏，也可能被偷。

这时，她突然想起要和江燃分开两个月了。不知漫长的暑假是否会消磨他俩之间的友谊？林冬星是肯定不会忘了他的。

于是，林冬星走到江燃课桌前敲了敲。

正在埋头写东西的江燃突然抬起头，一双黑眸阴沉，顺手遮住了奋笔疾书的纸条，语气不善：“有事？”

“马上要放假了……”林冬星感慨似的说了一句，期待江燃接话，岂料对方不当一回事，把她当随处可见的空气。

尴尬之余，她又道：“可能要两个月见不到江燃同学了。”

幸好，他接话了：“哦，我很开心。”

有必要这样吗？他们不是朋友吗？

隔了一会儿，江燃突然从掌心里抽出那张纸，抿唇，道：“这个给你。”

“这是什么？”林冬星打开看，没想到江燃还给她准备了“礼物”。

少年极其不自在地扭头，声音变冷，硬邦邦地回答：“暑假，全部学好。”

“这……”居然是理科各科的考试重点！从高三开始，老师几乎不教新的内容，开始为了高考复习，所以江燃这一张纸，几乎涵盖了所有的考点。

过了一会儿，江燃突然从书包里摸出一封信，递过去，说：“这是刚才隔壁班的赵申塞你抽屉的，我怕有诈，帮你看了几眼。”

林冬星接过信，信封是清新的绿色，里头的信纸干净，字迹清隽，不像是潦草之作。她莫名羞赧，脸上浮现高原红，将信细细阅读。

呃，是一封情书。用词文艺含蓄，不像是恶作剧。

江燃冷哼一声：“看不出来，蠢货也很招人喜欢。”

林冬星无语。

“你打算怎么办？”

“什么怎么办？”

“人家都和你表白了，你不回应？”

“呃……”这是一大难题，她肯定拒绝对方的心意，现在可不是谈恋爱的好时机，何况她也不想和赵申谈恋爱。再说了，赵申是谁呀？

“骗子。”江燃没头没脑说了一句。

“骗你什么了？”

“每天勾三搭四，难怪成绩差。现在是高二，不把心思放在考大学上，旁门左道却样样精通。”

“我怎么勾三搭四了……”林冬星是真的很冤。

江燃不说话了，走路的声音大了些，像是在宣泄不满。

他在不满个什么劲儿？

林冬星懂了，她促狭地笑：“哦，你是在吃醋？”

“没有！”

“难道不是吗？不然你偷看我信做什么？”

“怕你傻，被人卖了还帮人数钱。”

“太夸张了，我哪儿有那么蠢。”

“没有吗？”江燃斜她一眼，“羊入虎口了还不自知，随随便便就能相信别人。”

“诶？我相信谁了我，江燃你不讲道理！”

“相信我了。”

林冬星眨眨眼：“你是好人，不一样。”

“蠢货。”

“我说错了吗？难道你不是好人吗？”

江燃脱口而出：“不是。”

林冬星愣了一秒，喃喃：“怎么不是？”

“我就是那只专门吃羊的虎。”江燃说完这句，突然侧头，轻轻刮了一下林冬星的鼻子。

然后他迅速转身，指尖还残留余热，抿唇，默不作声。

林冬星的心跳得很快，被江燃这样猝不及防地一触碰，她还没回过神来。许久之后，心脏跳动恢复正常，四肢逐渐发软。心底深处，寒冬褪去，艳阳高照，春暖花开。

江燃是有意撩她，还是转身时不小心碰到她的?

她没脸问，就当是他俩之间的秘密吧，反正山与月也不知人的心底事。

6

转眼就迎来了高三寒假，今天是这学期最后一次晚自习，也可以说，今夜以后，再相见，便是明年。

来年啊，人又大了一岁，个子也长高了一些，所有还未曾说出口的心事抑或被遗忘了，抑或仍旧封闭在心中。这就是成长，长大一贯是要付出代价的。

林冬星想了许多，她从厚厚的试卷中抬起头，环顾四周。大家都在孜孜不倦地写试卷，为高考而奋斗，所有的努力都是为了离开与道别。

她是否也会和江燃分别呢?

这样想着，林冬星恋恋不舍地戳了戳江燃，换来对方一脸的不耐烦以及一句呵斥：“林冬星，你很闲吗？题目都做完了？”

“还没有……”

“那还烦我？赶紧看题目去，班主任说了，没做完的别回家，放什么假！”

“那我继续写。”林冬星这时才有了紧迫感，她想快点儿写完，和江燃一起回家。

不过按照江燃刷题的速度，他肯定是第一个写完试卷的，赶在晚自习下课之前就能走了，不用上完课。这是班主任给优等生的寒假礼物，一个特例，聪慧的江燃当然占尽优势。

写到最后，江燃突然闷声闷气地问她：“你还有几道题？”

林冬星焦急地说：“还有一面呢！江燃，你写好了，要走了？”

对方不作声，置若罔闻。

等了一会儿，江燃给她递来一张纸，上面写满答案，字迹潦草。他含糊其词地说："赶紧抄，写好了，我们走。"

林冬星受宠若惊，接过纸条的手心满是热汗。在她的印象里，江燃不是那种会给她抄题的人，别说是抄题了，就连作业都没给她瞄过一眼，现在是改性儿了？

"我可以抄？"林冬星犹豫不决，怕是一个试探。

江燃恶狠狠道："爱抄不抄！"

说完，作势要抢过纸条撕掉……

他是恼羞成怒吗？林冬星懂了。于是，她急忙抢过纸条，不管对错，统统写下。

八点四十分，尖子生江燃和差生林冬星一齐交卷。老师有话想说，但对上江燃那一脸不爽的表情，如鲠在喉，硬生生咽下了。

他叹气："那你们两个可以走了，别忘记把寒假的试卷做完，开学要检查的。"

"知道了。"江燃淡漠地说了一声，回头瞥林冬星一眼，示意她跟上。

林冬星的嘴角悄悄扬起，江燃的步伐又快又急，林冬星接连小跑好久才跟上。

路灯终于修好了，放出的光又暖又亮，鞋尖是漆面的，光点落在上头，锃光瓦亮。

今夜有月亮，有几颗星星在深蓝色的夜空闪烁，好似温柔的眼睛，会眨，会动，也会关注世人。江燃就在这般月色中，渐行渐远。

"江燃！"林冬星气喘吁吁地喊他。

"嗯。"江燃停下脚步，背靠在电线杆上，等她过来。

"你今天怎么这么好心？给我抄题？"

"没有下次了。"

"所以呢？"

他不耐烦，问："什么所以不所以的？"

林冬星弯起嘴角，傻乎乎地问："所以这次，是出于什么原因给我抄题？"

"我寒假不在这里，要回家。"

"哦。"林冬星的声音很低很轻，难掩失望。她本想今晚约江燃来看烟花，就他们两个人，是少男少女之间的小秘密。

"所以今天快点儿出校门，我知道城东有焰火表演，带你看烟花。"江燃说话的声音时高时低，怕她听见，又怕她听不见，很矛盾。

林冬星懂了，咧嘴一笑。

她的笑容很灿烂，会露出一口漂亮整齐的大白牙，一点儿都不淑女，也不矜持。然而，这种笑偏偏最讨世人喜欢，平和又动人。江燃愣了一秒，很快回神，喊道："别笑得像个傻子一样。"

"我就是高兴。"

"你高兴起来和傻子一模一样。"

"江燃，我发现你有时候很幼稚！"

江燃斜她一眼，一声不吭。

林冬星怕他生气了，火急火燎地问："你是不是在和我生气？因为我说你幼稚？"

江燃扳回一城，斜了她一眼，说："我不和傻子置气。"

林冬星无语，果然还是很幼稚！

走了半个小时才到了城东大桥上。前方放焰火的地方已经被人用铁架给拦了起来，这里人山人海，还有情侣抓着荧光棒在空中挥舞，搞得像是在演唱会现场一样。

眼前黑压压一片人，林冬星死死拽住江燃的校服袖子，避免走丢。

她一边享受这里热闹的气氛，一边对江燃说："我一直记得，小时候我爸带我来看舞狮，那个舞动的球是点了火的，在夜里很耀眼，火光明亮刺眼。周围很多人，就和现在一样，为了防止我走丢，他就让我坐在他的脖子上。"

江燃挑眉："怎么？你是在暗示我，想坐在我脖子上？"

"怎么可能！"林冬星要抓狂了，她可是女孩子啊，怎么能坐在江燃的脖子上，还要不要脸了？她恼羞成怒地瞪了江燃一眼。

哪知，这嗔怪的白眼却引来了江燃的哈哈大笑，笑容饱含少年的直率。

这是林冬星第一次看到江燃笑，和想象之中的样子不同。

林冬星看痴了，脑门上挨了一记爆栗。江燃喊她："小傻子，开始放烟花了。"

他的嗓音温柔，怕她听不到似的，特地低头，在她的耳畔暧昧私语。

林冬星听到了，全听到了。

她的心渐渐飞扬，轻盈得像是夜空里缓缓升空的烟花，随着风声、水声与人声，在黝黑的暗夜里，爆发出巨大的力量——烟花绽放，火光雪亮，晃花人的眼睛，绚烂的光华融入女孩们软滑黑亮的发间，添上几分娇柔可人。

林冬星侧头，看着江燃。他的眼也被炫彩夺目的烟花所渲染，漫天星火足以燎尽她的心原。

而江燃似是捕捉到了某些信息，回头看她，怔忪片刻。

两个人都心照不宣，两个人都欲言又止，继而无话可说。

这一夜，是林冬星和江燃第一次一起看烟花。

番外·结婚

江燃和林冬星打算结婚了，婚礼定在三个月后。原本林冬星打算等婚礼后再领证，然而江燃以“没有安全感”为由，提前和林冬星领了结婚证。成了合法夫妻，江燃总算是高枕无忧了。他几乎每天都要带林冬星出门，逢人就宣示主权：“这是我太太，我们最近刚领了证。”

林冬星颇无语，可想了想，江燃也是因为爱她才会有这样幼稚的举动，算了，还是不要在意了。

林父很满意江燃，一将婚期定下，他就开始挑选婚礼当天的西装，顺道纠结半天，该带江燃的哪一个未来岳母出席比较好。

唐糖知道了这事，忍不住问林冬星：“你不用通知你妈吗？”

林冬星想了一会儿，回答：“不用，她以前离开我们也没通知过谁，那时我就知道，我已经没有妈了。”林冬星是怎样都不愿意林母出席的，也没给她发婚礼请柬。对于林母抛夫弃女的行为，林冬星耿耿于怀至今。

林母却是赖上林冬星了，知道王钰没能得手，抓不住女儿的心，她又打算以新娘生母的身份出席婚礼，坐实家庭地位。这样一来，大家都知道她是林冬星的母亲，再想逼林冬星赡养她，也师出有名了。

出席婚礼前，林母还想怂恿一番王钰："还没结婚呢，你要不要最后再争取一次？"林母不知道江燃和林冬星已经领证了，她以为林冬星对王钰还是有那么一丁点儿朦胧的感情的。

哪知王钰再没回过林母的消息了，他不是没看到信息，而是他早已没了资格站在林冬星身边。自从那天他送林冬星回家后，时不时也会开车路过林冬星的家。王钰以为自己还有机会，可偶然一次，他看到林冬星和江燃买完菜，并排走回家。林冬星脸上的笑容灿烂，是他所没见过的春光，或许该放手了吧，他这样想。

那份隐秘的爱意就这样被他按捺住了，深藏在心底深处。

王钰将没寄出的明信片都烧了，看着被火苗舔舐的纸张逐渐化为灰烬，他低语了一句："新婚快乐，冬星。"

今后他会有自己的新生活，再遇到一个和林冬星完全不同的女人。

另一边，江燃请了很多人参加婚礼，绝大多数都是农场的同事，还有农场主老王。林冬星不是什么恶人，原本想着冰释前嫌，也给金灿灿递一张请柬，哪知金灿灿当天就去老王那里递辞职信了，原因是她家人给她介绍了一名富二代对象，虽说长得矮一点儿、丑一点儿、学历低一点儿，可是能让金灿灿下半辈子高枕无忧，那就没什么可挑的了。金灿灿临走前还特地来看了一眼林冬星，那趾高气扬的模样，仿佛自己走了什么大运似的。

林冬星可不会为了钱牺牲自己的人生，只能说人各有志，她也不好评判金灿灿这样是对还是错。

发完三分之一的电子请柬，林冬星想到了还算聊得来的隔壁农场的朋友钱少枫，于是特意叮嘱江燃给他发一份。

哪知江燃对钱少枫有成见，还记得他之前企图追林冬星的事，于是私底下偷偷发信息给他："钱先生，你好，我是林冬星的丈夫江燃，我们在三个月后会举办一场盛大的婚礼，鉴于那天可能会有很多秀恩爱时刻，会刺伤单身的你的幼小心脏，这边不建议你收到请柬后出席哦！”

看完了信息，钱少枫颇无奈，他知道江燃是醋劲十足的男人。此前他对林冬星的确有点儿想法，可得知她和前男友在同一个农场上班后，也就懂了这两人兴许会有旧情复燃的可能，主动退出了。哪知江燃记仇记到现在，就连结婚了都没放松警惕。

钱少枫看了一眼身旁的新女友，对她说：“过几个月，我有个朋友结婚，到时候我们一起去吧。”

说完这句话，他给江燃回复了信息：“不好意思，我不是单身，我已经有女朋友了。”

得知这事，江燃迅速回复：“哦，不是单身啊……那么欢迎你来参加我们的婚礼。”既然钱少枫已经有主了，那么就不再是他的情敌了。不是情敌就没有敌意，那么他也同意让钱少枫登入他和林冬星神圣的婚礼殿堂。

婚礼当天，林母盛装出席，哪知连酒店门都没进去，保安见她没有请柬，认定林母是来混吃混喝的，怎么都不肯放她入场。

这时，婚车到了，穿着一袭鱼尾婚纱的林冬星被江燃抱下了婚车。很显然，江燃也看到了林母，特地用眼神询问林冬星，看她有何打算。如果林冬星打算邀请林母入场，他也没什么意见，都结婚了，没什么人能阻碍他和林冬星。

林冬星看了林母一眼，不知该说些什么。她淡淡地说：“让她进去吧。”

不管怎么说，林母也是她的母亲，让她完全抛弃她，她也做不到。只要林母不打扰她的婚后生活，每个月给林母一些生活费，也是没什么问题的。

林母闹过一场，此时能入场了，也学乖了。她总不能往枪口上撞，再被人赶出去吧?

林母的身份很尴尬，见林父还带了一个穿晚礼服的热辣女朋友入场，脸都绿了。又见林冬星在林父期盼的目光下，一口一个“阿姨”，亲亲热热的，仿佛她才是那个外人。于是，等林冬星敬完酒，她就说自己身体不适，先行离席了。

江燃和林冬星相互戴上了婚戒，没人让他亲吻新娘，江燃就自己凑过去吻上了林冬星，他已经记不清这是第几个吻了，他只知道，林冬星在他眼里这般香软，怎样都吻不够。

赵勤作为伴郎，伴娘席里就认识唐糖，此时凑上去，和她感慨万分地说：“没想到这两人也有这么感动人的时刻，就平时相爱相杀的相处模式，我还真没看出来哪里甜。”

唐糖瞥他一眼，说：“你是单身嘛，看不出来很正常。”

“说得好像你不是一样。”

“要你管？！你要是能两年内找到女朋友，我给你在农场打饭一整年！”

“好啊，打赌是不是？谁怕谁呢！你要是能两年内找到男朋友，我就倒贴你几万块！”

“你说的啊！一言为定！”

“一言为定！”

再后来，这两个人不知怎么混到了一起，赵勤的私房钱全上交给唐糖，而唐糖也扮演起了温柔妻子的形象，主动给赵勤盛饭夹菜。当然，这就是另外一个故事了。

番外·婚后

江燃和林冬星结婚后，两人请了一个月假出门度蜜月。临出发前，江燃和林冬星收到了高中同学会的请帖。

林冬星问江燃："你想去吗？"

江燃淡淡道："随意，你想去的话，我可以陪你去。"

林冬星想到他们上个月刚领证，去同学会的话肯定要暴露已婚的事情。都是知根知底的高中同学，怪害羞的。

想了一会儿，林冬星突然说："要不就不去了吧。"

"为什么？"江燃正在网上挑选酒店，听到她这话，蹙起了眉头，说："你是觉得带我出门很丢人？"

"不，那怎么会呢？"

"那么，你为什么要拒绝和我一起去同学会？"

"就是大家都是高中同学，突然看到我们两个已婚，会不会有点儿奇怪。"

"我明白了。"江燃了然一笑。

“什么？”林冬星不解。

“只要我能处理好让你尴尬的事情，你就肯去对吗？”江燃微微一笑，对于应付这些棘手的事一副胸有成竹的样子。

虽然不知道江燃有什么好法子，但是这些事情能交给他处理，那再好不过了。

同学会订的地方是在远郊的一家烤肉店，林冬星和江燃到点了才来，其他同学都已经坐着等他们了。

“冬星？你怎么和江燃一起来的？难道你们……”班长露出起哄的表情，其他人纷纷好奇地盯着他们。

林冬星最怕的事情发生了，她刚想开口辩解，却见江燃先她一步，彬彬有礼地道：“自我介绍一下，我是冬星的老公，江燃，也是你们的高中同学。”

闻言，林冬星扶额。她怎么都没想到，江燃是用这种法子让她摆脱尴尬啊……

不过这招效果显著，大家一下子知道了秘密的核心，顿觉索然无味。只有几个高中玩得好的女同学问了点儿林冬星是怎样和江燃碰上的之类的话，别的也没有再追问了。

原本对江燃有意思的女同学知道他是已婚的主儿，也就不触霉头了，将目光落在了其他单身男同学身上。

吃饭的时候，班长对林冬星挤眉弄眼，问：“我记得你俩高三毕业就分手了，后来是谁追的谁？”

聊起感情问题，林冬星难得有一丝少女的羞怯。她清了清嗓子，说：“当然是江燃追……”

“当然是冬星追的我。”江燃突然将一块烤牛肉夹到林冬星碗里，一本正经地截断她的话。

林冬星一脸蒙：“嗯？”他在说什么瞎话呢？

都说女追男隔层纱，男追女隔座山，讲江燃追的她不是更好吗？林冬星一个矜持腼腆的姑娘家，疯狂倒追江燃，讲出去都不好听。

林冬星刚想开口反驳，江燃却笑意盈盈地把肉蘸上胡椒粉，喂到她唇边，暗暗提醒："快吃点儿东西吧，省得回家喊饿。"

见小两口这亲昵的样子，班长也不好意思再问了，急忙让出位置给江燃："你坐，你坐。坐得近，好夹菜。"

林冬星咬牙切齿地问："你非要在外毁我名声吗？"

江燃挑眉："当年是你始乱终弃，要是还让人知道是我追的你，那我还要不要面子？"

江燃动不动就会提起以前的事，林冬星承认当年是她有错。此时这话一出，林冬星顿时哑巴了，仰天长叹，怪就怪在她一时鬼迷心窍，伤了江燃的心。

林冬星嘀咕："早知道就不和你复合了，省得你抓住我的把柄，能奚落我一辈子。"

江燃冷哼一声："怎么？除了我，你还想过嫁其他人？"

许是江燃的目光太过凌厉，仿佛林冬星一说"有"，江燃转头就要吃人了。

她只能悻悻然回话："没有……"

"就算有也没用，我这个人最是小心眼。要是知道你谈了新男友，我还没着落的话，我这种纠缠不休的前男友肯定会找你麻烦的。"

"要这样说，还得庆幸和你这个前男友复合了？"

江燃淡淡一笑："对，你这一生就没做过对的事情，唯一正确的事可能就是择偶眼光好，找了我当老公。"

林冬星嗔怪地"呸"了他一声，嘴上嫌弃，唇角却不自觉地微微上扬。女人惯爱口是心非，且当她嘴上不承认，心里却默认吧。

这顿饭吃完，同学们各奔东西，彼此也明白，或许年纪再大一点儿，顾着自己的家庭，再难有相聚之日了。以前被学校圈在一起建立起的友谊，一到社会便烟消云散，淡得不行。这不是坏事，这是人生必经之路，所以不必难过，亦不必遗憾。

林冬星有些惆怅，她回头望着江燃，轻声问他："如果我没有在溜溜农场遇到你，是不是永远都不可能和你结婚？"

说完，她淡淡一笑，有些惨兮兮的。那股惆怅感迎面而来，像一波汹涌的潮水将她淹没，林冬星心疼到无法呼吸。原来她根本就不敢去幻想她和江燃的离别，那是一道让人痛不欲生的伤疤。

江燃弯腰，掐住了她的脸，皱眉："别这样笑。"

"很丑吗？"林冬星有点儿担心，嘴角垮了下去。

"倒不是丑……"江燃欲言又止，眼睫微微颤动。

"那是什么？"

"这种笑……像是我没保护好你。"

林冬星就这么傻呆呆地看着江燃，也不知说些什么好，舌头都不是自己的了，她还没来得及反应，江燃便将她搂到了怀里。他轻轻抚摸她的背，像是想要安抚怀中小娇妻那般，慢条斯理地说："即使我们没在农场碰面，我也会想方设法地去见你的。不然你当我是怎么知道你在哪里上班的？"

林冬星蓦地瞪大了眼睛，她就说为什么江燃会那么凑巧来溜溜农场上班，又正好住她家对面呢？原来一切都是他处心积虑布下的一个局，江燃缓慢收网，将她游刃有余地束缚在蜘蛛网中央。

"你好狡猾！"林冬星难以置信地喊。

这话惹得江燃附在她耳边低笑："小傻子。"

"我不傻……"

"要不是你傻，你还圈不住我呢。"

"嗯？"

"我就怕你这样的傻子会被人坑蒙拐骗了，所以大发慈悲找到你，将你护在身边，保全你下半辈子。"

林冬星长叹一口气："那我还得谢谢你？"

江燃一本正经地说："谢倒不用，平时多给点儿福利就好了。"

"什么福利？"

"譬如……多给几个吻。"江燃话音刚落，他就低头吻上了林冬星的唇。男人的唇瓣薄凉，带点儿浅浅的薄荷香，不知是不是吃了什么糖。他撬开林冬星的牙关，与她的丁香小舌纠缠在一起。

林冬星的脸颊发烫，耳尖都充血了，浑身血液沸腾。明明亲近过多次，可为什么每一回都像初次那般悸动呢？

许是她命中注定是江燃的人，与他完美契合。

林冬星就像飞蛾扑火般，总是义无反顾地趋光，朝着江燃前进。

是宿命吗，还是因果？她和江燃缘分未尽，总要抵死纠缠，求一个结果。

后记

江燃和林冬星的故事，我是全程笑着写完的。平时我写的大多是背景宏大的悬疑言情故事，很少写这种细致入微的小甜文。这次尝试套用自己专业方面的知识去写文，还采用了另外一种用剧情说故事的写法，而不是一味追求堆砌华丽的辞藻抑或是烦琐的环境描写，很是有趣。写这本书的初衷，是我想要写出一个能让人会心一笑的故事。

这个故事不需要有多少豪情壮志的英雄、也不需要什么惊心动魄的经历，主角可能是你，可能是我，也可能是身边任何一个普普通通的人。大家过着平凡的一生，吵闹着与柴米油盐酱醋茶有关的小事。

人一生的轨迹很可能不是奔着斩妖除魔成为大侠这条康庄大道去的，极有可能我们一出生就被安排成了平凡的普通人，拿着自己的剧本，安逸地演完这一生，随后谢幕。

唯一的奇迹是，我们生而为人，无论平凡还是伟大，都拥有爱人的能力。爱几乎就是所有电影或书籍里永恒的主题，是一场声势浩大的情感海啸，亦能让人心生焰火。

爱情说起来稀罕。它可能是夏日屋檐下的风铃正巧勾到了你喜欢的姑娘的马尾，也可能是穿堂风不经意间吹动你爱的那个男孩的白衬衫，它无所不在，也无孔不入。

我是相信爱情的那个人，我相信一切美好的事情。

很多人分手后碍于自尊心不敢复合，从而错过很多年，直到某日收到了初恋的婚礼请帖，那一瞬间的遗憾与难过，我想是足以毁天灭地的。

我是个很怕遗憾发生的人，所以想在故事里给这些恋人一个圆满的结局。现实不是小说，它比小说残忍。很多时候，错过便是一辈子，初恋也不一定最后能结婚。

每个人都是残缺的，正因为爱情，方能完美拼接。如果心中依然有爱的话，都该尝试去放手一搏。

我希望能用这本书教会读者珍惜眼前人，不要等错过了才懊悔。

近年来，纸媒行业不好做。我时常担忧凭写书会吃不上饭，于是开拓各种领域，譬如写漫画脚本和游戏剧情，等攒到了足够的面包，我再继续埋头写作，坚持梦想。我从小便有出版的梦，所以即使路不好走还是凭着一腔孤勇迎难而上。

我庆幸我能屈能伸，可进可退，没有固执到极点。也庆幸我还是圆滑的人，即使被世俗的风雪淹没，弯曲脊背，怀里还捧着尖锐的犄角，无人知晓。我没有棱角，亦不愤世嫉俗。身上覆着风雨霜雪，怀中护着世事不容的珍宝——这是我的初心，也是我负重前行的起因。

我的梦想是出版五十本书，现在完成了十四本。希望我能一直写下去，直到我成为像星星一样耀眼的作家。梦想或许是一句空谈，却能够哄人世间任何相信它的人。

最后，老规矩。每出一本书，我就会许一个愿望：我希望我和所爱之人能健健康康、平安到老，也希望我的书能让更多的人看到，能被大家喜欢。

作者的愿望讲来讲去都是这几句，老生常谈无甚新意。读者耳朵听出了茧子，心里保不准直念唠叨。故事要画上句号，闲谈也终将离席散场。那么话就说到这里，祝愿所有看到这本书的你，遇到与自己灵魂契合的另一半好了。

是心动啊

FLIPPED

作者
草灯大人

封面绘图
芥末侠

封面设计
杨小娟

内文版式
邹子欣

图片总监
杨小娟

特约编辑
罗长敏

出版社
中国致公出版社

总出品
湖北知音动漫有限公司

制作出品
知音动漫图书•漫客小说绘

官方微博
https://weibo.com/xiaoshuohui

平台支持
知音漫客 小说绘

图书在版编目（CIP）数据

是心动啊 / 草灯大人著. -- 北京 : 中国致公出版社, 2021

ISBN 978-7-5145-1782-8

Ⅰ. ①是… Ⅱ. ①草… Ⅲ. ①长篇小说－中国－当代 Ⅳ. ①I247.5

中国版本图书馆CIP数据核字(2021)第026046号

是心动啊

草灯大人 著

出　　版　中国致公出版社
（北京市朝阳区八里庄西里 100 号住邦 2000 大厦 1 号楼西区 21 层）
出　　品　湖北知音动漫有限公司
（武汉市东湖路 179 号）
发　　行　中国致公出版社（010-66121708）
作品企划　知音动漫图书 · 漫客小说绘
责任编辑　罗长敏
装帧设计　杨小娟　邹子欣
印　　刷　中印南方印刷有限公司
版　　次　2021 年 7 月第 1 版
印　　次　2021 年 7 月第 1 次印刷
开　　本　880mm × 1230mm 1/32
印　　张　9
字　　数　250 千字
I S B N　978-7-5145-1782-8
定　　价　42.80 元